사일런트 브레스 :

당신은 어떤 죽음을 준비하고 있습니까?

옮긴이 **이규원**

한국외국어대학교에서 일본어를 전공했다. 문학, 인문, 역사, 과학 등 여러 분야의 책을 기획하고 번역했으며 현재 전문 번역가로 활동중이다. 옮긴 책으로 미야베 미유키의 『이유』, 『얼간이』, 『하루살이』, 『미인』, 『진상』, 『피리술사』, 『괴수전』, 『신이 없는 달』, 덴도 아라타의 『가족 사냥』, 다치바나 다카시의 『천황과 도쿄대』, 쓰네카와 고타로의 『야시』, 『천둥의 계절』, 사토 다카코의 『한순간 바람이 되어라』, 『슬로모션』, 슈카와 미나토의 『도시전설 세피아』, 『새빨간 사랑』, 마쓰모토 세이초의 『마쓰모토 세이초 걸작 단편 컬렉션』, 『10만 분의 1의 우연』, 『범죄자의 탄생』, 『현란한 유리』, 우부카타 도우의 『천지명찰』, 구마가이 다쓰야의 『어느 포수 이야기』, 모리 히로시의 『작가의 수지』, 하세 사토시의 『당신을 위한 소설』, 가지야마 도시유키의 『고서 수집가의 기이한 책 이야기』, 도바시 아키히로의 『굴하지 말고 달려라』 등이 있다.

*이 도서의 국립중앙도서관 출판예정도서목록(CIP)은 서지정보유통지원시스템 홈페이지(http://seoji.nl.go.kr)와 국가자료공동목록시스템(http://www.nl.go.kr/kolisnet)에서 이용하실 수 있습니다. (CIP제어번호 : CIP2020024698)

사일런트 브레스 :
당신은 어떤 죽음을 준비하고 있습니까?

미나미 교코 지음
이규원 옮김

サイレント・ブレス

북스피어

차례

사일런트 브레스

조용한 일상 속에서

평온한 종말기를 맞는 것을 표현해 본 말입니다.

그동안 많은 분들의 죽음을 지켜보며

환자와 그 가족을 위하는 의료는 무엇인지,

내가 받고 싶은 의료는 어떤 것인지를 내내 생각해 왔습니다.

인생의 마지막 장을 존중해 주는 의료는

환자 한 사람 한 사람의

사일런트 브레스를 지켜 주는 의료라고 생각합니다.

_저자

일러두기
본문의 모든 주는 옮긴이 주입니다.

프롤로그

린코가 병명을 고하자 환자의 눈 깜빡임이 그쳤다. 이완된 입술은 조금 벌어져 있고 연지가 일부 지워져 있었다.

마침내 환자가 숨을 크게 들이마시더니 린코에게 매서운 눈초리를 보내며 말했다.

"인지증? 그럴 리가 없어요! 말도 안 돼!"

갑작스런 고성에 린코는 자신도 모르게 손이 움찔거렸다.

"나, 약 안 먹어요!"

노려보는 환자에게 린코는 말없이 고개를 끄덕였다.

“하지만 여보. 오늘 날짜도 잊고 있었잖아.”

옆에 있던 남편이 뒤에서 조심스레 속삭였다.

“오늘은 아침에 신문을 안 봐서 깜빡했을 뿐이야.”

환자가 빠른 말투로 반박했다.

“하지만 미토 선생님, 엠알인지 뭔지에 분명히 나오지 않았나요?”

그제야 이야기를 들어줄 것 같은 분위기가 되어 린코는 안도했다.

모니터에 비친 두부 MRI 영상을 마우스로 움직이자 뇌 단층촬영 영상은 작은 두정부에서 아래쪽 단면으로 점점 이동하다가 안구가 있는 단층 직전에서 멈추었다.

“다시 한번 설명드리죠.”

영상의 거의 중앙에 커서를 놓았다.

“여기가 단기 기억 중추인 해마입니다. 연령에 비해 조금 위축되어 있죠.”

환자는 67세. 린코는, 자신의 엄마보다 젊구나 하고 생각했다.

그러고는 하세가와 방식이라 불리는 간이 지능검사 문진표를 꺼냈다.

“30점 만점에 20점밖에 얻지 못하셨어요. 유감입니다만 인지증 수준입니다.”

환자가 고통스러운 표정을 짓는다.

“긴장한 탓이에요!”

그래서 방금 전에 마친 테스트와 동일한 질문을 반복했다.

"올해가 몇 년이죠?"

환자가 남편을 돌아다보았다.

"몇 년이지?"

남편이 시선을 깔았다. 반응하지 않는 남편에게 기대를 접었는지 환자가 답을 찾기 시작했다.

"음, 그러니까, 쇼와 51년…… 어, 아닌가? 나 좀 봐, 아까 말해 놓고선."

헤이세이라는 원호조차 떠올리지 못한다. 남편은 각오를 굳힌 표정이었다.

"아마도 알츠하이머형 인지증으로 보입니다. 진행을 억제하는 약을……."

거기까지 말했을 때 환자가 소리쳤다.

"이상한 병명 붙이지 말아요! 어쩌다 깜빡했을 뿐인데 왜 수선을 피워요! 이제 됐어요!"

그녀가 벌떡 일어섰다.

환자가 진단을 받아들이지 못한다. 심각한 병일수록 흔히 보이는 반응이다.

"선생님, 약 처방은 다음에 하셔도 괜찮지 않을까요? 밖에 환자가 세 분이나 기다리고 계세요."

간호사가 린코에게 귀엣말을 했다. 벽에 걸린 시계는 1시 반을 가리키고 있다. 서두르지 않으면 오후 외래 시간을 침범하고 말겠다.

린코는 하는 수 없이 고개를 끄덕였다. 간호사는 진찰실 문을 조금 열고 다음 환자를 불러들일 태세다.

"그럼 다시 검진 예약을……."

린코는 뭔가 하고 싶은 말이 있어 보이는 환자의 남편에게 고개를 숙였다.

환자를 어정쩡하게 내보내면 개운치가 않은데.

페트병을 들고 한 모금 마시니 조금 차분해진다. 잘게 자른 우메보시가 생수와 함께 들어 있다.

가라앉아 있던 매실 과육 조각들이 둥실 떠올라 물속을 천천히 회전한다.

뚜껑을 닫고 모니터 뒤에 숨기듯이 놓았다. 전에 상한 물을 마신다고 환자가 놀란 일이 있어서다. 린코는 입천장에 들러붙은 과육 조각을 가만히 삼켰다.

신주쿠 의과대학병원 종합진료과 외래진찰이 끝난 것은 오후 2시 조금 전이었다. 시작한 시간이 오전 8시 반이었으니 5시간 반이나 진찰실 의자에 앉아 있었던 셈이다. 허리를 두드리며 일어서는데 남자 의사가 들어왔다. 두 기수 선배인 오후 외래 담당의 아오키이다.

"어, 미토 선생, 지금까지 일한 겁니까."

아오키는 진찰실 팔걸이의자에 털썩 앉아 컴퓨터에 ID를 입력했다. 그의 등을 보며 린코는 목을 움츠렸다.

"오늘 환자가 많았어요?"

아오키가 뒷정리하는 간호사에게 굳이 물어보았다.

"아뇨, 보통이었어요. 미토 선생님은 언제나 자세히 설명하시니까요."

간호사가 입을 가리며 아오키에게 의미심장한 시선을 던진다.

자세히, 가 아니라 굼뜨다고 말하고 싶겠지. 의미심장한 미소를 짓는 아오키를 무시하고 나가려는데 그가 "미토 선생, 잠깐만요" 하고 불렀다.

"오늘이니까 말씀드리는 건데."

"예?"

린코는 아오키를 돌아다보았다.

"좀 더 요령 있게 일하는 게 좋지 않겠어요?"

아오키가 올백 머리를 쓸어 올리며 말했다.

"제가 지금 바빠서요."

아오키에게 가볍게 목례하고 린코는 병동을 향해 잔달음질했다.

"아아, 미토 선생님, 좀 더 일찍 와 주셨어야죠. 면담을 기다리던 가족 분이 돌아가셨잖아요."

병동 간호사가 비난 어린 눈빛으로 린코를 쳐다보았다. 외래진찰중에 어떻게 면담을 하라는 말이지? 하고 의아해하면서도 린코는 "미안해요. 나중에 내가 전화할게요" 하고 대답했다. 간호사도 가족을 상대하느라 곤혹스러웠을 테니 비난을 한다고 뭐라고 할 수도 없다.

회진을 하는데 린코의 휴대폰이 울렸다. 위암 환자가 호흡을 하지 않는단다. 병실로 날려가 심폐소생술을 실시했지만 자발호흡은 재개되지 않았다. 가족이 도착하기를 기다릴 여유가 없어 급하게 처치에 들어갔다.

이어서 당뇨병 환자가 저혈당 발작을 일으켰다는 연락이 왔다. 몽롱한 환자에게 치료용 50퍼센트 당액을 주사하자 의식이 서서히 돌아오고 혈당은 186까지 올라갔다.

안도하는 중에 린코는 강렬한 허기를 느꼈다. 끼니 거르는 것은 일상이지만 달콤할 당액을 보고 자극을 받았는지도 모른다.

빵 같은 거라도 사 먹을까 하고 지하 매점으로 내려갔다. 오후 5시 5분 전, 통원환자도 대부분 돌아가 사람은 별로 보이지 않는다.

자판기 근처 벤치에 앉아 있는 낯익은 부부가 보였다. 오전에 외래로 진찰한 인지증 환자이다.

남편과 눈이 마주쳐 눈인사를 했다.

"아, 선생님. 아니, 저어, 어떻게 해야 할지……."

남편의 겁먹은 모습에 이끌려 린코는 그만 옆에 앉고 말았다. 부인은 얼이 빠진 얼굴이다.

"차마 인정하기 힘드시겠죠……."

린코의 말에 스커트 자락을 꼭 움켜쥔 부인의 손이 희미하게 떨린다.

"인지증, 끔찍한 병명이죠. 하지만 진단을 받는 것은, 설사 아무리 기억을 잃어도, 아무리 상태가 심각해도 안전하고 편안하게 살아갈 방법을 찾는 첫 발자국입니다."

환자가 이내 눈시울을 붉혔다.

"맞아, 여보! 그러니까 약을 처방받자고."

남편이 부인의 어깨를 안아 주었다. 그와 동시에 매점 셔터가 요란한 소리를 내며 닫혔다.

"다음 주에 뵙겠습니다"라고 말하는 남편을 향해 린코는 "새로운 외래담당의에게 인계해 두겠습니다" 하고 고개를 끄덕이며 미소를 지어 주었다. 부부는 의아한 표정이다.

두 사람과 헤어진 린코는 자판기에서 뜨거운 단팥죽과 우유를 뽑았다. 둘을 섞으면 단맛이 적당해져서 요기하는 데 안성맞춤이다. 가게가 전부 문을 닫는 심야에도 구할 수 있다. 대학병원에서 배운 익숙한 비상식량이다.

그러고는 너스스테이션 구석에 앉아 담당환자 인계 서류를 작성하기 시작했다. 오늘 중으로 모든 담당 환자의 입원 경과나 병상, 내복약, 향후 검사 계획 등을 진료차트에 정리해야 한다. 작성하다가도 종종 환자의 용태 변화로 호출이 와서 시간은 눈 깜짝할 사이에 지나갔다.

인계 서류를 작성하고 나니 자정이 지나 있다. 서두르지 않으면 오늘도 마지막 전차를 놓친다.

"요령 좋게라……."

린코는 낮에 아오키가 한 말을 곱씹으며 생각했다.

"인지증입니다"라든지 "암입니다"라는 말을 어떻게 요령 좋게 전하란 걸까.

린코가 잔달음질하자 조용한 병원 복도에 발소리가 울린다.

로커 앞에 도착한 린코는 천천히 회색 문을 열었다. 거울에는 긴 머리를 하나로 묶고 눈 밑에 다크서클이 내려온 화장기 없는 서른일곱 살 여자가 비쳤다. 흰 가운의 목깃 사이에 쇄골이 도드라져 보인다.

린코는 한숨을 쉬며 커다란 종이봉투를 열었다. 그러고는 당직용 슬리퍼를 봉투에 던져 넣었다. 타월, 쓰던 핸드크림, 베개, 약 이름이 인쇄된 머그컵에 칫솔, 상미기한이 지나 버린 컵라면이나 초콜릿, 우메보시, 의학 잡지나 자료들…….

사진 한 장이 자료 사이에서 떨어졌다. 동기회에서 찍은 사진이다. 사귀던 남자도 보인다. 3년 전 크리스마스이브 저녁, 한참 늦게 매점 앞으로 달려갔지만 그는 없었다. 그때까지 예고 없이 데이트를 취소한 것은 여러 번이었지만 그날이 결정적이었으리라. 관계는 부지불식간에 자연소멸하였다.

아무튼 하나라도 더 많은 의료지식이나 기술을 익히고 싶어 달음박질했던 10년이었다. 환자 목숨이 달린 일이다. 개인적인 일을 우선시할 수는 없었다.

자신의 진성성은 적어도 병원 측만큼은 인정해 줄 거라고 믿었다. 하지만 착각이었던 모양이다. 대학병원에서는 요령 있게 환자를 상대하는 일을 마치고 많은 논문을 쓰는 의사가 필요한 것이다.

벌써 오랫동안 대화를 나눠 보지 못한 아버지가 머릿속을 스쳤다.

만나는 것이 갈수록 고통스럽게 느껴진다.

10년간 사용한 로커 속의 물품을 전부 꺼내 봉지에 채운 린코가 백의를 벗고 낡은 코트를 걸쳤다. 손잡이가 찢어질 것 같은 종이봉투는 병원 뒤에 있는 대형 쓰레기통에 던져 넣었다. 이제 곧 막차 시간이다. 린코는 역을 향해 달렸다. 쌀쌀한 3월 바람에 젖은 볼이 에이듯 아팠다.

정신적 고통

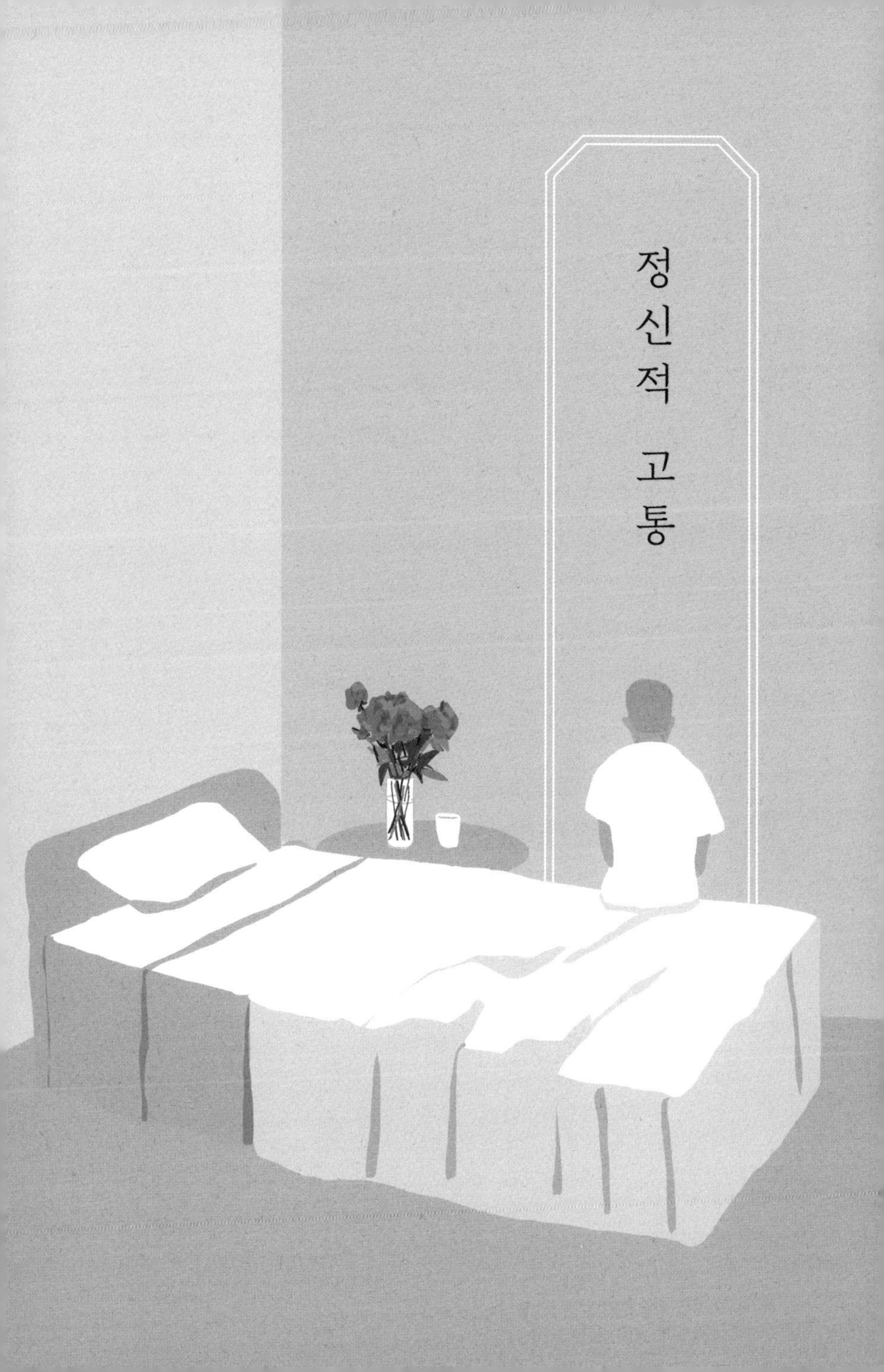

미타카 역 북쪽 출구의 차분한 로터리 풍경을 바라보며 린코는 뭐라 말할 수 없는 쓸쓸함을 느꼈다.

결국 이런 곳에…….

4월 1일 아침 8시. 북쪽 출구는 회색으로 가라앉아 보인다. 소고기 덮밥집이나 주점 체인이 몇 개 나란히 있고, 그 너머는 평범한 주택가이다. 대학병원이 있는 신주쿠의 활기와는 비교도 할 수 없다.

클리닉 지도를 주머니에서 꺼냈다. 역에서 도보로 5분, 찾아오는 길은…… 꽃가게 점원의 새된 목소리나 행선지를 고하는 버스 안내방송만 요란하다.

더듬더듬 길을 찾다가 회사원처럼 생긴 남성과 부딪힐 뻔했다. 스쳐 지나가는 순간 혀 차는 소리가 들린다.

"미토 선생이 계열 병원으로 나가 줬으면 하는데."

3주 전 오코치 히토시 교수로부터 다짜고짜 이동을 통고받았다.

신주쿠 의과대학병원 종합진료과, 통칭 '종진'에 입국하고 10년을 맞았을 때이다.

종합진료과에서는 특정 장기나 질환에 한정하지 않고 전반적으로 다양한 환자를 진찰하고 치료한다. 전문화되고 세분화된 현대의료의 결점을 보완하는 과로서 인기가 많기 때문에 늘 자리가 적어 들어가기가 쉽지 않다.

관련 병원에 로테이션으로 나가 근무한 시기도 있었지만 5년 만에 의국에 돌아온 린코는 나름대로 노력해 왔다고 자신했다. 많은 여성 의사가 결혼이나 출산 후에는 의국의 가혹한 근무체제에 버티지 못했지만 린코의 경우는 행인지 불행인지 그 어느 것도 하지 않고 살아남았다.

하지만 마침내 교수 입에서 계열 병원으로 나가 달라는 말이 나오고 말았다.

"어느 병원이죠?"

같은 시기에 의국의 여러 의사가 이동을 통고받고 있었다. 그들이

받은 통고는 대학 준교수 자리나 관련병원의 부장, 혹은 해외유학 등이다. 그러므로 이동 자체는 어쩔 수 없는 일로 받아들여야 한다.

대학병원을 떠나는 것은 조금 유감이지만 새로운 지식과 기술을 얻을 수 있는 종합병원이라면 그래도 괜찮다고 생각했다.

"무사시 방문클리닉이야."

오코치 교수는 둥근 얼굴에 파묻힌 작은 눈을 깜빡거리며 말했다.

"방문클리닉이요?"

린코는 자기 귀를 의심했다. 병원도 아니고 쪼그만 진료소이기 때문이다.

일반에는 그다지 알려져 있지 않지만 클리닉 혹은 진료소라 불리는 의료시설은 병상이 20개 미만으로 정해져 있다. 지역 의료의 중심이 되는 500병상 이상의 대형 병원에 비하면 설비나 스태프, 예산이 하늘과 땅만큼 다르다. 심지어 정상적인 병원이라면 가능한 검사와 수술도 클리닉에서는 안 되는 경우가 태반이다.

'이건 좌천이다. 아니, 그 이하다.'

린코의 다리가 후들거렸다.

"제가 뭘 잘못했죠? 밤낮으로 열심히 일해 왔는데……."

애써 용기를 쥐어짜 말해 보았다. 대학병원에 불필요한 인력으로 낙인찍힌 이유라도 알고 싶었다.

"잠깐 들어 봐."

오코치 교수는 태평하게 말했다.

"무사시 방문 클리닉은 말이야, 3년 전에 내가 시험적으로 시작한 재택 의료 부문이야. 지금까지는 대학이 재택 의료 같은 분야에 직접 나서는 일은 없었지. 하지만 초고령화 사회에서는 대학병원이라도 지역의 니즈를 무시할 수 없게 되었어."

무사시 방문클리닉에 대해서는 알고 있다. 근무하던 의사가 지난 3월 65세로 정년을 맞았다는 얘기도 들었다. 입이 건 의국원은 노인이 노인을 돌본다는 뜻의 '노노老老 개호'라는 말을 비틀어 '노노 클리닉'이라고 비꼬았다.

단순한 로테이션이라고 해도 린코의 나이로 보자면 너무 이르다. 도저히 승복할 마음이 들지 않았다.

"대학에 남아 있을 수는 없을까요? 여기서 더 공부하고 싶습니다."

어렵사리 입을 열었다.

"남고 싶다고?"

"네."

작년에 환갑을 맞은 교수는 미간의 깊어진 주름을 바짝 모았다.

"의료현장에 귀천이 어디 있나. 아니면 미토 군은 대학병원 환자만 진료하고 싶나?"

어이가 없다. 환자를 고를 마음은 눈곱만큼도 없다.

"그런 건 아닙니다."

그러자 교수의 표정이 확 밝아졌다.

"다행이군. 의사 공부는 대학을 떠난 뒤에 시작되는 거야. 뭐, 갈지 말지는 스스로 결정하라고."

교활하다. 엄연히 명령인데도 의국원 스스로 선택하는 형식을 취하고 싶은 모양이다. 하지만 여기서 교수의 뜻에 거스르는 것은 의국을 그만두겠다는 선언과 같다.

지금까지 해온 일에 대하여 이런 평가를 받고 말았다. 의국을 그만두는 것은 언제라도 가능하다. 머무르겠다면 그 평가를 받아들이는 수밖에 없다.

"가겠습니다."

목소리가 조금 꺽꺽거렸다.

"고마워. 나도 매달 한 번은 가니까 무슨 일이 생기면 거기서 상의하자고. 기대가 되는군."

무사시 방문클리닉 부임이 결정되는 순간이었다.

대학병원에서 받는 트레이닝이 전부라고 여기며 살아온 날들은 강제로 종료되고 말았다.

미타카 역에서 몇 분을 걷자 이노카시라 거리가 나왔다.

지도를 다시 확인한다. 눈앞에 있는 낡은 연립주택 같은 건물이 지도에 빨간 동그라미가 쳐진 곳이다.

린코는 벽에 나란히 매달린 우편함 앞에 섰다. 101에서 505호실까지 있다. 아래부터 두 번째 열의 중간에서 205호실 '무사시 방문클리닉'이라는 둥글둥글한 고딕체 글자를 발견했다.

계단은 먼지투성이고 난간의 페인트가 벗겨져 얼룩무늬처럼 보인다. 2층 복도 제일 끝에 '무사시 방문클리닉' 표찰이 걸린 방이 있다.

연녹색 문 앞에 서자 처량한 심정이 북받쳤다.

의사 공부는 대학을 떠난 뒤에 시작된다고? 거짓말. 이런 데서 뭘 배우라고.

하지만 돌아갈 곳이 없다. 대학병원에서 버림받았다. 이제는 그걸 깨달아야 한다.

린코는 양손으로 볼을 몇 번 치며 심호흡을 한 번 하고 인터폰을 눌렀다.

"예에."

문이 열리고 안경을 쓴 동년배 여성이 나왔다.

"저어, 오늘부터 신세지게 된 미토입니다."

여성은 눈언저리를 찡긋하며 웃었다.

"기다렸습니다, 미토 선생님! 저는 의료사무를 보는 가메이 준코라고 합니다."

들어서 보니 어수선한 사무실이다. 아파트라면 거실에 해당하는 곳 한복판에 책상 네 개를 붙여 놓았다. 벽에는 도쿄 서부 지도가 붙어 있고 안쪽에 주방도 보인다.

"선생님 자리는 저쪽입니다."

린코는 안내받은 의자에 작은 배낭을 내려놓았다.

지도 앞에 서서 바라보는데 가메이가 지도 여기저기에 꽂힌 압정을 가리키며 말했다.

"이것들이 다 방문 진료를 받는 환자의 집입니다."

환자의 집들은 미타카 역을 중심으로 주오선中央線 동서쪽에 분포되어 있었다.

"선생님, 사물함은 이쪽 걸 사용해 주십시오. 새 가운은 사물함에 넣어 두었습니다. M사이즈를 준비해 두었는데, 조금 클까요? 그리고, 교통비 같은 비용을 정산하실 때는 이 용지에 기입해 주세요."

보드라운 수트를 입은 가메이는 실내를 걸으며 요령 있게 설명했다.

"안녕하세요."

그때 안쪽 방에서 머리칼을 갈색으로 염색한 남자가 머리를 긁적이며 나왔다.

"간호사 다케다 고스케예요. 고스케, 오늘부터 일하게 된 미토 린코 선생님이셔."

고스케라는 키 큰 남자가 턱을 내밀며 "잘 부탁합니다" 하고 인사했다.

어벙한 사내아이 같은 얼굴이다. 남성 댄스그룹 멤버 중에 이런 아이가 있지 않았나. 자세히 보니 가운은 구겨져 있고 귀에 피어싱 구멍이 뚫려 있다. 대학병원 스태프 중에서는 본 적이 없는 타입이다.

"전임 선생님이 '가메 짱'이라고 부르셨으니까 미토 선생님도 그렇게 부탁합니다."

가메이, 아니 가메 짱이 웃는 얼굴로 고개를 끄덕이며 말했다.

"가메 짱, 저어, 진찰실은……."

"네?"

가메 짱이 의아한 표정을 지으니 조금 당혹스럽다. 엉뚱한 질문을 해버린 것 같다.

"으음, 진찰실은 어디인가요?"

고스케가 의자에서 느릿느릿 일어섰다.

"미토 쌤, 이쪽입니다."

그러더니 실내 구석에 있던 푸른 파티션을 밀었다.

세 방향이 벽으로 막힌 무슨 창고나 옷장처럼 생긴 좁은 공간이 나타났다. 좁고 긴 책상 하나에 의자가 두 개 있을 뿐이다. 책상 위 펜대에는 볼펜과 함께 체온계나 압설자, 타진기 등이 꽂혀 있고, 옆에 혈압계나 청진기가 아무렇게나 굴러다닌다. 안쪽에 심전도계가 처박혀 있다.

"여기가 진찰실?"

"그렇죠."

고스케가 태연하게 말했다. 이렇게 좁은 진찰실은 처음이다. 여기서 환자를 진료한다고?

"진찰용 베드는?"

"없어요."

"뢴트겐은?"

"당연히 없죠."

고스케는 어림도 없다는 듯이 얼굴 앞에서 손을 살살 저었다.

"들여올 계획은?"

"글쎄요."

멀뚱한 고스케의 얼굴에 린코는 맥이 풀렸다. MRI나 CT까지는 기대하지 않았지만 뢴트겐 정도는 있을 줄 알았다. 이런 상태로 용케 개원허가를 받았다 싶을 만큼 간소한 설비였다.

"괜찮겠어요?"

고스케가 걱정스럽게 말해서 조금 마음이 놓였다. 그도 간호사이므로 이곳의 의료 환경이 얼마나 빈약한지 아는 것이다.

"그러게요. 이래 가지고 어떻게 진료소라고……."

린코가 말을 마치기도 전에 고스케가 고개를 저었다.

"아뇨, 선생님의 굉장한 기대 말예요. 여긴 '방진'이니까요."

'방진'이란 말을 방문진료소로 풀어내는 데 몇 초나 걸렸다.

가메 짱이 어색하게 웃는다.

"미토 선생님, 저희는 재택 전문으로 알려져 있거든요. 외래 환자는 거의 없어요."

"오전엔 거의 개점휴업이에요" 하고 고스케가 뒤이어 말했다.

오늘은 벌써 여러 번 문화충격을 받고 있다. 촌분을 아끼며 열심히 의학 지식과 기술을 습득해 온 지난날들이 다 무슨 소용인가 싶었다.

필요한 설명을 듣고 나니 맥이 빠질 만큼 무료해져서 린코는 오후에 방문할 환자들의 진료차트를 몇 번이나 읽었다. 옆자리에서 주기적으로 코고는 소리가 들려왔다. 고스케가 이어폰을 귀에 꽂은 채 책상에 엎드려 있다. 음악소리가 희미하게 흘러나온다.

건너편 자리에서 주기적으로 울리는 전화를 가메 짱이 살가운 목소리로 받는다. 전화 내용은 방문 진료 시스템이나 요금에 대한 문의 같다.

"……네, 매달 몇 차례 정기적으로 자택을 방문하여 진찰하는 것이 방문 진료입니다. 기본은 매월 두 번인데, 상태에 따라서는 횟수를 늘립니다. 물론 보험이 적용됩니다. 게다가 추가 요청으로 방문하는 경우를 '왕진'이라고 하는데 별도 요금이 붙습니다. 네, 언제든 댁에서 진료를 받을 수 있으니까 환자분이 위급할 때도 안심하실 수 있습니다……."

무사시 방문클리닉의 상근 스태프는 사무를 보는 가메 짱과 간호사 고스케, 그리고 의사 린코가 전부다. 관리책임자로 오코치 교수가 있지만 상근의가 아니므로 총원 3.5명이라고 해야 할까. 오전 외래진료나 오후 방문 진료는 린코가 혼자 담당한다. 야간은 계약을 맺은 방문간호 스테이션의 지원을 받는 체제를 취하고 있다.

정오가 지나자 가메 짱이 도시락가게에서 점심 3인분을 사왔다. 자신이 주문한 '헬시 채소도시락'을 받아든 린코는 제대로 일도 하지 않았는데, 하며 일말의 죄책감을 느꼈다.

벽에 걸린 시계가 12시 15분을 가리키고 있다.

신주쿠 의대병원에서라면 열심히 환자를 진찰하고 있을 시간이다.

외래진찰이 끝나면 5분 만에 우동정식이라도 입안에 쓸어 넣고 바로 병동으로 올라가 입원환자를 진료하며 돌아다녔다. 지금 생각하니 충실한 날들이었다.

자신이 몹시 타락해 버린 기분이다.

세면소에서 천천히 손을 씻으며 거울을 본다. 눈에 긴장감이 없다. 사무실로 돌아가 헬시 야채도시락 뚜껑을 연 린코가 우엉샐러드를 젓가락으로 집었을 때 고스케가 일어섰다. '스태미너 도시락'을 벌써 해치운 것이다.

고스케는 철제 서가에서 기재를 꺼내기 시작했다. 진료차트, 청진기, 혈압계 등이 슈퍼마켓에 비치되어 있을 법한 바구니에 가지런히 담겨간다. 이어서 벽에 붙은 지도 앞에 버티고 선 그가 예리한 눈초리로 살펴보다가, "아니지, 이쪽인가?" 하고 중얼거린다.

"차량을 준비해 둘게요. 쌤은 나중에 나오세요."

1시 5분 전, 고스케는 짐을 안고 클리닉을 나섰다. 오전과는 다른 사람처럼 보인다. 그래도 갈색머리와 피어스가 눈에 띈다.

린코는 현관에서 구두를 신으며 가메 짱에게 물었다.

"고스케 씨는 조금 독특한 스타일이네요. 환자가 혹시 불평을……."

가메 짱은 순간 멈칫하다가 크게 웃었다.

"괜찮습니다! 껄렁한 애처럼 보이지만 의외로 성실하거든요. 걱정할 거 전혀 없습니다."

건물 정면에 정차해 있던 분홍빛 경차에서 선글라스를 낀 고스케가 장밖으로 얼굴을 내밀고 린코에게 손을 흔들었다. 차체에 '무사시 방문클리닉'이라고 적혀 있지 않다면 도저히 '정상'으로 보이지 않는다.

"미토 쌤, 오늘은 단순해요."

차를 출발시킨 고스케가 여유만만한 투로 말했다.

린코가 가메 짱이 건네준 '방문예정일람'을 파일에서 꺼낸다.

첫 번째 환자는 87세 남성, 뇌경색 후유증이 있는 환자로 욕창에 대한 처치가 필요. 다음은 77세 남성, 지주막하 출혈을 일으킨 지 1개월. 세 번째는 75세 남성, 전립선암으로 소변 통과 장애가 있어 요도 카테터를 교환. 네 번째인 88세 여성은 알츠하이머형 인지증에 폐렴이 병발. 다섯 번째는 45세 여성으로 유방암이다.

이걸 두고 어떻게 '단순하다'고 말할 수 있을까.

"이게 어떻게 단순하다는 거죠?"

애초에 환자를 진료하는 데 쉽고 말고가 어디 있나.

"네? 오늘은 재수가 좋다는 말입니다. 한 건만 고쿠분지에서 조금 멀 뿐 나머지는 다 가까우니까."

고스케의 말이 거리 이야기였음을 알게 된 린코는 얼굴을 붉혔다.

골목의 막다른 자리에 차가 서자 고스케는 프런트글라스에 '왕진중'이라고 적힌 카드를 내놓았다.

"조심하세요, 쌤."

린코는 어제 내린 비로 생긴 커다란 물웅덩이를 피해 차에서 내렸다.

작은 연립주택 1층이 환자의 집이다. 빨래가 널린 베란다가 보인다.

현관 앞에 선 고스케가 노크를 하나 싶더니 곧장 문손잡이를 당겼다. 자물쇠가 걸려 있지 않았고 대답도 없다.

"안녕하십니까. 무사시 방문클리닉입니다."

현관을 들어서니 종이박스가 여러 개 눈에 띈다. 양파나 감자 같은 채소류가 담긴 상자도 있고 세제나 페트병 음료 등이 무질서하게 채워진 상자도 있다. 가까운 가게에서 배달된 상태 그대로 방치된 듯하다. 벽에 걸린 와이어 옷걸이에는 내의가 걸려 있었다.

사생활이 널려 있는 광경에 린코는 당황했다. 하지만 고스케는 전혀 개의치 않고 구두를 벗더니 안으로 들어갔다.

"고스케 씨야?"

맹장지가 열리고 등이 굽은 백발 여성이 난간과 기둥을 붙들고 나타났다.

"안녕하세요!"

고스케가 손을 쳐든다.

"의사 선생은 어쩌고?"

여성은 의아해하는 표정으로 고스케에게 물었다.

"지난주에 말씀드린 대로 오늘부터 새로운 쌤으로 바뀌었어요, 구사노 씨. 성함은 미토 린코 쌤."

"아, 그랬나. 깜빡했네."

"안녕하세요. 새로운 담당의 미토입니다."

"아, 예, 잘 부탁드려요."

백발 여성은 방금 나온 방으로 느릿느릿 돌아갔다.

"아저씨는 좀 어떠세요?"

"여전하지, 뭐. 좋아지지도 않고 나빠지지도 않고……."

실내 침대에는 수염이 덥수룩한 남자가 누워 있다. 대소변이 섞인 듯한 냄새가 방 안을 감돈다. 저도 모르게 호흡이 멎었다.

"안녕하세요, 구사노 씨."

고스케가 환자 어깨를 가볍게 두드린다.

노인은 눈을 뜬다 싶더니 이내 감았다. 침대 옆 탁자에 있는 먹다 만 오지야채소와 된장 따위를 넣고 끓인 죽는 표면이 말라 있다.

멀거니 서 있는 린코 옆에서 고스케는, "여름이 아니라도 식중독에 조심하셔야 합니다" 하고 말하며 익숙한 손놀림으로 환자의 체온과 혈압을 재기 시작했다.

"미토 쌤, 엉치뼈입니다. 알아챘을 때는 이미 이런 상태로."

고스케가 보여준 등 아래쪽에 거대한 욕창이 있었다. 엉덩이 위쪽의 천골이라는 뼈가 불거진 부위는 욕창이 잘 생기는 곳이다. 직경 5센티미터의 거뭇거뭇한 피부. 거죽은 딱딱하지만 그 속은 부드럽다. 안에 고름이 차 있는 듯하다.

바로 손이 움직였다. 꺼매진 피부를 메스로 잘라낸다. 안에서 크림 같은 고름이 쏟아져 나왔다. 농즙을 전부 짜내고 생리식염수로 여러 번 씻는다.

처치하고 있을 때 부인이 몇 가지 이야기를 들려주었다. 요즘 식욕이 떨어졌다, 밤중에 잠을 잘 못 잔다, 그냥 기운이 없다…… 전문 간호사의 보고와는 달리 종잡을 수가 없다. 린코가 식사량이 구체적으로 어느 정도였는지, 잠은 몇 시부터 몇 시까지 잤는지 등을 일일이 확인해 나간다.

남의 집안에 들어가 진찰하는 것은 처음이다. 생활의 곤궁과 질병의 경계가 분명하지 않다. 순수하게 질병만 상대하던 대학병원과는 대응 방식이 크게 다를 수밖에 없다.

두 번째 환자도 그 이후에 만난 환자도 간단치 않은 병상을 안고 있었다. 가까스로 환자 네 사람의 집을 방문하고 났을 때는 이미 5시가 지나 있었다.

"시간을 너무 끌었나? 내가—"

요령이 없어서, 라고 말하기도 전에 대답이 돌아왔다.

"대개 이런 정도예요."

고스케는 왕진 차량의 속도를 높였다.

"건당 진찰 시간을 어느 정도로 잡아요?"

"오후 1시부터 5시까지 4시간인데, 오늘은 방문 건수가 다섯 건이니까, 나누면 건당 약 45분. 거기다 이동 시간이나 주차할 공간을 찾는 시간을 빼면 건당 30분 정도입니다."

환자에게 병상을 묻고 진찰이나 검사, 처치 등을 하고 약을 처방하고 마지막으로 진료차트에 기록하는 것이 일련의 흐름이다. 욕창 처치동으로 애를 먹는다면 도저히 30분으로는 끝날 것 같지 않다.

"꽤 빡빡하네."

고스케는 "그렇죠" 하고 앞을 바라보며 고개를 끄덕였다.

"음, 그리고 마지막 환자는 조금 힘듭니다."

고스케가 좁은 길을 좌회전하며 말했다.

"고쿠분지에서 조금 멀어서?"

"아뇨, 환자의 성격이 별나달까. 꽤 유명한 저널리스트래요."

이번에는 거리 이야기가 아니었다. 린코는 진료차트에 끼워 둔 신주쿠 의대병원의 진료정보제공서, 이른바 소개장을 다시 꺼냈다.

환자의 이름은 지모리 아야코, 45세. 7년 전 유방암 수술을 받았다. 항암제 치료를 계속했으나 재발하였고 2년 전 폐와 간에 전이가 발견되었다. 한마디로 말기 유방암 환자다. 이미 암 증식을 억제할 수 없는 상황이어서 완화의료가 중심이 되고 있다.

"젊은 환자네……."

린코는 자매가 없지만 언니라고 해도 어색하지 않을 연령이다.

여명은 반년 정도라고 적혀 있다. 방문 진료를 시작한 지 벌써 3개월이 지났다고 한다. 그렇다면 이제 수명은 세 달밖에 남지 않은 셈이다.

아야코의 집은 고쿠분지 시 북쪽의 쓰다주쿠 대학 앞에 있었다. 연한 빛깔의 붉은 벽돌에 싸인 커다란 서양식 주택이다. 돌출창이 있고 레이스 커튼 그늘에는 광택을 발하는 진감색 꽃병이 놓여 있다.

집 앞에 왕진 차량을 댔다. 금속 레이스가 장식된 문이 자동으로 열리고 아담한 체구를 가진 30대 여성이 나왔다.

"환자 남동생의 부인인 가나 씨입니다."

고스케가 차창을 열고 "안녕하세요" 하며 가나에게 손을 흔들었다.

동생 내외가 사는 안채와는 별도로 마당에 별채라 불리는 하얀 집이 있다. 환자 아야코는 거기서 지낸다고 한다.

가나는 온순해 보이는 여성이었다. 고스케와 함께 별채 문 앞에 다다르자 커다란 목소리로 말했다.

"형님! 의사 선생님 오셨어요!"

대답이 들리자 가나가 문을 열었다. 담배 냄새가 코를 찌른다.

아울러 여러 종류의 다른 냄새들도 풍겼다. 린코의 기억에도 남아 있는 냄새였다. 가슴의 암세포가 붕괴할 때 나는 독특한 냄새. 열대의 꽃 같은 들큼함에 비 오는 날 개한테 나는 비린내가 더해진 듯한 것이 약 냄새와 비슷하다.

"저는 여기서 실례할게요. 힘드실 줄 압니다만 잘 부탁드립니다, 선생님."

가나는 공손하게 고개를 숙이고 안채 쪽으로 사라졌다.

별채 입구에서 제일 먼저 시야에 들어온 것은 벽을 가득 채운 책이었다. 크기도 제각각인 책의 등이 서가 여기저기에 튀어나와 있다. 방에는 침대와 커다란 소파가 있고, 거기에 체구가 큰 여성이 느긋하게 앉아 있었다.

"안녕하세요, 지모리 씨. 새로 오신 미토 쌤입니다."

환자 지모리 아야코였다. 기하학무늬의 컬러풀한 원피스 차림으로 담배를 피우고 있다.

"오늘부터 찾아뵙게 된 미토 린코입니다. 지난달까지 신주쿠 의대 대학병원에서 일했습니다. 잘 부탁……."

린코가 말을 마치기도 전에 아야코가 말허리를 자르고 들어왔다.

"나는요, 명의가 아니면 진료받고 싶지 않아요."

담배를 비벼 끈 아야코가 커다란 눈동자를 천천히 올려 린코를 쳐다보았다. 콧날이 선 얼굴은 당당했고 서슬조차 느껴졌다.

대답을 못하고 있자 아야코의 새된 웃음소리가 방 안에 울렸다.

"종합진료과의 에이스라면서요? 오코치 선생한테 들었어요."

린코는 어리둥절해졌다. 오코치 교수는 상대방을 당황케 하는 말을 종종 던진다. 의국원들도 종종 휘둘리곤 했다.

"그만하시죠."

대학병원에서 클리닉으로 밀려난 몸이다. 아야코는 그걸 알고 말했을까? 그렇다면 참으로 고약한 독설가다.

"괜찮아요, 에이스든 찬밥이든. 난 의사라는 사람들을 전혀 안 믿으니까."

체념한 투로 말하고 아야코는 앞머리를 그러 올렸다.

"평판이란 게 믿을 게 못되거든요. 대학병원 의사라고 해 봐야 수준이 빤하죠. 마냥 입원해 있는 것보다는 낫다고 생각해서 집으로 돌아온 거예요."

아야코는 두 번째 담배에 불을 붙여 연기를 깊이 빨아들였다가 토했다.

"담배는 몸에 해로워요."

아야코는 린코를 무시하듯이 다시 담배를 빨았다. 오렌지색 끝이 지지직 소리를 낸다.

"그런 말도 안 믿어요. 대학에서는 새로 개발된 항암제의 임상치료도 권했지만 거절했어요. 실험동물이 되는 건 딱 질색이니까."

임상치료 이야기는 소개장에도 없는 내용이다.

"신약을 시험해 볼 기회를 포기한 건가요?"

그러자 아야코가 날카롭게 목소리를 높였다.

"무책임한 소리 하지 말아요! 정말로 효과가 있는지 없는지도 모르는 채 부작용의 고통을 감당해야 하는 건 나니까. 포기하지 않는 게 절대적으로 좋다고 보증할 수 있어요?"

뜻밖의 반응이었다. 내 말투에 비난이 묻어난 걸까?

"죄송해요."

대학병원에는 설사 가능성이 낮아도 만에 하나에 희망을 걸려고 하는 환자밖에 없었다. 그런 환자를 상대로 신약을 시험하는 것은 어느 샌가 당연한 일처럼 여겨지게 되었다.

"아무튼 난 죽으려고 돌아온 거예요."

아야코는 메마른 목소리로 말했다.

"그리니 치료 얘기는 관둬요. 시간 낭비니까."

"지모리 씨……."

"난 말예요, 이제 치료 같은 거 받지 않고 여기서 혼자 죽어도 상관없어요. 다만 동생 말이 경찰이 찾아오는 게 번거롭다고 해서 어쩔 수 없이 방문 진료를 신청한 거예요."

자택에서 돌연사하면 경찰이 검시를 실시할 수 있다. 가족의 염려도 마냥 야단스러운 것은 아니었다.

"동생 내외한테는 요양원에 들어간 어머니를 떠넘긴 죄가 있어서 거스를 수가 없어요. 됐으니까 얼른 처치나 끝내줬으면 좋겠네요."

아야코는 자리를 침대로 옮겨 스스로 가슴의 단추를 풀었다. 고스케가 당황하며 아야코를 거든다.

린코는 아야코의 왼쪽 가슴을 덮은 거즈를 떼어냈다. 일부는 석류가 터진 것처럼 무너져 넓은 범위에서 궤양이 되었다. 흔히 '꽃이 피었다'라고 말하는 상태로, 종양세포가 내부에서 밖으로 성장한 결과이다. 환부에서 혈액이 배어나오고 있었다.

이런 상태에서 회복시킬 항암제가 있다고 해도 아야코 말대로 상당한 부작용이 있을지 모른다.

린코는 거즈에 지혈작용이 있는 보스민 액을 적셔서 출혈부에 대고 잡균이 번식하지 못하도록 항생물질이 든 연고를 발랐다. 종양 전체에 거즈를 대기 무섭게 고스케가 반창고로 고정해 주었다.

암이 침범하지 않은 쪽 가슴은 서글플 정도로 아름답다. 아야코의 윤기 있는 피부를 보며 린코는 새삼 환자의 젊음을 느꼈다.

진통 처방전을 쓰고 진찰을 마치자,

"피곤하니 돌아가 주세요."

하고 아야코가 천장을 보며 말했다.

"그럼 또 뵙겠습니다."

고스케가 인사해도 대답이 없다.

린코와 고스케는 쫓겨나듯 방을 나섰다.

그때 현관문이 열리고 중년 남성이 들어왔다. 까만 가죽점퍼를 입은 키 큰 스킨헤드 남자였다. 동생 같지는 않고 간병인도 아닌 듯했다. 스쳐지나갈 때 남자에게서 달콤하고 나무향기 같은 냄새가 희미하게 풍겼다.

남자는 말없이 침대로 다가가 아야코의 베갯맡에 얼굴을 가까이했다. 아야코는 웃는 얼굴이다. 애인일까? 혹은 매스컴 업계의 동료일까? 두 사람의 관계를 짐작도 못한 채 린코는 방문을 닫았다.

"다음 진찰은 2주 뒤입니다. 방문간호는 지금까지 해 왔던 대로 매일 하도록 조치해 놓겠습니다."

안채 현관에서 린코가 가나에게 당부사항을 전했다. 옆에 있던 고스케로부터 예약표를 건네받은 가나는 "잠깐 차 한 잔 어떠세요, 선생님?" 하고 권하더니 두 사람을 응접실로 안내했다. 밖에서 꽃병이 보이던 곳이다. 소파에 앉아 기다리자 가나가 커피를 내왔다.

"별난 집안처럼 보이겠죠, 선생님? 실은 저는 별채에 들어가지 못해요. 간병은 요양보호사를 고용할 테니까 신경 쓰지 말라고 하셔서……
이런 얘기까지 해도 좋을지 모르지만, 시누이는 조금 제멋대로 구는 구석이 있어요. 일본 최고라는 대학병원의 교수님에게 진료를 받아 왔는데 멋대로 퇴원을 결정해 버리더니 지금까지 간병인을 세 명이나 그만두게 했어요."

그러고 보니 아야코의 입원기록에 따르면 담당의가 두 번이나 바뀌었다. 대학병원 측 사정으로 바뀐 줄 알았는데 그게 아닌 모양이다.

"형님에게 할 말을 할 수 있는 사람은 시어머니와 남편뿐이에요. 하지만 시어머니는 반년 전 시설에 들어가셨고 남편은 일이 바빠 거의 집에 들어오질 못하니까 아무도 뭐라고 말할 수가 없어서."

가나는 힘없이 한숨을 지었다.

아야코가 '동생 내외의 말에는 거스를 수 없다'고 한 것은 실상과 먼 이야기인 듯하다.

린코는 문득 별채에서 스쳐간 남자가 떠올랐다.

"그러고 보니 아까 어떤 분이……."

가나의 표정이 이내 굳어버렸다.

"또 왔어요? 그 남자, 거의 매일 시누이를 찾아오는데, 우리는 전혀 모르는 사람이에요. 중병을 앓으면서도 남자를 집 안에 들이다니, 형님도 무슨 생각인지……."

떨리는 목소리로 분개하던 가나가 이내 부끄럽다는 듯 맥없이 웃었다.

*

클리닉으로 돌아와 혼자 남아 진료차트를 정리하는데 전화벨이 울렸다. 놀랍게도 오코치 교수였다. 첫날의 근무가 걱정돼서 연락했나 싶었는데,

"가메 짱 있나?"

라고 물어서 조금 낙담했다.

"먼저 퇴근했습니다."

"흐음. 미토 군은 왜 남아 있지?"

"진료차트 정리를…… 왕진 중에 미처 기입하지 못한 게 있어서요."

대답하고 나서 문득 요령 없음을 간파당했을지 모른다는 생각이 들어 린코는 흠칫했다.

"하여간 성실하다니까."

"아뇨, 저어, 첫날이라 구체적인 것들을 아직 파악하지 못해서요."

이번에는 횡설수설이 되었다.

"그래? 어때, 힘들지 않아?"

"괜찮습니다."

심신이 다 소모되었지만 린코는 애써 밝게 대답했다. 자신의 취약함을 더 노출해서 걱정을 끼칠 수는 없다는 생각이 들었기 때문이다.

"그럼 믿겠네. 잘 부탁해."

오코치 교수의 소란한 목소리가 사라지자 실내가 정적으로 돌아갔다. 그제야 조금 소심해진 린코는 서둘러 작업을 마치고 가메 짱이 일

러준 대로 문을 두 군데나 잠근 뒤에 클리닉을 나섰다.

아직 7시 직후였다. 대학병원이라면 이제 한바탕 업무가 시작된다.

나카노의 아파트로 곧장 돌아갈 마음은 생기지 않았다.

클리닉에서 역으로 가는 도로를 버리고 상가 옆 골목으로 들어서니 툭 튀어나와 있는 K자 형태의 간판이 눈에 띈다. '케이즈 키친'이라 적혀 있다. 가메 짱이 퇴근할 때 "근처에서 식사를 하시고 싶으면 가 보세요" 하며 메모에 적어 준 식당 가운데 하나다.

내부는 묘한 공간이었다. 하얀 벽에 커다란 나무가 역동적인 모습으로 그려져 있고 거기에 색색가지 새들이 앉아 있다. 남국풍, 아니 그림책 속의 세계 같다.

"미토 선생님!"

가게 안쪽에서 누군가 손을 흔들며 부르는 소리가 들렸다. 가메 짱이었다. 그녀가 앉은 테이블 맞은편에는 고스케가 앉아 맥주를 마시고 있다.

"쌤, 냄새를 기막히게 맡으시네요!"

고스케가 린코를 위해 의자를 빼는 동안 가메 짱은 카운터 너머를 향해 소리를 질렀다.

"케이 짱, 새로 오신 선생님이셔. 미토 린코 선생님."

린코는 케이 짱이라는 사람에게 목례했다. 라메 자수가 된 까만 앞치마가 요염한데, 벽의 그림과 묘하게 잘 어울린다.

이내 물과 물수건이 나왔다.

"어서 오세요."

예상치 못한 굵은 목소리에 린코는 움찔했다. 아무래도 케이 짱은 트랜스젠더 같았다.

"선생님도 정식으로 드시겠어요?"

린코는 "예" 하며 고개를 끄덕였다.

"쌤도 맥주 드실래요?"

고스케가 붉어진 얼굴로 물었다.

"미안, 난 술을 못해."

린코의 주문을 받은 케이 짱이 카운터 너머로 돌아갔다. 고스케와 가메 짱이 잡담에 열을 올리는 사이에 린코는 물을 한 모금 마시고 물수건을 눈에 갖다 대며 오늘 만난 환자들을 떠올렸다. 거의 상대해 보지 못한 종류의 환자들이었다. 대학병원에서는 초기 치료는 밀도 높게 진행하지만 집중적인 치료가 끝나면 환자를 퇴원시킨다. 그 뒤 그들이 집으로 돌아가 어떤 후유증으로 고생하는지, 재활과 씨름하며 어떻게 살아가는지는 거의 알지 못했다.

특히 지모리 아야코를 만나고는 충격을 받았다.

지금까지 경험한 바로는 어떤 치료법이 있다고 고하면 거기에 매달리지 않는 환자가 없었다. 하지만 아야코는 달랐다.

"죽으려고 돌아왔어요"라는 말은 어디까지 진심일까. 죽음을 각오한 강한 신념이 있는 걸까. 혹은 죽음을 눈앞에 둔 두려움을 떨쳐내려고 애써 거칠게 말하는 걸까. 이해할 수 없었다.

"무책임한 말 하지 말아요!", "치료 얘기는 됐어요. 시간 낭비", "의사라는 사람들을 전혀 믿지 않아요", 그런 말이 토막토막 살아난다. 마음 깊은 곳이 욱신거리는 것을 느꼈다.

"미토 선생님, 괜찮으세요?"

"아, 미안해요."

린코는 내내 눈에 대고 있던 물수건을 살짝 떼어냈다.

"이렇게 하고 있으니 시원하네요."

걱정스런 표정이 된 가메 짱이 말했다.

"피곤하시군요. 전임 선생님도 힘들어하시던데."

"할아버지 쌤이라 더 피곤해하셨어요. 저녁이면 맥이 풀려 똥을 지릴 지경이랬죠."

"쯧! 고스케. 식사 중이잖아!"

가메 짱이 검지를 입술에 세운다.

곧 작은 접시 여러 개를 쟁반에 얹은 정식이 나왔다. 현미밥에 무 된장국, 우엉조림, 롤캐비츠였다.

"이거 잘 섞어서 드세요. 피로 회복 메뉴입니다."

케이 짱이 주발을 가리키며 설명해 주었다. 토마토, 양상추, 무싹 등으로 만든 샐러드 같다.

젓가락으로 들춰 보니 밑에 메밀국수가 보인다. 새콤한 향이 코를 쏘기에,

"이거 뭐죠?" 하고 놀라서 물으니,

"레몬 소바."

하고 케이 짱이 낯선 요리명을 가볍게 말했다. 고스케가 즉시 도전했다가 "우와, 새콤달콤해!" 하고 소리를 질렀다.

린코도 젓가락 끝을 핥아 보았다.

레몬즙을 듬뿍 넣은 국물이 메밀국수가 잠길 정도로 뿌려져 있다. 산미가 강한 국물을 뚝뚝 떨어뜨리며 메밀을 먹었는데,

"윽!"

신맛에 린코의 입안 근육이 전부 움츠러들었다.

"메밀국수에 레몬이……."

"안 맞나요, 선생님?"

"아, 맞아요."

린코가 간신히 말하자 고스케가 웃음을 터뜨렸다. 상대가 입에 맞는다는 대답으로 오해한다는 것을 깨닫고 당황해서 "그러니까 메밀과 레몬이 잘 어울린다는 뜻……"이라고 정정하려는데,

"괜찮아요, 선생님. 알고 있으니까."

하며 가메 짱이 쓴웃음을 지었다.

"레몬 소바는 케이 짱 씨가 개발한 메뉴인가요?"

린코가 차를 내준 케이 짱에게 물었다.

"케이 짱 씨가 뭐예요, 선생님."

"산이 너무 많다는 의미일까요'~씨'에 해당하는 '상さん'과 신맛酸味의 산酸은 일본어 발음이 같다?"

케이 짱의 말에 모두 얼굴을 마주보며 웃었다.

"여보세요, 간호스테이션의 노지마입니다. 무사시 방문클리닉의 미토 선생님이세요?"

새벽 2시. 린코는 전화 벨소리에 잠을 깼다.

그래, 나는 어제부터 방문클리닉에서 근무하기 시작했지. 나카노의 아파트로 돌아와 침대에 쓰러진 것까지는 기억이 난다.

"예, 미토입니다. 무슨 일이세요?"

야간에는 24시간 체제인 방문 간호 스테이션이나 대학의국의 지원을 받는다. 그래도 대응할 수 없는 경우는 린코나 고스케에게 전화로 문의하게 되어 있다.

"보고를 할까 말까 망설였지만 만일을 위해 보고해 두는 게 좋을 것 같아서요. 오기쿠보의 야나기사와 도시코 씨가 침대에서 떨어져 골절을 당해서 이송했습니다. 병원은……."

전화 보고는 몇 분간에 불과했다. 하지만 금방 잠이 올 것 같지 않았다. 린코는 방 안이 이상하게 무덥게 느껴져 베란다로 나갔다. 5층에서 아래를 내려다보니 거리에는 인적이 없다.

베란다에는 흙만 담아 둔 플랜터나 화분이 여러 개 나란히 놓여 있다. 일에 치일수록 저도 모르게 화분을 사 버리는 버릇이 생겼다. 알뜰하게 보살피지 못해서 늘 말라죽고 말지만.

잠시 후 방으로 돌아가 침대에 눕자 뜻밖에 정신이 맑아진 탓인지 문득 아야코의 말이 잇달아 떠오른다.

아야코가 "실험동물이 되는 건 딱 질색"이라고 했을 때 대학병원에서 고통스러워하며 죽은 환자들 얼굴이 생각났다.

지금까지는 의사들이 새로운 치료법에 도전해 왔다고 여겼다. 하지만 도전해 온 주체는 실은 환자들이었는지 모른다.

"죽기 위해 돌아왔어요"라던 아야코의 그 메마른 목소리가 머리를 스친다.

죽어가는 환자에게 의사는 무슨 의미가 있을까. 애초에 병을 못 고치는 의사에게 존재가치가 있기나 할까.

생각이 꼬리를 물어 결국 잠을 이루지 못하고 새벽을 맞았다. 멍한 머리로 클리닉에 도착하고 보니, 어제 고스케가 책상에 엎드려 자던 것도 어쩔 수 없는 일이겠구나 싶었다.

무사시 방문클리닉으로 이동하고 한 달 반이 지났다. 그동안 두 환자가 임종하고 새 환자가 세 명 늘었다.

지모리 아야코를 방문하는 것도 오늘로 네 번째가 된다.

정원수 밑동에 매발톱꽃이 흰색이나 청자색 꽃을 피우고 있다.

"죄송해요. 또 그 남자가 와 있어요. 단 둘이 벌써 두 시간 가까이나. 대체 뭘 하고 있는지……."

별채 앞에서 가나가 눈살을 찌푸렸다.

린코가 아야코의 방을 노크하고 귀를 기울였지만 다른 때처럼 "들어

와요"라는 대답이 없다. 대신 웅웅 울리는 남자의 목소리가 들려서 흠칫 놀랐다.

아야코는 본래 여성지의 기자였다. 사진이나 기행문, 문화인사 인터뷰 등이 많이 실리는 소위 고급 그래픽 잡지의 편집부에 있었다고 들었다. 그 뒤 프리랜서가 되어 텔레비전에도 출연했다고 한다.

매스컴에는 문외한이지만 화려한 세계일 것이다. 자신은 상상도 못할 남녀관계가 있는지도 모른다.

대학병원에서도 환자의 숨겨진 인간관계를 목격한 적이 있다. 한번은 백혈병 환자인 남고생의 침대에 여자가 알몸으로 파고드는 장면을 보기도 했다. 고령의 남성 환자가 입원한 병실에 부인이 아닌 여성이 찾아와 한나절 이상 환자의 손을 잡고 있는 모습도 보았다. 일에 쫓겨 연애를 엄두도 못 내던 린코에게는 전부 텔레비전 드라마 같았다.

고스케가 다시 한번 노크한다. 역시 대답이 없다.

"노크를 무시하나? 기분 나쁜 남자군요."

다음 환자도 방문해야 한다. 고스케는 손목시계를 보며 초조한 목소리로 말했다.

"약속한 시간인데. 너무 죄송해요."

가나는 연방 고개를 숙였다.

몇 분이 지나자 불쑥 "들어와요" 하는 아야코의 목소리가 들렸다. 그제야 문 여는 것이 허락되었다.

"너무 오래 기다리셨네요, 선생님."

가나는 미안해하는 표정으로 말하고 안채로 물러갔다.

아야코는 침대에 앉아 있었다. 옆에 스킨헤드 남자의 모습이 보인다. 티셔츠와 꼭 끼는 바지 차림이다. 다른 때처럼 담배연기가 실내에 자욱하다. 아야코가 "고마워요, 아저씨" 하고 속삭이자 남자는 웃는 낯으로 고개를 끄덕이더니 일어섰다.

아저씨? 무례한 호칭이다. 연인이나 친구 사이에는 어울리지 않는 말이다. 매스컴 업계 동료라면 괜찮은 걸까?

아야코 곁을 떠날 때 남자는 잠깐 얼굴 앞에 양손을 모으는 몸짓을 했다.

남성이 뭔가를 조르는 것처럼 보였다. 돈일까? 두 사람의 관계가 수상하다고 가나에게 들은 탓인지 상상은 금방 부풀어 오른다.

남성의 연령은 아야코보다 조금 아래인 마흔 살 정도인 듯한데 머리는 깨끗하게 밀었고 표정이 없어 무슨 생각을 하는지 짐작이 되지 않았다.

"들켰네."

아야코가 남자가 떠난 쪽을 바라보며 한숨을 흘린다.

린코는 무슨 말을 건네야 할지 알 수 없었다.

"담배, 아직 피우시나요……."

아야코가 피우다 놔둔 담배를 재떨이에서 집어 드는 것을 보고 린코가 화제를 바꾼다.

"언제까지 그 소리를 할 거예요? 이제 와서 무슨 상관이라고."

아야코는 "선생도 한 대 피울래요?" 하고 담뱃갑을 내밀었다. 여성 실루엣이 그려진 선명한 파란색 갑이었다.

"담배를 끊으면 내 암의 발육이 늦춰지나요?"

린코는 대답이 궁했다. 그걸 실증하려면 비교대상으로 상당수의 암 환자에게 담배를 계속 피우게 해야 한다. 물론 그런 비인도적 실험은 있을 수 없다.

"데이터는 없습니다."

"거봐요. 금연이 좋다느니 하는 근거 없는 말로 나의 낙을 빼앗지 마세요. 인생에는 독도 필요한 거예요."

아야코는 빙긋이 웃었다.

이런 환자는 본 적이 없다. 암 진단을 받고도 금연하지 않는 환자는 적어도 대학병원에는 없었다. 물론 어차피 여명이 길지 않다면 금연도 의미를 잃게 된다.

고스케가 "혈압을 재겠습니다" 하며 아야코의 팔뚝에 회색 압박대를 감았다.

아야코는 오른팔을 내밀고 눈을 감았다. 산소 농도는 평소보다 낮은 97퍼센트였다.

"담배를 피우면 숨이 답답하지 않나요?"

"별로."

아야코는 귀찮은 듯이 대답했다.

"그럼 담배는 좋으실 대로 하세요."

고스케가 놀란 얼굴로 린코를 본다. 아야코는 당연하다는 얼굴로 고개를 끄덕였다.

왼쪽 가슴의 종양은 더 넓어져 있었다. 건드리면 뭉개질 듯 부드러운 부분도 보인다. 터지면 출혈을 막기가 힘들겠다는 생각이 들었다.

종양 주위를 촉진하자 아야코가 얼굴을 찡그린다. 복수도 파악되었다.

"통증은 심해지지 않았나요?"

"괜찮아요."

아야코는 쌀쌀맞게 대답했다. 하지만 자세를 바꿀 때마다 표정이 날카로워진다.

벽에 붙여 놓은 식탁에는 간병인이 만든 식사가 놓여 있지만 전혀 손을 대지 않았다. 식욕 부진도 암의 영향이다.

"식욕이 없나 봐요."

"식욕? 그런 게 있을 리가 없잖아요."

"하지만 조금은 드셔야 하는데."

"먹는 게 고문이에요. 의사가 그런 것도 몰라요? 아아, 이제 됐어요. 당신 말고 다른 선생을 불러줘요!"

아야코가 외치는 소리를 듣고 마침내 올 게 왔다고 생각했다. 이미 대학병원 의사가 두 명이나 교체되었다고 들었다. 자신만 무사할 리는 없다. 다만 호락호락 받아들일 수는 없었다.

"죄송하지만 클리닉에 의사가 저 하나밖에 없어요. 일단 식욕이 나는 약을 드셔 보시죠. 스테로이드제입니다."

아야코로부터 반박하는 말이 없어서 진찰은 긴장된 분위기에서 끝났다.

"저희 선생님이 하마터면 잘릴 뻔했어요."

별채를 나서자 고스케가 가나에게 보고했다.

"죄송합니다, 선생님. 시누이의 짜증에 마음 상하지 마세요."

가나는 정원에 물을 주던 손길을 멈추고 몹시 미안해했다.

"오늘 아야코 씨는 처음에는 아주 차분하셨는데."

고스케의 말에 린코는 흠칫 놀랐다. 진찰이 시작되기까지 아야코가 전에 없이 기분이 좋아 보였던 것은 사실이다.

"그 남자가 있어서였을까요?"

린코는 아야코가 남자에게 보여주던 웃음을 떠올렸다.

"그런 남자, 믿을 수 없어요."

가나가 목소리를 낮춰 대답한다.

"제가 두 번이나 봤어요. 그 남자가 역 앞에서 젊은 여자와 만나는 거. 게다가 그때마다 상대가 달랐어요."

가나는 불쾌한 표정이 되었다.

"그래요?"

"무슨 이상한 일이나 일어나지 않았으면 좋겠는데."

그렇게 중얼거리던 가나가 집 안으로 돌아갔다 나오더니, "언짢은 말씀을 드려서 죄송해요. 이거 기치조지에서 산 겁니다만" 하며 고스케에게 꾸러미를 건넸다. 손님이 긴 줄을 서는 것으로 유명한 맛집에서 사온 멘치카쓰였다.

무사시 방문클리닉에서는 매달 두 번 오코치 교수의 참석 아래 '목요회'라는 증례 보고회가 열린다. 오늘이 그날이다.

"미토 군, 꽤 익숙해진 모양이군."

린코가 환자 몇 명의 증례를 보고하자 교수가 기쁜 얼굴로 말했다.

"아직입니다. 가령 지모리 씨 같은 경우……."

"아, 제멋대로 군다는 저널리스트. 유방암 말기였지."

고스케가 아야코의 진료차트를 캐비닛에서 꺼내 책상으로 내려놓았다.

오코치 교수는 진료차트를 팔랑팔랑 넘기며 물었다.

"무슨 문제라도 있나?"

교수가 린코의 얼굴을 들여다본다.

"문제라고 할 수는 없지만……."

아야코 같은 환자는 처음이었다. 이 위화감이 무엇인지 알고 싶었다.

"지금까지 제가 옳다고 믿었던 의료가 정말 옳았던 것인지…… 지모리 씨와 이야기를 나누면 헛갈릴 때가 있어요."

막상 말로 표현하려니 어려웠다.

"죽음을 목전에 둔 환자, 즉 치료법이 없는 환자에게 의사는 무엇을 할 수 있을까요."

오코치 교수는 아야코의 진료차트를 덮고 볼을 부풀렸다. 뭔가 깊이 생각할 때의 모습이다.

"의학 교육이 가르쳐 온 것은 낫는 환자를 낫게 하는 방법—평화로운 치료뿐이었어. 낫지 않는 환자의 치료법이란 건 있을 수 없으니까. 미토 군이 당혹스러워하는 것도 어쩔 수 없겠지."

오코치 교수는 빙긋이 웃었다.

"평화로운 치료만 하다 보면 말이지, 사람이 죽는다는 사실을 잊기가 쉬워. 하지만 낫지 않는 환자를 외면해선 안 돼. 인간은 언젠가 반드시 죽으니까."

주방에서 커피 향이 풍겨왔다. 가메 짱이 과자를 곁들인 컵을 오코치 교수 앞에 놓았다.

오코치 교수는, "오, 벌써 시간이 됐나" 하며 커피를 한 모금 마시더니 작은 봉지에 든 마들렌을 주머니에 구겨 넣고 잰걸음으로 나갔다.

간토 지방에 장마가 발표된 이튿날, 아침부터 연기가 낀 것처럼 가랑비가 쏟아졌다.

린코와 고스케는 의료기재가 젖지 않도록 조심하며 아야코의 집으로 뛰어 들어갔다.

아야코의 유방암은 살짝만 건드려도 출혈을 일으키는 상태였다. 린코는 지혈을 위해 보스민거즈를 여러 장 사용하고 항균약이 든 연고도 듬뿍 바른 뒤 모처럼 생긴 딱지가 거즈에 들러붙지 않도록 비고착성 실리콘거즈로 덮었다.

"고마워요."

오늘 아야코는 기분이 좋아 보인다.

죽음이 다가오고 있는데. 하지만 아야코는 그 사실에 전혀 무심한 것처럼 태연한 모습이다.

아야코의 기분을 지탱하는 것은 무엇일까.

진찰이 끝났을 때 린코는 큰맘 먹고 물어보았다.

"지모리 씨는 어떻게 그렇게 강하세요?"

"강해? 정말 강하다면 이렇게 죽지 않겠죠."

역시, 질문이 이상했나.

"죄송해요, 말하자면 유유자적하다고나 할까요."

"전혀 유유자적하지 않아요!"

불난 데 부채질을 한 모양이다. 말을 잇지 못하고 있는데 아야코가 불쑥 웃었다.

"아마 체념일 거예요."

"체념, 이요?"

"네. 이미 죽는 게 정해졌으니까 이젠 깨끗하게 끝내기만 하면 돼요. 볼썽사납게 난리치거나 고통스러워하는 건 싫어요. 선생에게 바라는 건 그것뿐이에요."

아야코가 조용한 미소를 지으며 말했다. 처음 보는 아야코의 온화한 미소였다.

그러더니 시계를 쳐다보며 "아, 지금 나가야 해요!" 하고 소리를 질렀다.

고스케가 현관문을 열었을 때 린코는 흠칫했다. 문 밖에 그 남자가 서 있었던 것이다. 아야코는 커다란 가방을 남자에게 건네고 부축을 받으며 별채를 나섰다.

이변을 알아챈 가나가 안채에서 뛰어나왔다.

"형님! 어디 가시게요!"

클리닉 차량 뒤에서 택시가 깜빡이를 켜고 대기하고 있었다. 아야코는 남자와 함께 택시에 탔다.

"형님! 안정을 취하셔야죠!"

가나는 택시 앞을 막았다. 뒷좌석 창유리가 스르륵 내려지고 아야코가 얼굴을 내밀었다.

"당신에게 남을 구속할 권리가 있나?"

"남이라니…… 너무하세요."

가나는 휘청거리며 택시에서 떨어졌다.

택시는 바로 출발했다. 떠날 때 아야코가 사람을 놀리는 것처럼 손을 바이바이 흔드는 것이 보였다.

"남편한테는 뭐라고 해야 하나. 또 화를 낼 텐데."

힘없는 걸음으로 돌아선 가나는 현관에 주저앉았다.

"결혼하고 15년이나 되는데도 시어머니는 여전히 엄하셔서 저를 내내 남처럼 대했어요. 며느리에게 간병받기가 싫다고 스스로 시설을 알아보고 들어가 버리셨어요. 예전에 시어머니와 저 사이에 다리 역할을 해 준 시누이가 돌아와서 이제는 나도 이 집안에 조금은 보탬이 될 수 있겠다 싶었어요. 그런데……."

그날 저녁 아야코는 귀가하지 않았다. 행방이 묘연했다.

다음날 아침 무사시 방문클리닉에 전화가 왔다.

"미토 선생님, 가나 씨예요."

수화기에서 흘러나온 것은 가나의 몹시 미안해하는 목소리였다.

"어제는 죄송했습니다. 시누이는 새벽에 말짱한 얼굴로 돌아왔습니다."

"다행이네요. 마음이 놓입니다."

"선생님, 저는 왠지 화가 나서…… 시누이는 몸에 나쁜 짓만 하고 있어요. 앞으로는 얌전히 있어야 한다고 선생님이 시누이에게 주의를 주실 수는 없을까요?"

가나는 어디로 분노를 쏟아내야 할지 모르는 듯했다.

환자와 가족이 대립하는 경우 어느 한쪽을 편들면 진료가 제대로 진행되지 않는다. 린코는 모호하게 대답하고 전화를 끊는 수밖에 없었다.

아야코가 귀가했다고 알리자 고스케는 뜻밖의 반응을 보였다.

"그런 몸으로 새벽에 귀가하다니, 대단한 정력이네요. 스테로이드 덕분에 권태감이 사라졌나?"

가나에게는 미안한 말이지만 아야코에게 외출할 기력이 생겨난 것은 분명 기쁜 일이었다.

비가 계속되는 일요일, 린코는 기치조지에 있었다.

"선생, '죽음의 수용'이라고 아세요?"

일전에 진찰할 때 아야코가 불쑥 물었다. 아야코는 "큐블러 로스가 제기한 설이에요. 전에 내가 그에 대한 해설서를 쓴 적이 있어요" 하며 말을 이었다.

아야코의 강인함은 그녀가 열정을 쏟아 온 업무 영역에 힌트가 있지 않을까? 문득 그런 생각이 들었다.

휴일 오후 린코는 기치조지의 대형서점으로 향했다. 이 서점은 의학 관련서도 충실해서 마음에 든다.

과학서 서가 맨 위에서 아야코의 저서를 발견했다. 『닥터 큐블러 로스와의 대화』라는 제목의 고급 양장본이었다. 표지날개에는 아야코의 얼굴사진이 있었다. 지금보다 훨씬 통통하고 몇 배나 정열적인 사람처럼 보였다.

아야코의 책은 '죽음을 수용하는 다섯 단계'를 주장한 미국 정신과의사이며 종말기 연구의 일인자인 엘리자베스 큐블러 로스를 취재하여 그 주장을 기초부터 해설한 것이다.

린코는 어느새 빨려 들어간 듯이 읽고 있었다. '죽음을 수용하는 다섯 단계'란 부인 - 분노 - 거래 - 억울 - 수용, 즉 사람이 불치병에 직면하면 처음에는 자신이 죽는다는 진단을 거짓말이라 부정하고, 이어서 왜 내가 죽어야 하느냐고 분노하며, 나아가 죽음을 면하기 위한 거래를 시도하며, 마침내 낙담하여 아무것도 하지 못하는 단계를 지나 최종적으로 죽음을 받아들이기에 이르는 내면의 과정을 말한다.

질병이나 죽음과 마주한 사람의 심리적 변화를 알기 쉽게 풀어냈다. 이 책을 끝까지 읽으면 아야코가 강인한 이유를 알 수 있을까.

방금 산 책을 들고 같은 쇼핑몰에 입점한 가게들을 둘러보며 에스컬레이터에서 내리자 중간층에 화려한 꽃집이 눈에 띄었다.

매대에는 전에 본 적이 없는 꽃의 묘종이나 다육식물 따위가 진열되어 있다. 온기가 느껴지는 테라코타 화분이나 땅심을 살리는 고급비료도 팔고 있었다.

대학병원에서 근무할 때와 달리 지금은 시간이 충분하다. 이번에야말로 베란다를 식물로 꾸며 치유의 터로 만들 수 있을지 모른다.

작고 하얀 꽃이 많이 핀 금귤나무가 어떨까 망설이자니 베란다에서도 충분히 열매를 볼 수 있다고 점원이 일러주었다. 어릴 때 집에도 이 나무가 있어서 매년 아빠와 열매를 많이 땄었는데. 결국 귀할 것도 없는 금귤나무를 택했다. 아울러 감귤계 식물용 비료도 샀다.

그러고는 가나가 알려준 멘치카쓰 가게를 찾아 역전 상가를 걷다가 눈에 익은 인물을 발견했다.

스킨헤드 남자다. 30대 전반으로 보이는 젊은 여성과 즐겁게 대화하며 걷고 있다. 이쪽을 알아본 것 같지는 않았다.

스쳐 지날 때, "첫 숙박이라 긴장돼요" 하는 여성의 목소리가 들렸다. 남자는 소형 캐리백을 끌고 있다. 둘이 여행이라도 가는 걸까? 봐서는 안 될 것을 목격한 기분이었다.

어딘지 찜찜한 상태로 아야코를 담당한 지 3개월이 지났다. 아야코의 삶은 선고받은 여명을 넘기고 있었다.

"안녕하세요, 지모리 씨. 별일 없으시죠?"

린코는 아야코의 방으로 들어가 평소처럼 인사를 건넸다.

"그런 모호한 질문에 어떻게 대답하라는 거예요?"

소파에 앉아 있던 아야코가 신경질적인 목소리로 말했다. 오늘은 기분이 좋지 않은 모양이다.

"그럼 질문을 바꾸죠. 잘 주무셨어요?"

이제는 아야코의 공격에도 익숙해졌다.

"잠든 본인이 잘 잤는지 못 잤는지 알 턱이 없잖아요."

"그렇군요. 그럼 식욕은 어떠세요?"

아야코는 고개를 저었다.

왼팔이 부어 있다. 가슴의 종양이 옆구리로 퍼져 왼팔의 림프관을 압박한 탓이다.

린코는 거즈를 떼어내고, 보라색 종루가 증식하여 하얀 가슴을 포석처럼 가득 뒤덮은 환부를 처치한 다음 지혈용 보스민거즈를 갖다 댔다.

"선생은 제일 좋아하는 게 뭐예요?"

아야코가 생각지도 못한 질문을 던졌다. 가장 불쾌한 순간을 애써 무시하려는 행위 같다.

"좋아하는 것? 글쎄요…… 뭘까요."

말끝을 흐린 채 지혈 처치를 계속했다.

아무것도 떠오르지 않았다. 지혈을 제대로 하려는 생각만으로도 머리가 복잡하다. 출혈이 멈추자 연고를 바르고 패드를 여러 겹 댔다.

"어때요? 생각났어요?"

장난스러운 얼굴로 아야코가 재촉했다. 린코는 복부를 촉진하며 시간을 벌었다. 왠지 쫓기는 기분이 된다. 놀리려는 걸까?

"음식이든 뭐든 상관없어요."

문득 아파트 냉장고에 잔뜩 넣어 둔 것이 떠올랐다.

"……낫토라면, 좋죠."

"낫토!"

아야코가 조금 놀란 표정이 되었다.

"그럼 낫토를 좋아하는 이유를 형용사 다섯 개로 대답하세요."

다시 대답이 궁해지는 질문이다.

"형용사로, 다섯 개로군요."

피할 수 없는 분위기였다.

"우선…… 싸다, 맛있다, 몸에 좋다, 그리고 질리지 않는다. 나머지는 끈끈하다!"

아야코가 재미난 듯이 웃었다.

"후후, 당신답네요."

"이 질문엔 무슨 의미가 있는 거죠?"

아야코는 거기에 대답하지 않고, "이제 다음 환자 집으로 갈 시간 아닌가요?" 하며 손을 바이바이 흔들었다.

돌아갈 때 가나에게 아야코의 병상을 전했다.

"출혈이 심해져서 방문 횟수를 늘리겠습니다."

"안 좋은가요? 확실하게 안정을 취하지 않은 탓일까요, 선생님?"

가나는 불안이 적중했다는 표정이었다.

매미소리가 둔하고 묵직하게 들린다.

린코가 아야코의 방문진료를 시작하고 4개월이 지났다. 아야코의 병상은 점점 나빠지고 있다.

이날은 오전에 목요회가 있어서 린코는 아야코의 사례를 보고했다. 오코치 교수가 말없이 듣고 있다.

"마지막으로, 이건 여담입니다만."

그 자리에서 린코는 스킨헤드 남자를 거론했다. 환자의 요양 환경에 관한 참고정보라고 생각해서다.

"흐음."

오코치 교수는 진료차트에서 눈길을 들고 큰소리로 말했다.

"재밌네, 그 사람."

“상당히 불량스런 남자입니다.”

고스케가 풍모나 행동 등을 상세하게 설명한다.

“그래? 이거 정말 재밌군.”

몹시 흥미가 끌린 듯한 오코치 교수는 그날 오후에 예정된 아야코의 방문 진료에 동행하겠다고 했다.

“차 안이 푹푹 찌네. 에어컨 좀 팍팍 틀어.”

작은 왕진 차량에서 교수는 얼굴에 열심히 부채를 부쳤다. 차량 내부가 겨우 시원해질 무렵 고쿠분지에 도착했다.

“좀 어떠세요? 오늘은 교수님도 함께 오셨습니다.”

린코가 긴장한 모습으로 침대에 누워 있던 아야코에게 인사했다. 대학병원에서 교수회진 때마다 느끼던 압박감이 살아났다.

“어머, 오코치 선생님, 오랜만이에요. 나 아직 살아 있어요.”

의외로 아야코는 교수에게 농담을 던졌다.

“확실히 에이스인가 봐요.”

아야코가 웃었다. 그 순간, “아악” 하며 이를 악문다. 표정 변화 때문에 가슴의 피부가 당겨져 암 주위가 아픈 게 분명하다. 교수와 린코는 힐끔 시선을 교환했다.

하지만 아야코는 이내 평온한 얼굴로 린코를 쳐다보았다. 통증은 단시간에 사라진 듯하다.

“아 참, 새 책 기획에 오케이 사인이 떨어졌어요.”

조금 전까지 뭔가 글을 쓰고 있었는지 테이블에는 노트나 메모장이 놓여 있다.

“무슨 책을 쓰고 있어요?”

“죽는 것에 대하여, 예요.”

아야코의 목소리는 생생했다.

“그러고 보니 얼마 전 지모리 씨의『닥터 큐블러 로스와의 대화』를 읽었어요. 죽음의 수용 과정의 해설, 좋더군요.”

아야코는 조금 놀란 듯 눈을 깜빡거렸다.

“그 책을 냈을 때는 알지 못했지만, 지금이라면 알 것 같은 게 많아요…… 그래서 그다음을 쓰고 싶은 거예요.”

아야코가 죽음에 대하여 각오를 굳힌 배경에는 큐블러 로스와의 만남이 있었던 거라고 느끼고 있었다. 하지만 더 깊은 해석을 얻은 걸까? ‘그다음’은 무엇일까.

아야코의 가슴에 댔던 패드를 살짝 들추고 실리콘거즈를 떼어내자 보라색을 띤 요철이 있는 종양이 나타났다. 암 냄새는 그리 강하지 않다. 항생연고는 친수성 기재여서 침출액이나 냄새를 잘 흡착해 주었다.

“환자 컨트롤은 잘 되고 있군.”

오코치 교수가 린코의 처치를 칭찬했다.

“교수님, 앉으면 배가 당겨서 힘든데요…….”

드물게 아야코가 스스로 불편함을 호소했다. 복막에 전이된 암으로 복수가 차고 있다. 체액의 이상 저류가 위장을 밀어 올려 횡격막의 움직임을 제한하고 있었다. 식욕만이 아니라 조만간 호흡도 방해할 것이다. 이쯤에서 복수를 뺄 필요가 있다. 오코치 교수를 보자 그는 눈으로 끄덕여 주었다.

"지모리 씨, 배에 찬 물을 뺍시다. 영양분도 다소 빠져 버리겠지만 아마 편해질 거예요."

"나도 그게 좋다고 봐요."

교수도 동의하자 아야코는 순순히 "부탁해요"라고 대답했다.

"고스케, 복수천자 준비를 부탁해요."

린코가 휴대용 초음파 검사기로 천자 부위를 확인한다. 그때 별채 문을 노크하는 소리가 들렸다. 문이 열리고 누군가 들어오는 듯했다.

이윽고 그 남자가 나타났다.

용이 그려진 티셔츠에 오토바이 헬멧을 옆구리에 끼고 있다. 아야코가 한 손을 들어 남자에게 신호했다. 그가 그녀의 입가에 얼굴을 가까이 대자 아야코는 작은 소리로 뭐라고 속삭였다.

"나중에 또 와요, 아저씨. 안녕."

나른한 듯한 아야코의 표정은 요염했다. 오코치 교수가 예리한 눈초리로 남성을 쳐다본다. 린코는 저도 모르게 손길을 멈추고 교수의 시선을 좇았다. 스킨헤드 남자는 뜻밖에도 부드러운 표정이었다. 행동거지도 어딘지 기품이 있다. 남자는 가볍게 양손을 모으며 목례하고 방을 나갔다.

마침내 문 닫히는 소리가 났다.

"타이밍이 나빴군요. 다음엔 방문 시간을 바꿀까요?"

"괜찮아요. 나중에 또 올 테니까, 저 사람은……."

아야코는 뭔가 말하려다가 그냥 입을 다물고 말았다.

아야코의 좌하복부를 소독하고 마취제를 주사한 린코가 이어서 천자용 침을 꽂자 노란 복수가 힘차게 흘러나왔다. 50밀리리터 주사기를 꽂아 천천히 흡입을 시작한다.

주사기 실린더에 황갈색 복수가 빠르게 빠져나왔다.

"미토 선생, 애인은요?"

아야코는 또 갑작스런 질문을 했다.

"음, 뭐랄까. 바빠서……."

실제로 대학을 졸업하고 10년을 대부분 일에 바쳤다. 그 탓에 애인도 떠났고 그 뒤로는 아무것도 없다.

"지모리 씨는요?"

이번에는 린코가 물었다. 잡담 자체는 나쁜 게 아니다. 아야코의 의식 상태에 변화가 있는지 어떤지 알 수 있기 때문이다.

"나? 프러포즈는 몇 번 받았어요."

아야코가 자신 있게 대답했다. 방금 전 들어왔던 남자도 그 가운데 하나일까?

굵은 실린더 가득 복수를 빼낸 뒤 바늘과 분리하여 넘겨준 린코가 고스케로부터 새 주사기를 받아들고 다시 흡입을 시작했다.

"하지만 결혼은 안 하셨군요?"

"내 인생이 겨우 그 정도는 아닐 거라고 생각했어요."

아야코는 지극히 당연하다는 투로 말했다.

"네?"

한순간 손이 멈춘다.

"앞으로 더 대단한 남자가 나타날 줄 알았거든요."

아야코는 빙긋이 웃었다.

"언제까지 그랬죠?"

"지금도요."

린코는 저도 모르게 아야코의 얼굴을 보았다. 아야코는 웃음을 숨기려는 것처럼 웃었다.

실린더 교환을 20회 반복할 즈음부터 아야코의 표정은 편안해졌다. 다시 배를 촉진하니 압력이 풀리고 부드러워져 있었다.

"배가 편해졌나요?"

아야코는 "적당히요" 하고 중얼거리더니 자세를 바꾸려고 했다. 그 순간 다시 표정이 일그러졌다. 미간에 주름을 모으며 눈을 꽉 감는다.

"아프세요?"

고스케가 얼른 등을 받치며 팔을 쓸어 주었다. 어느 정도 나아졌는지 아야코는 눈꺼풀을 조금 열었다.

"통증이 심해졌네요. 방금 처치한 진통제는 한계가 왔으니 이제 진통용……."

"모르핀?"

린코가 말을 마치기도 전에 아야코가 물었다.

일반적인 진통제가 듣지 않을 경우 암 통증에는 세계보건기구(WHO)가 권장하는 절차에 따라 모르핀을 택한다.

"네, 의료용 모르핀입니다."

"마약으로 헤롱헤롱거리기는 싫어요. 끝까지 맨 정신으로 있을 거예요."

일본의 모르핀 사용량은 서구에 비해 극단적으로 적다. 인내를 요구하는 나쁜 의료 관습에다 환자의 편견도 심하기 때문이다.

"심한 통증이 올 경우 그걸 잡는 작용이 먼저예요. 그냥 참는 것보다 훨씬 냉정하게 사고할 수 있습니다."

아야코의 눈이 잠시 흔들리는 것처럼 움직이다가 마침내 린코의 정면에서 멈췄다.

"그럼 선생한테 맡길게요."

그날 저녁 아파트 베란다에 나가 보니 금귤은 꽃이 거의 다 지고 대신 3밀리 정도의 초록 열매가 달려 있었다.

린코는 작은 열매를 바라보며 한낮의 일들을 두서없이 떠올렸다.

아야코의 죽음이 가속을 시작했다. 복수를 뺄수록 영양분도 빠져나가 체력이 떨어질 것이다. 하지만 한계를 넘은 통증을 방치할 수도 없다.

복수를 빼기 직전, 아야코가 말하려던 "저 사람은……," 다음에는 무슨 말이 이어졌으려나. '애인이에요'일까, 아니면 '프러포즈했던 사람이에요'일까.

감귤계 비료를 조금 준 다음 린코는 잘 자라라고 기도하며 물을 뿌렸다.

아야코의 복수 저류는 멈추지 않았다. 이번 주에도 천자하여 1리터를 뽑았다. 영양상태가 매우 나빠지고 있다. 흉수도 늘었다. 며칠 내 급변할 가능성이 높다.

"책이 나오면 출판기념 파티를 할까 해요."

위험한 상황이지만 아야코의 화제는 통증과 호흡 곤란이 아니라 책과 원고였다.

"통증은 어떠세요?"

아야코는 "수세미 정도랄까"라고 대답했다.

모르핀을 쓰기 전에는 침봉꽃꽂이를 할 때 쓰는 침들이 총총히 박힌 받침대으로 가슴을 짓누르는 것처럼 아팠으나 모르핀을 쓰고 나서는 수세미로 누르는 정도의 통증으로 약화되었다는 뜻이다. 그 정도라면 참을 수 있다고 한다.

"숨이 답답하지 않으세요?"

"뭐, 그럭저럭."

아야코의 목소리는 묘하게 밝았다. 산소 농도를 측정하니 90퍼센트로 낮다. 다른 때라면 '그럭저럭'일 리가 없지만, 그렇게 느끼지 않는 것도 모르핀의 효과이다.

그러고 보니 아야코의 방에서 담배 냄새가 사라졌다.

"담배는 어떻게 하셨어요?"

"욕구가 안 생겨요."

아무래도 답답한 호흡을 견디기 힘든 듯하다.

"담배를 끊으셨다니 산소를 조금 써 볼까요? 편해질지 몰라요."

아야코는 고개를 살짝 갸우뚱했지만 이내 끄덕였다.

"선생이 좋다고 생각하면 하세요."

린코는 고스케에게 눈짓했다. 금방 왕진 차량에서 산소 봄베가 옮겨졌다. 산소마스크를 착용하자 아야코는 깜빡깜빡 졸기 시작했다. 통증 탓에 간밤에 잘 자지 못했을 것이다. 가정용 산소 공급 장치를 들여놓기로 하고 수배해 두었다.

린코 일행은 다음 방문처로 이동할 준비를 시작했다. 눈을 뜬 아야코에게, "인화성이 있으니 담배는 절대 안 됩니다" 하고 주의를 주었다.

"만일을 위해 이 라이터는 제가 맡아 둘까요?"

"잠깐만요, 선생!"

"저도 깜빡할 수 있으니 가나 씨에게 맡겨 둘게요."

아야코는, "그게 아니라" 하며 조금 부끄러워하는 표정이 되었다.

"……선생님, 계속 부탁해도 될까요?"

"네?"

뜻밖의 말이었다.

"계속 와 주시는 거죠?"

애원하는 눈빛이다.

"물론이죠."

비로소 아야코의 마음을 들여다본 것 같았다.

"제가 언제까지 담당할까요?"

전에 아야코가 교체하라고 일갈한 것을 떠올렸다.

"선생이 걸어 다니지 못할 때까지죠. 당연한 거 아네요?"

아야코는 그날 처음으로 웃는 얼굴을 보였다.

"그럼 앞으로 한동안은 올 수 있겠네요."

아야코의 눈동자가 겁먹은 듯 흔들리고 있다.

"마지막 날까지, 잘 부탁해요."

갈라진 목소리로 아야코는 말했다. 죽음을 의식한 말이다. 몸이 떨렸다.

"알겠습니다."

힘주어 고개를 끄덕이던 린코가 잠시 생각하고 덧붙였다.

"만에 하나 제가 걷지 못하게 되더라도 대타로 에이스 의사를 바로 수배할게요."

아야코는 빙긋이 웃었다.

"마음이 놓이네요."

"네, 마음이 놓이죠."

린코가 처방전을 작성하는 동안 아야코는 고스케에게 예의 질문을 하기 시삭했다.

"제일 좋아하는 게 뭐죠?"

고스케는 도구를 정리하던 손길을 멈추고 표정을 바꾸지 않은 채 대답했다.

"페라리요."

고스케는, "나랑은 평생 인연이 없는 거니까요" 하고 웃으며 말했다.

"그게 왜 좋죠? 형용사 다섯 개로."

"멋지다, 빠르다, 뛰어나다, 대단하다, 신난다!"

고스케는 술술 대답했다. 전에 린코가 질문을 받을 때 다음은 자기한테 물을 거라고 생각했을 것이다.

"흐음. 거기답네."

아야코가 만족스레 고스케의 얼굴을 바라본다.

"이건 무슨 의미가 있는 거죠?"

린코가 대답을 듣지 못한 질문이다. 아야코는 눈동자를 빙글 돌렸다.

"형용사 뒤에 '나'를 붙여 봐요. 그게 당신 마음에 있는 이상이에요."

고스케는 "멋진 나, 빠른 나, 뛰어난 나……" 하고 중얼거리다가 하하, 하고 쑥스럽게 웃었다.

그때 휴대폰이 울렸다.

"……가야겠군요. 또 호흡기 문제일지도."

전화를 끊은 린코가 중얼거리자 고스케는 튕겨 오르듯 일어섰다.

"호출이에요? 의사도 참 바쁜 직업이네."

아야코는 검지로 작게 바이바이를 했다. 팔을 올릴 힘도 남아 있지 않은 듯하다.

아야코가 지내는 별채 주위에는 다양한 나무들이 있다. 테라스 옆 무라사키시키부라는 작은 나무에는 보라색의 가는 열매가 가득 달렸다. 가나에게 들으니 이 열매가 떨어지면 잇달아 싹이 트는데, 그것을 뽑아 주는 게 고역이라고 한다.

오늘 방문에도 오코치 교수가 동행했다. 현관 앞에 도착하자 가나가 긴장한 표정으로 뛰어왔다.

"선생님, 노크해도 대답이 없어요!"

오코치 교수의 표정이 이내 변했다.

"어서 가 봅시다!"

고스케가 별채 문을 힘껏 열고 아야코 방으로 뛰어 들어갔다.

아야코는 극심한 호흡곤란을 겪고 있었다.

"지모리 씨! 지모리 씨!"

즉시 산소 공급량을 매분 2리터에서 7리터로 높이고 흡인과 태핑을 반복하며 가래를 제거했다. 그러자 파리하던 아야코의 입술이 서서히 분홍빛이 되었다.

"……선생님, 이제 왔군요."

아야코가 초점 없는 눈으로 몽롱하게 말했다.

고통 속에서 애타게 기다렸다는 뜻인지, 아니면 약속 시간에 5분 정도 늦었다고 비아냥거리는 것인지.

"괴롭지 않으세요?"

린코가 큰 소리로 물었다.

"괜찮아요."

아야코는 시선으로 허공을 더듬으며 고개를 끄덕였다.

호흡이 안정되자 가슴의 거즈를 떼어냈다. 보스민거즈를 아무리 사용해도 출혈이 멎지 않는다.

"아프지 않아요?"

린코가 생리식염수로 환부를 닦으며 또 확인했다.

"책 집필은 얼마나 진행되었어요?"

손을 움직이며 아야코가 관심을 줄 만한 화제를 찾았다. 말수 많던 아야코가 갑자기 얌전해졌다. 새 책의 기획에 대하여 물어봐도 모호하게 웃을 뿐이다.

"지모리 씨가 좋아하는 건 뭐예요?"

아야코는, "표절이군요. 내 질문인데" 하고 갈라진 목소리를 냈다.

"가르쳐 주세요. 좋아하는 거."

린코는 처치하는 손길을 멈추고 아야코를 쳐다보았다. 하지만 기다려도 대답은 돌아오지 않았다.

"자, 뭐든 좋아요."

예의 독설을 들을 수 없어 서운할 지경이었다.

그때 빨려들듯 읽었던 아야코의 책이 떠올랐다.

“저번에 말했지만, 큐블러 로스에 관한 저서, 정말 좋았어요. 그녀가 주장한 이론이…….”

잠자코 처지를 보고 있던 오코치 교수가 눈썹을 움찔했다. 아야코는 무뚝뚝한 표정으로 말했다.

“다섯 단계가 그렇게 술술 진행되는 게 아니었어요.”

아야코의 말에 교수가 고개를 끄덕였다.

산소마스크 소리가 린코의 귀에 몹시 크게 들린다.

기척을 느끼고 돌아보니 수트에 넥타이를 맨 수척한 남자가 아야코의 방으로 들어왔다. 가나도 조심스러운 모습으로 뒤따라 들어온다.

“수고하십니다, 미토 선생님. 동생 미쓰오입니다. 죄송합니다만 잠깐 저쪽에서.”

린코는 그를 따라 별채 밖으로 나갔다.

“아내한테 듣고 회사를 조퇴했습니다. 누나가 결국 때가 된 건가요?”

처음 만나는 아야코의 친동생이다.

“힘든 상황입니다.”

미쓰오는 살짝 눈시울을 붉혔다.

“알겠습니다.”

잠깐 침묵이 흘렀다. 미쓰오는 린코와 함께 방으로 돌아와 눈을 감고 있는 누나에게 말을 건넸다.

"들려? 누나, 나야. 응? 내답해 봐."

마쓰오의 목소리가 조금씩 힘을 잃어간다.

아무도 입을 열지 못했다.

그때였다. 노크에 이어 현관문 열리는 소리가 났다. 돌아보니 가죽 점퍼를 입은 스킨헤드 사내가 들어왔다.

"아, 여보, 저 사람이야!"

남편 등 뒤에 숨으며 가나가 작은 소리로 말했다. 미쓰오가 얼른 일어섰다.

"누구세요? 집 안이 혼잡하니 돌아가 주세요!"

미쓰오는 강한 투로 말하며 사내 정면으로 돌아섰다. 두 사람이 서로를 노려본다.

"계속 이러면 불법침입으로 신고할 겁니다."

미쓰오가 휴대폰을 들자 스킨헤드는 재빨리 오른손을 점퍼 안주머니에 넣어 뭔가를 꺼냈다.

흉기인가? 린코가 숨을 삼킬 때 누군가 외치는 소리가 들렸다.

"그만, 그만!"

오코치 교수였다.

"어허, 이런 실례가 있나."

교수는 스킨헤드를 향해 머리를 깊이 숙였다. 다른 사람들은 상황을 이해하지 못하고 놀란 표정이다.

"이거 결례를 범했습니다, 스님."

린코는 남자가 꺼낸 물건이 『반야심경』이란 걸 알았다. 책에 끼워져 있던 명함에는 '조로사淨樓寺 주지 히다카 슌케이'라고 적혀 있다.

"정말 죄송했습니다."

안채 응접실에서 가나의 남편은 스킨헤드 남자—히다카 스님에게 몇 번이나 사과했다.

"그동안 말도 없이 방문했으니 의심을 살 만도 했습니다. 그런데 어떻게 아셨습니까?"

히다카가 오코치 교수에게 물었다. 방금 전에 받은 명함을 린코는 다시 들여다보았다.

"무엇보다 '아저씨'였습니다."

교수는 아야코가 남자에게 여러 번 말했던 이상한 호칭을 거론했다.

"간사이 식 호칭이죠. 오쇼사마和尙樣가 변해서 교토나 나라, 오사카 같은 데서는 지금도 스님을 '옷사마', '옷상'이라고 부른다고 들었습니다원문에 아야코는 스킨헤드 남자를 '옷상'(아저씨)으로 불렀다."

"잘 아시는군요. 우리 절의 본산이 교토 아라시야마에 있어서 간토 지역 신자들 사이에도 그런 호칭이 정착되었지요."

오코치 교수는 "역시 그랬군요" 하고 중얼거렸다.

"단정하게 삭발하셨을 뿐 아니라 지난번 뵀을 때 거동을 보고도 거의 확신했습니다."

교수 이외의 사람들은 둘의 대화에 귀를 기울이고 있을 뿐이다.

"또 있나요?"

"그럼 세 가지를 말씀드리죠."

교수는 마치 회의석상에서 레지던트들에게 설명할 때처럼 어딘지 자신 있는 표정이었다.

"스님이 풍기는 백단 향기입니다. 담배와 암 냄새 때문에 알아채기 어려웠습니다만. 수행이나 법요 전에 몸에 바른다는 도향塗香이지요?"

히다카는, 호오 하고 감탄하는 표정이다.

"또 하나는 이겁니다."

그렇게 말하며 교수는 자기 얼굴 앞에 합장했다.

"스님은 환자 곁을 떠날 때 얼굴 앞에 두 손을 모으셨죠."

그러고 보니 생각난다. 하지만 린코 눈에는 뭘 간절히 부탁하는 것으로밖에 보이지 않았다.

"저도 모르게 그런 동작을 했군요. 제 신분이 주위에 알려지는 것을 아야코 씨가 싫어해서 나름대로 늘 조심한다고 했는데……."

"그러니까 스님은 임상종교사로서 아야코 씨를 방문했던 거군요."

오코치 교수의 말에 히다카는 고개를 크게 끄덕였다.

종말기 환자 대부분은 인생의 의미나 가치를 상실하게 만드는 근원적 고통에 직면한다. 임상종교사는 이러한 '영혼의 고통', 즉 스피리추얼 페인을 완화하기 위해 환자 곁을 찾는 종교가를 말한다.

서구에서는 대형 병원에 '채플린'이라 불리는 기독교 성직자가 상주하는 전통이 있다.

태국이나 인도 같은 데서는 '비하라'라는 이름의 불교 호스피스가 있어서 많은 승려가 말기환자를 만나고 있다. 마침내 일본에서도 최근 사찰을 벗어나 병원이나 가정에서 요양하는 환자를 찾아가는 승려가 늘고 있다고 한다.

"그리고 이게 가장 큰 근거였습니다만, 환자가 매우 젊다는 겁니다. 아무리 당차고 지식이 많은 사람이라도 죽음에 직면하면 마음의 지주가 되는 존재가 필요하다고 생각했습니다."

히다카는 조용히 미소 지었다.

"벌써 5년이 되었나요, 아야코 씨가 저를 찾아와 취재한 적이 있습니다. 올해 간만에 전화가 와서 신주쿠 의대병원에 입원했다고 해서 놀랐습니다. 말기암 진단을 받고 마음 정리를 못한 채 방황하고 계셨어요. 그래서 제가 가끔 찾아와 이야기를 들어 준 겁니다."

'죽음의 수용 과정'을 주창한 큐블러 로스 해설서도 썼지만 자기 인생의 종말에 임하자 아야코 역시 격한 고뇌와 고통에 시달렸던 것이다. "제 인생은 이 정도면 충분한 걸까요?" 하고 히다카 스님에게 몇 번이고 물었다고 한다.

"제가 드나드는 사이에 아야코 씨는 서서히 마음의 안정을 찾았습니다. 퇴원과 재택의료를 결정한 것도 대화의 결과였습니다."

잠자코 듣던 가나가 납득할 수 없다는 표정으로 끼어들었다.

"하지만 꽤 많은 여자와 다정하게 다니는 걸 제가 보았는데요."

"그게 아닙니다. 우리 절은 보육원도 경영하고 있어요. 아이 어머니들의 상담 요청이 끊이질 않아서."

히다카는 두피까지 벌겋게 되며 해명했다.

기치조지에서 린코가 목격한 장면도 그런 것이었을까? 히다카의 명함 뒷면에는 '숙박보육모임'이라는 활동 내용도 기재되어 있었다.

"시누이는 왜 스님의 신분을 숨겼던 거죠?"

"자존심이 아주 강한 분이라 일개 중에게 의지하고 있다는 말은 차마 할 수 없었겠지요. 아무한테도 신분을 말하지 마라. 가능하면 변장이라도 하고 오라고 부탁하셨습니다. 결과적으로 여러분의 오해를 사고 만 것은 진심으로 죄송합니다."

히다카가 온화한 얼굴에 웃음을 지으며 입고 있는 가죽점퍼를 쥐어 보였다.

"그럼 그때 시누이와 외박한 것은 뭔가요?"

가나는 여전히 납득하지 못한 표정이었다.

"아, 택시를 타고 나간 날……."

히다카는 가나 쪽으로 돌아앉았다.

"그날 아야코 씨는 어머니가 계시는 요양원을 찾아갔던 겁니다. 죽기 전에 작별을 고하고 싶다고 하셔서. 저는 데려다 드리고 나왔을 뿐이지만 아야코 씨는 어머니 방에 묵으셨다고 합니다."

가나는, "네?" 하고 몹시 당황스런 목소리를 냈다.

"어머니에게, 작별을…… 형님도 참, 그렇다면 그렇다고 말하면 될 것을……."

"그러고 보니 아야코 씨는 '올케한테는 올케 인생이 있으니 시누이 간병에 귀중한 시간을 쓰게 하고 싶지 않아요'라는 말씀도 하셨습니다."

"형님…… 저는 간병해 드리고 싶었어요."

가나는 왼손으로 입을 막고 낯을 일그러뜨렸다.

이튿날 아야코의 표정은 힘이 다 빠져나간 것처럼 보였다. 죽음은 시간 문제였다.

산소마스크 밑에서 아야코가 입을 움직였다.

"네, 말씀하세요."

린코가 침대 옆에 무릎 꿇고 귀를 기울였다.

"그, 사람, 은?"

토막토막 들렸다. 히다카 스님을 찾는 것이다.

"불러 드릴게요. 안심하세요."

아야코는 눈을 감은 채 희미하게 고개를 끄덕였다.

아야코의 요청을 가나에게 전하고 린코와 고스케는 일단 그 집을 나섰다. 다른 환자를 방문하기로 한 예약을 함부로 취소할 수 없었다. 하지만 오늘밤은 아야코의 급변이 예상되었다. 린코는 저녁 이후의 환자 방문을 다른 날로 바꿔달라고 가메 짱에게 전했다.

다시 아야코 곁으로 돌아온 것은 오후 4시가 조금 지나서였다. 아야코의 의식은 이미 몽롱하여 산소를 늘려도 효과가 없었다. 혈압도 떨어져 위독한 상태였다.

"지모리 씨, 들리세요? 힘들지 않으세요?"

린코가 말을 걸자 아야코는 눈을 가늘게 떴다. 입술이 희미하게 움직인다. 그것은 미소처럼 보였다.

침대 곁에서 가나와 미쓰오가 자리를 지켰다. 가나는 내내 눈가를 훔치고 있다.

별채 문이 조용히 열렸다. 나타난 사람은 선명한 색상의 법의를 걸친 히다카 슌케이였다.

히다카는 아야코 곁에 서서 엄숙히 선언했다.

"임종근행을 집행하겠습니다."

임종근행이란 본래 죽어가는 사람 본인이 인생 최후의 참배로서 행하는 것이라고 한다.

히다카의 독경이 깊고 낮게 실내에 울리기 시작했다. 아야코도 입가를 희미하게 움직이고 있다.

종종 맑은 종소리가 공기를 흔들었다. 그때마다 어딘지 높은 데로 한 발 한 발 걸어가는 듯한 신비한 감각에 사로잡힌다.

아야코의 친구들도 별채의 한 방에 모여 있다. 모두들 진지한 얼굴로 아야코를 지켜본다.

30분 정도 지났을 때 아야코의 안색이 문득 하얗게 변했다. 희미하게 오르락내리락하던 가슴과 목의 움직임이 완전히 멎었다.

삶에서 죽음으로 옮겨가는 순간이다.

린코는 한 호흡을 기다렸다. 혼이 빠져나간다는 찰나에는 공연히 몸을 건드리면 안 될 것 같았기 때문이다. 비과학적인 생각이란 것은 알고 있었다.

몇 초 뒤 아야코의 가슴에 가만히 청진기를 댔다. 호흡정지와 심정지를 확인하고 펜라이트로 동공의 빛반응이 사라진 것을 확인한다.

"9월 7일 오후 6시 38분, 지모리 아야코 씨 임종하셨습니다."

린코는 조용히 고개를 숙였다. 고스케가 아야코의 산소마스크를 벗기고 링거를 막았다. 이어서 아야코의 눈꺼풀을 확실하게 감겨주고 두 손을 가슴 위로 모아 주었다.

흐느껴 우는 소리가 새어나오기 시작한다.

잠시 모두들 이별을 고하고 나자 고스케가 "유체를 깨끗이 닦아 드리겠습니다"라고 말했다.

곧 시신을 닦는 작업에 들어갔다. 먼저 이중 비닐봉지에 얼음을 넣어 아야코의 복부에 얹는다. 사망 후 가능한 한 빨리 간장을 중심으로 내장을 식혀 두면 금방 부패하지 않는다. 그리고 고스케는 천천히 유체를 가지런하게 조정했다.

린코는 사망진단서를 작성하며 아야코와 보낸 날들을 떠올려 보았다. 침대에서 담배를 피우며 도발적이랄 수 있는 말을 내뱉는 아야코에게 처음에는 당황했다. 댁시를 불러 외박하는 등 내담한 행동에도 놀랐다. 지금은 웃으며 하는 이야기이지만 히다카 슌케이와의 관계도 걱정스러웠다.

처음 만났을 때 아야코는 '죽기 위해' 집으로 돌아왔다고 말했다. 하지만 그게 아니었다. 그녀는 인생의 마지막을 '살기 위해' 돌아왔던 것이라고 린코는 생각했다.

한쪽 구석에서 히다카 스님이 입을 한 일 자로 다물고 있었다.

아야코가 임종한 날은 무덥고 긴 하루였다. 아파트로 돌아온 린코는 베란다로 나갔다. 밤바람이 상쾌하다.

오코치 교수는 히다카 스님이 아야코에게 마음의 지주라는 것을 언제 알아챘을까.

자신을 대학병원 밖으로 쫓아낸 교수를 몰인정한 자라고 여겼지만 뜻밖에 그렇지 않을지도 모르겠다고 린코는 생각했다.

금귤 가지에 뭔가 동그란 것들이 매달려 있다. 하얀 것이 수박씨만 하다. 중심부에 오렌지색이 살짝 섞여 있다. 가지에 다박다박 붙어 있어 손으로 비벼도 쉽게 제거되지 않았다. 딱딱해진 캐러멜 알갱이 같다. 가만 보니 가지 여기저기에 대량으로 들러붙어 있다.

그렇게 봐서 그런지 잎의 상태가 나빠 보인다. 혹시 해충인가.

린코는 방에서 핀셋을 들고 나왔다. 금귤 가지에 회중전등을 비추며 그 하얀 점착성 알갱이를 일일이 힘주어 떼어냈다. 이런 작업은 일단 시작하면 전부 없애기 전에는 성에 차지 않는다. 결국 1백 개가 넘는 기분 나쁜 알갱이들을 전부 비닐봉지에 모았다.

또 어디에 숨어 있지 않나 하고 잎 뒷면을 세세히 살펴보았다. 그때

방에서 전화벨이 울렸다.

일어서는데 허리가 아프다. 시계를 보니 11시였다. 2시간 넘게 베란다에 쪼그리고 앉아 있었던 것이다.

수화기 너머에서 엄마의 목소리가 들렸다.

"어쩐 일이세요, 엄마."

"이번 일요일이 아빠 생신이다. 기억하지?"

엄마는 요코하마 히요시에서 혼자 지내고 있다. 아빠는 8년 전 뇌경색을 일으켜 지금은 걷지도 먹지도 못한다. 자택에서 그리 멀지 않은 시설에서 늘 누워 지낸다.

"네, 알아요. 가 볼 생각이에요."

"다행이네. 이번엔 아빠에게 아로마테라피를 해 볼까 해."

엄마는 우쭐한 소리로 말했다.

"로즈마리랑 레몬그라스라는 걸 샀다. 신경을 자극하는 작용이 있다는구나."

어디서 그런 지식을 주워들었을까.

다른 환자면 몰라도 적어도 아빠에 관한 한 이제 신경을 자극해서 회복시키는 것은 불가능하다. 하지만 그런 의학 상식을 아무리 설명해도 엄마는 이해하지 못한다.

"일찌감치 가려무나. 아빠는 린코가 오면 좋아하니까."

전화기 저쪽에서 엄마가 다짐을 놓는다. 좋아하고 말고 하는 감정조차 느낄 수 없게 된 아빠를 기쁘게 해 주라고 엄마는 거듭 다짐한다. 이럴 때는 뭐라고 대답해야 좋을지 알 수 없다.

아야코라면 뭐라고 했을까.

"포기하지 않는 게 절대적으로 좋은 거라고 당신 보증할 수 있어요?" 하고 그녀는 말했다.

아야코와 대화할 때마다 린코는 어렴풋이 아빠를 떠올리곤 했다. 하지만 그것을 정면으로 의식하는 것이 두렵기도 하다.

"걱정 말아요, 점심 전에는 도착할 테니까."

그럼 주무세요, 하고 전화를 끊는다. 아빠는 그만두고라도 엄마를 슬프게 하고 싶지 않았다.

"미토 선생님, 우편물 왔습니다."

오후 방문진료를 마치고 돌아오자 가메 짱이 조금 두툼한 봉투를 내밀었다. 발송인은 지모리 가나라고 적혀 있다.

안에서 책 한 권이 나왔다. 제목은 『죽는 순간의 듀얼로그』. 저자는 지모리 아야코와 히다카 슌케이로 되어 있었다.

아야코가 죽고 3개월이 지났지만 아야코를 진료한 날들의 기억은 아직도 생생하고 히다카 스님의 독경도 린코의 귀에 남아 있다.

책의 띠지에는 '삶과 죽음을 둘러싼 두 사람의 대화'라고 적혀 있다.

가메 짱이 흥미를 보이며 들여다보았다.

"지모리 아야코 씨라면 9월에 돌아가신 저널리스트 환자분 아닌가요?"

"그래요."

"그럼 이 히다카 슌케이라는 사람은 고스케가 말하던 무슨 헤드인지 뭔지인가요?"

"스킨헤드라니까요!"

고스케가 웃음을 터뜨린다.

"그 스킨헤드가 알고 보니 대단한 사람이었군요."

가메 짱은 조금 감격한 모습이었다.

표지를 열자 '근정謹呈'이라 적힌 쪽지가 책상 위에 떨어졌다.

아야코가 죽음을 각오하게 된 경위가 어딘가에 적혀 있지 않을까. 린코는 설레는 마음으로 페이지를 넘겼다.

인간은 죽음의 고뇌에 대하여, 우선 '죽음에 이르는 원인과 싸우는' 단계가 있고, 그것이 힘들어지면 '죽음을 수용하는' 단계로 옮겨간다고 한다. 나아가 그것도 어려워질 때는 임종종교사를 만나 '수용하지 못하는 자신을 수용함'으로써 참된 마음의 안녕을 얻을 수 있다고 설명되어 있었다.

히다카가 드나든 이유가 바로 이거라고 생각했다.

그 비 내리던 날, 아야코가 '체념했다'고 말한 것은 수용하지 못하는 자신을 수용했다는 뜻이었을까.

문득 아빠를 떠올렸다. 의식이 있다면 아빠는 어떻게 하고 싶다고 말할까.

마지막 장에서 아야코는 모든 것에 감사하다고 적었다. 가족과 주위

사람에 대한 심정, 수어진 환경, 자신의 노력, 살아온 날들, 자신의 질병과 사망하는 운명에 이르기까지 모든 것을 긍정하는 내용이었다. 히다카가 아야코의 삶과 죽음 사이를 떠받치며 영혼을 피안으로 이끄는 광경이 눈앞에 떠올랐다.

후기에 '듀얼로그란 등장인물 두 사람이 대사를 주고받는 것'이라는 소개와 함께 린코에 대한 고마움이 진술되어 있었다.

이노반

“곤란합니다. 사양하겠습니다.”

결국 말해 버렸다.

4월의 이동으로 재택의가 된 지 3개월 반이 지났다. 오코치 교수의 면전에서 업무를 거부한 것은 이번이 처음이다.

목요회가 열린 아침, 무사시 방문클리닉 창문으로는 당장이라도 비가 쏟아질 것 같은 잿빛 하늘이 보인다

가메 짱과 고스케는 아무 말이 없다. 주방에서 냉장고가 웅웅거리는 소리만 들려온다.

앞에 앉은 오코치 교수는 화가 난 얼굴이다.

"곤란할 거 없어."

결론을 짓듯이 교수가 말했다. 바닥이 흔들리고 몸이 휘청하는 기분이다.

린코에게 대학병원을 떠나라고 명한 오코치 교수다. 이번에는 여기서도 쫓겨나는 건가? 하지만 그래도 지키고 싶은 것이 있었다. 의사의 양심이다.

"못합니다. 근디스트로피 환자는 진찰해 본 적이 없어요."

표정이 굳은 교수에게 마음먹고 다시 한번 반복했다.

소개받은 환자는 아마노 다모쓰, 22세의 근디스트로피 환자다. 정식 병명은 진행성 근디스트로피라고 해서, 서서히 근육이 쇠퇴하는 질병이다.

근본적인 치료법은 없다. 최종적으로는 호흡하는 근육까지 약해진다. 전에는 20세 전후면 죽는다고 했던 난병이다. 이런 환자는 수가 적은데다 전문병원에 집중되는 경향이 있다.

의학부 강의에서 배웠을 뿐 실제로 본 적이 없는 질환은 한두 가지가 아니다. 근디스트로피도 그 가운데 하나였다.

"처음부터 모든 질병을 진료할 수 있는 의사가 어딨나. 뭐든 경험하면서 배우는 거지. 해 봐."

오코치 교수는 태평하게 말했다.

어린 시절, 언젠가 강가에 갔을 때, "그 돌에서 이쪽으로 건너뛰어

봐"라던 아빠의 말이 떠오른다. 결국 제대로 건너뛰지 못해 물에 빠져 흠뻑 젖었다.

뭐든지 경험이라고? 의료가 그래도 되나? 나 하나의 실패만으로 끝나는 게 아니잖아. 환자의 목숨이 걸려 있는데.

"진료 경험도 없는 질환을 떠맡았다가 돌이킬 수 없는 사태를 맞느니 애초에 거절하는 게 더 성실한 겁니다."

오코치 교수의 표정에 여유로운 기운이 감돌았다.

"성실? 전문의가 아니라도 좋다며 재택의료를 희망한 것은 환자 쪽이야. 병상도 안정적이니 그 요청에 부응하는 것이 더 성실한 태도 아닌가?"

린코는 말문이 막혀 소개장을 다시 들여다보았다.

아마노 다모쓰는 4세 때 근디스트로피 진단을 받고 점차 보행이 곤란해져 17세에 완전히 걷지 못하게 되며 휠체어 생활을 시작했다. 20세가 되기 직전부터 호흡근도 두드러지게 약화되어 인공호흡기를 사용하게 되었다.

지금까지는 1개월에 한 번 고다이라 시에 있는 야마토 신경병원에서 통원치료를 해 왔지만 병상이 진행되어 통원이 힘들자 재택의료로 바꾸고 싶다고 요청했다. 혈액 데이터 상으로는 내장기능 등은 안정적이고 커다란 문제 없이 경과하고 있었다.

"신경내과의 지원을 받을 수 있을까요?"

"지원?"

"그러니까, 이 환자에 대해서는 신주쿠 의대의 전문의가 동행한다든가……."

"철모르는 소리 하지 말게. 신경내과 전문의는 전국에 5천 명밖에 없어. 병원은 전국에 8천 5백 개나 되는데 신경내과 전문의가 재택환자를 진료할 여유가 있겠나? 그러니까 어떤 환자든 맡아 주는 재택의가 필요한 상황이지. 괜찮아, 아마노 다모쓰를 방문할 때는 나도 같이 갈 테니까. 뭣하면 내가 차량 운전도 해 줄까?"

수용할 방침을 번복할 것 같지 않다.

"정말로 전공이 다른 제가 맡아도 좋을까요?"

린코가 당혹스러운 표정으로 물었다.

"좋으나마나, 아까도 말했지만 방문진료는 환자의 최우선 요구사항이라니까."

더 이상 맡으라는 요구에 따르지 않을 수 없겠다고 린코는 생각했다.

"……첫 방문은 언제쯤 해야 하죠?"

서가에서 신경내과 전문서를 꺼내 근디스트로피 페이지를 펼쳤지만 역시 자신이 맡아도 될까 하는 불안감에 린코는 숨이 답답해졌다.

다음 주에 오코치 교수와 함께 아마노 다모쓰의 집으로 향했다.

무사시코가네이 역에서 고가네이 가도를 따라 북상한다. 다마가와 상수 근처는 오래된 주택들이 눈에 띄는 주택가였다. 명문으로 알려진

고가네이 컨트리클럽이 바로 앞이라는데 화려함은 느껴지지 않는다.

다모쓰의 집도 그런 동네에 어울리는 공영 연립주택 1층에 있었다.

현재는 모자가정으로 생활보호를 받고 있다. 공적보조에 의한 간병인 파견 등은 시 복지과의 간다라는 공무원이 담당한다고 들었다.

2층형 저층단지는 건축된 지 상당한 세월이 흘렀는지 하얗게 칠했을 벽이 누렇게 퇴색되어 있다. 출입구에는 배리어프리 슬로프와 은색 난간이 설치되어 있어 그것만 새것처럼 보였다.

아마노라고 적힌 표찰을 확인하고 인터폰을 눌렀지만 아무 반응이 없었다. 그러다가 부재중인가 하고 걱정할 때쯤 문이 열렸다.

잠시 후 중년여성이 나타났다. 린코가 신분을 밝히자 여성은 "아!" 하며 트릿한 목소리를 낼 뿐 '어서오세요'라든지 '들어오세요' 같은 인사도 없었다. 고스케도 처음 방문한 집이라서 당황한 눈치였다.

"저어, 아마노 다모쓰 군의 어머니이십니까?"

환자를 돌보러 온 간병인인지도 모르겠다 싶어서 물어보니,

"그런데요."

그럼 어쩔 거냐는 듯한 뚱한 목소리로 짧은 대답만 남긴 채 어머니라는 사람은 그대로 안으로 들어가 버렸다.

가메 짱이 정리한 〈환자정보〉에 따르면 어머니의 이름은 가즈코라고 한다. 49세치고는 늙어 보인다. 남편과 별거 중이며 파트타임으로 일하고 있다.

고스케가 먼저 "잠시 실례하겠습니다"라고 평소보다 경쾌하게 말하

며 집 안으로 들어섰다. 신발상자 위에는 홍보 우편물이 어지럽게 쌓여 있었다.

린코는 오코치 교수와 함께 고스케를 따라 포렴을 헤치고 들어섰다. 그곳은 주방이었다. 식탁에는 식기와 조미료, 아가리가 활짝 열린 식빵 봉지, 마시다 만 녹차 페트병, 스넥과자, 작은 비타민제 병 따위가 어수선하게 놓여 있어 식탁 상판이 거의 보이지 않는다.

가즈코는 식탁 건너편에 있는 화로 앞에서 주전자를 들고 서 있었다.

"저어, 다모쓰 군은 어디 있죠?"

가즈코는 말없이 돌아보며 주방 왼쪽에 있는 방을 가리켰다.

"이쪽이군요…… 실례합니다."

고스케가 인사하며 문을 열자 린코도 뒤를 따라갔다.

실내는 어둑했다. 누워 있는 시간이 긴 환자는 천장 조명을 눈부시게 느끼기 때문에 불을 꺼 두는 경우가 많다.

환자는 인공호흡기를 부착하고 등받이를 세운 간병용 침대에 누워 있었다.

"예."

약하고 느리기는 하지만 대답하는 소리가 들렸다.

"아마노 다모쓰 씨? 안녕하세요. 무사시 방문클리닉의 미토 린코예요."

환자의 목은 기관절개가 되어 주름 에어호스가 베갯맡의 인공호흡기와 목을 연결하고 있다. 압력밥솥에서 증기 새는 듯한 소리가 단속적으로 호흡 리듬을 새기고 있었다.

"다모쓰입니다. 너무 힘든 환자라 죄송해요."

다모쓰는 입가를 살짝 올렸다.

사람 좋아 보이는 눈을 가진 청년이었다. 반질반질한 흰 피부에 머리는 짧게 잘랐다. 팔은 얼굴이나 몸에 비해 균형이 깨졌다 싶을 만큼 가늘다. 체구도 작아 초등학생 정도로밖에 보이지 않는다. 왼쪽 어깨가 조금 올라가 있는 걸 보니 흉곽도 비뚤어진 것 같다.

"이쪽은 대학병원에서 나오신 오코치 교수님. 그리고 저쪽은 간호사 고스케."

교수는 다모쓰에게 다가가, "다모쓰 군, 말을 잘 하네" 하며 감탄한 표정을 지었다.

"문제없어요."

갈라진 목소리이긴 하지만 무슨 말인지 똑똑히 알아들을 수 있었다.

인공호흡기를 사용하면 튜브가 기관을 막아 성대에 공기가 전달되지 않아서 보통은 말을 못한다. 다모쓰는 그렇지 않아서 신기했다.

"스피치 카눌라가 달려 있나?"

성대에도 공기를 보내는 특수한 밸브가 달린 파이프인 스피치 카눌라가 있으면 발성은 가능하다. 린코는 다모쓰에게 다가가 목구멍을 살펴보았다. 아니, 특별한 기구는 없었다. "흔한 일이야" 하고 교수가 대답했다.

"환자의 기관이 변형되어 성대 쪽으로 공기가 새어 목소리가 나는 거야. 호흡 효율은 나빠지지만 이야기할 수 있는 것은 장점이지."

기관이 왜곡된 덕분이다.

"잘 부탁해."

고스케가 살짝 과장된 표정으로 다모쓰에게 손가락으로 V사인을 했다.

"잘 부탁합니다."

다모쓰는 반갑게 대답했다. 의사나 간호사에 익숙한 모습이다.

침대 위에는 오버베드 테이블이 가로지르고 그곳에 노트북이 놓여 있다.

침대 가장자리에 엎드려 있던 고양이가 천천히 일어나 방바닥으로 뛰어내린다.

"귀여운 고양이네."

린코가 눈으로 좇으며 말하자 다모쓰는, "내 친구" 하고 대답했다.

고양이는 창가의 아동용 옷장에 뛰어올라 볕이 드는 자리에 다시 엎드렸다.

벽에는 커다란 포스터가 붙어 있다. 'AKB48'과 '에반게리온'이다. 천장에 기구형 모빌이 에어컨 바람에 빙글빙글 돌아간다.

다모쓰에게 근력이 얼마나 남아 있는지 알아보려고 악수를 청했다. 악력은 약하지만 자판을 치거나 전동휠체어 스틱을 조작하는 데는 문제가 없어 보인다. 가래 흡인기를 사용하여 스스로 가래를 뺄 수도 있을 듯하다.

식탁을 옆으로 치우고 침대를 수평으로 돌려놓은 다음 다모쓰를 똑바로 앉게 해 보았다. 몸이 불안정하게 흔들리기는 했지만 그럭저럭 앉은 자세를 취할 수는 있었다.

하지만 그것도 잠깐, 이내 옆으로 넘어지고 만다.

"못 일어나겠어요."

한번 넘어지면 자력으로 일어나 앉을 수는 없었다.

"미안, 미안."

호흡기 에어호스가 빠지지 않도록 주의하며 고스케가 다모쓰의 몸을 천천히 일으켜 주었다.

다모쓰가 22세, 고스케가 30세이니 형제라고 해도 이상할 게 없다. 하지만 다모쓰의 몸이 마르고 작아서 두 사람은 부자지간처럼 보인다.

조만간 다모쓰의 심장이 약해져 부정맥이 나타날 가능성도 있다. 감기에 걸리면 늘어나는 가래를 제대로 배출하지 못하여 질식할 위험도 크다. 하지만 현재로서는 소개장에 적혀 있듯 심각한 문제는 없고 컨디션은 안정적이었다.

지금까지처럼 심장 근육을 보호하기 위한 ACE억제제와 베타 차단제를 처방했다.

오코치 교수가 주방 쪽을 들여다보았다. 가즈코를 찾는 것 같다. 조금 전 주전자의 물 끓는 소리가 시끄럽게 들렸는데 가즈코는 보이지 않고 차를 내줄 기미도 없었다.

다모쓰는 하루 종일 노트북을 놓고 블로그를 작성하거나 좋아하는 애니메이션과 영화를 다운로드받아 보면서 지낸다고 한다.

주로 고령 환자를 진료해 온 탓일까. 혼자 화장실조차 못 가는 처지인데도 린코는 압도적인 젊음을 느꼈다. 목소리나 표정, 땀 냄새조차 에너지가 넘친다.

"선생님, 저 팔로우해 주세요."

"팔로우? 물론 매주 올 거야."

그러자 고스케가 당황해서, "쌤, 트위터 말하는 거예요" 하고 설명해 주었다.

"아, 그건 안 되겠군요. 그럼 선생님, 메일주소 가르쳐 줘요."

재택환자에게 메일주소를 요구받은 것도 처음이다. 젊은 환자를 담당하게 되었다는 실감이 든다.

진찰하는 내내 가즈코는 방에 들어오지 않았다.

"끝났습니다."

린코가 주방에 있는 가즈코에게 고했다. 불도 켜지 않은 어둑한 곳에서 가즈코는 스도쿠를 풀고 있었다.

"잠깐 말씀 좀 나눌 수 있을까요?"

"네?"

가즈코는 무표정 그대로 고개를 들었다.

오코치 교수와 함께 오늘의 진찰 결과를 전하고 다음 방문 일정을 상의하려고 했다.

그런데 가즈코는 시계를 보더니, "벌써 시간이 이렇게 됐네! 일하러 가야 하는데" 하며 일어섰다.

"다음 방문 날짜만이라도 정하고 싶은데요."

고스케가 수첩을 꺼냈다.

"알아서 하세요."

그때 인터폰이 울리고, "후레아이 스테이션입니다" 하는 소리와 함께 여성이 들어왔다. 간병인이다. 가즈코는 그와 자리바꿈하듯 서둘러 나가 버렸다.

"……여기 아주머니는 우리가 와 있는 동안 파트타임으로 일하러 나가요."

다모쓰는 가즈코와 둘이 살지만, 일상적인 시중은 간병인이나 방문 간호사, 혹은 물리치료사가 교대로 맡는다고 간병인이 말했다.

"그럼 다모쓰 군. 2주 뒤에 또 올게."

고스케가 방문 스케줄을 다모쓰에게 확인하고 문가에서 손을 흔들었다.

왕진 차량을 타자마자 린코는 오코치 교수에게 소견을 말했다.

"생각했던 것보다 안정적이라 안심이 됩니다. 호흡 상태도 좋고 상완 근력도 그리 떨어지지 않은 것 같아요."

"음, 병상은 안정적이지만……."

교수는 미간에 주름을 모았다.

"시 복지과에도 연락해 두자고. 뭐, 할 수 있는 데까지 해 보는 수밖에…….”

오코치 교수는 뒷좌석에서 그렇게 혼잣말처럼 말하고 바로 졸기 시작했다.

“이리 와, 마유유.”

다모쓰가 리본 달린 깃털 낚싯대로 장난을 걸자 고양이가 침대 위로 뛰어올랐다. 마유유는 고양이의 이름이다.

세 번째 방문하는 날 부인은 부재중이었다. ‘낮에는 대개 집에 없어서’라며 보조열쇠를 내주어서 진료에는 문제가 없다.

“암고양이?”

“아뇨.”

“수컷이면 이름이 좀 그러네! 마쓰준 같은 이름은 어때?”

고스케가 짐짓 딴지를 걸었다.

“싫어요.”

다모쓰는 눈을 가늘게 뜨고 입을 벌렸다. 처음에는 몰랐지만 그것이 다모쓰의 웃는 얼굴이었다.

다모쓰가 깃털 낚싯대를 떨어뜨렸다. 그 순간 마유유가 침대에서 베갯맡의 인공호흡기 위로 점프하더니 이내 서가 상단으로 뛰어 건넜다. 그 반동으로 에어호스가 조금 흔들렸다.

“위험해!”

린코가 반사적으로 소리를 질렀다. 자칫 접속부가 빠질지 모른다.

하지만 다모쓰는 태연한 표정이다.

"괜찮아요, 괜찮아."

"아니, 아니, 괜찮지 않아."

고스케도 흔들렸던 에어호스 접속부를 확인하며 다모쓰를 나무랐다.

"가끔 얘가 호스를 가지고 장난도 쳐요."

다모쓰가 끔찍한 말을 아무렇지도 않게 했다.

"빠지면 어쩌려고!"

린코가 또 날카로운 목소리를 냈다. 호흡기는 다모쓰의 생명선이다.

"빠지면? 흠, 그럼 하는 수 없죠."

린코 일행의 걱정에 아랑곳없이 다모쓰가 태평하게 대답한다.

방문시간 후반에 다모쓰는 고스케에게 스트레치를 받으며 텔레비전을 시청했다. 린코도 진료차트를 작성하며 별 생각 없이 화면을 쳐다보았다.

프로그램의 주제는 고령자의 개호 문제였다. 화면에 나오는 것은 시설의 식사시간 풍경이다.

인지증이나 뇌경색 등을 앓는 노인들은 입에 음식을 옮겨주어도 입을 벌리려고 하지 않는다. 음식을 손으로 주무르며 노는 사람도 있다. 그런 노인에게 어떻게든 밥을 먹이려고 개호 스태프가 분투하는 모습이 크게 비쳤다.

"서릏게까지 살고 싶진 않아."

뜻밖의 말을 들은 린코가 다모쓰의 얼굴을 쳐다보았다.

그 노인들이나 다모쓰나 제삼자의 도움으로 목숨을 부지하는 존재인데. 하지만 정작 다모쓰 본인은 같은 처지라는 생각이 전혀 없는 모양이다. 정신적으로 어려서 자신이 처한 상황을 충분히 이해하지 못하는 걸까.

연일 30도가 넘는 날씨에 왕진 차량을 탈 때는 약간의 용기가 필요하다. 끝이 보이지 않는 불볕더위에 진저리가 날 지경이다.

다모쓰에게서는 종종 시시한 문자가 왔다.

'샘, 요즘 일하기가 어때요?'

'더워서 졸도하겠다~.'

'예언 하나 할게요. 9월이면 틀림없이 시원해질 겁니다.'

다모쓰의 시시한 농담에 위로받을 때도 많다.

8월 하순에는 '바이크 타고 디즈니 시에 갔어요'라는 문자가 왔다. 탈 수 있을 리가 없는 바이크라는 단어가 마음에 걸렸지만 누가 차를 태워 주었다는 의미일 거라고 생각했다.

"바이크라니, 누가 차를 태워 줬어?"

다음 주 진찰할 때 물었다.

"아뇨. 외출용 휠체어."

바이크는 다모쓰의 전동휠체어를 말하는 것이었다.

전동휠체어 등받이에 휴대용 금고만 한 인공호흡기를 싣고 도우미와 함께 갔다고 한다. 다모쓰가 사용하는 인공호흡기는 내장 배터리와 외장 배터리를 병용하며 6시간에서 8시간 정도는 버틴다.

수분 보급은 제대로 했을까?

"무척 더웠지?"

탈수증이 걱정되었다.

"전혀요."

다모쓰는 더위 따위는 개의치 않는 모습이었다.

오늘도 무덥다. 다모쓰의 방에는 바람이 없어 기구형 모빌도 꼼짝하지 않는다.

"놀이기구는 뭘 탔어?"

고스케가 형 같은 투로 물었다.

"토이 스토리 마니아! 그건 휠체어째 탈 수 있으니까."

다모쓰는 자랑스레 말하고, "내가 곁에 있잖아~〈토이스토리〉의 ost 〈You've got a friend in me〉의 도입부 일본어 가사." 하며 노래를 부르기 시작했다. 고스케도 "오, 토이 스토리!" 하고 함께 콧노래로 멜로디를 흥얼거리며 다모쓰의 몸을 스트레치했다.

활동성을 유지하며 고통 없이 일상생활을 영위하기 위해서라도 스트레치는 중요하다. 린코의 지시에 따라 거의 매일 물리치료사나 간호사의 도움으로 스트레치를 할 수 있도록 스케줄이 짜여 있었다.

고스케가 다모쓰의 손바닥을 펴 견갑골을 움직인 후에 호흡근을 늘리고 고관절과 무릎도 천천히 앞으로 굽히며 발목을 돌린다. 인공호흡기가 공기를 들여보내는 소리에 간지러운 듯이 웃는 다모쓰의 목소리와 고스케의 노랫소리가 어우러졌다.

고스케의 노래는 어느새 원곡으로 변하여 'You've got a friend in me……'를 반복하는 중이다.

"나도 영어 공부 좀 해 볼까."

고스케가 "오, 좋지!" 하며 다모쓰의 어깨를 가볍게 두드렸다.

"원내 학급에서 공부할 때는 영어가 싫었는데."

다모쓰가 쑥스러운 듯이 말했다. 초중학교 시절을 대부분 병원 내 교실에서 보낸 다모쓰에게 교실은 괴로운 기억과 겹쳐져 있다. 친구 여럿이 자기와 같은 병으로 죽어 어느 날부터 교실에 오지 않자 배움의 장은 장래에 대한 두려움을 증폭시키는 장으로 바뀌었다고 한다.

"그럼 영어로 문자를 교환할까?"

린코가 제안하자 다모쓰는 "그건 사양할게요" 하며 웃었다.

화기애애한 분위기 속에서 어느새 치료가 다 끝났다. 그런데 린코 일행이 돌아갈 준비를 할 때 갑자기 인공호흡기의 경보음이 울렸다.

"어, 뭐지?"

인공호흡기 본체의 경고램프가 노란색으로 점멸하고 있다. 호흡기에 의지하는 다모쓰에게 기계 이상은 죽음과 직결되는 위험이다.

린코와 고스케는 당황해서 호흡 회로의 상태를 점검했다. 에어호스는 정확히 연결되어 있다. 막힌 곳도 없다.

"일단 앰뷰는 어디 있지?"

앰뷰백은 구명용 튜브와 비슷한 도구다. 만에 하나 인공호흡기가 멈출 경우 수동으로 공기를 불어넣을 수 있다. 인공호흡기를 쓰는 환자에게는 일상생활에도 꼭 필요한데 가령 목욕할 때는 호흡기를 벗고 대신 이걸 기관튜브에 부착하여 수동으로 호흡시킨다. 반드시 어딘가에 있을 터였다.

"저기 옷장이요. 제일 아래 서랍."

고스케가 아동용 옷장 서랍을 열고 앰뷰백이 있는 것을 확인했다.

이제 인공호흡기는 정상으로 작동하고 있다. 매뉴얼을 보니 노란색 램프는 외부전원에서 내장배터리로 변환되는 신호였다. 기계 내부에 문제라도 있는 걸까? 린코의 지시로 고스케가 즉시 인공호흡기 업자에게 연락하여 점검을 요청했다.

"괜찮아요."

다모쓰의 목소리는 태평하다. 익숙한 모습이었다.

주방에 가자 어머니 가즈코가 식탁에 앉아 역시 스도쿠에 열중하고 있었다.

"다모쓰 군의 호흡기가 상태가 좋지 않은 것 같아서 업자를 불렀습니다. 곧 담당자가 올 테니까 안내를 부탁드립니다."

가즈코는 몹시 귀찮아하는 표정이다.

"쓸데없는 짓을 하셨네요. 괜찮으니까 그만 돌아가 주세요."

평소의 무뚝뚝한 모습과는 달리 가즈코는 노골적으로 짜증을 냈다.

린코와 고스케는 즉시 문밖으로 쫓겨났다. 가즈코의 태도를 이해할 수 없었던 린코가 돌아보며 물으려고 했지만 눈앞에서 현관문이 닫히고 말았다.

다음 환자의 방문 시간이 다 되어간다. 석연치 않은 기분으로 다모쓰의 집을 떠난 린코는 왕진 차량으로 이동하는 동안 다모쓰에게 문자를 보냈다.

'호흡기 상태를 알려 줘. 긴급할 때는 언제든 전화해!'

그래도 석연치 않은 기분을 떨칠 수 없었다. 인공호흡기 경고음이라는 긴급사태에 가즈코나 다모쓰나 믿기 힘들 만큼 둔감하다. 그게 어떻게 '쓸데없는 짓'일 수 있나.

다른 환자의 방문진료가 막 끝났을 때 린코의 휴대폰이 진동했다.

'Hello! I'm OK. Tamotsu Amano.'

"다모쓰 군이야!"

린코는 마음이 놓여 고스케에게 손가락으로 오케이 표시를 하고 바로 답신했다.

'호흡기, 수리했어?'

'Yes!'

'원인은?'

잠시 후 답신이 왔다.

'업자가 문제없대요.'

문제가 해결된 모양이다.

"다행이네요."

고스케가 안심한 듯이 낮은 목소리로 말했다.

어느새 퇴근길이라 도로가 밀리기 시작한다. 방문 차량은 클리닉을 향해 천천히 달렸다. 석양이 룸미러를 비춘다. 일몰 시간이 조금 빨라진 것 같다.

"어젠 나 혼자 콘서트 보러 요코하마 스타디움에 갔어요."

2주 후, 다모쓰는 린코에게 자랑스럽게 보고했다.

"뭐? 혼자?"

"네."

"정말? 간병인도 없이?"

고스케도 놀라서 소리를 높였다.

그러고 보니 방 안에 AKB48의 새 포스터가 늘었다.

몸이 불편한 다모쓰가 그 대단한 인파 속으로 들어갔다는 사실에 린코는 기겁했다. 혼자 요코하마에 가는 것만도 병상이 많이 진행된 다모쓰에게는 무모한 행위다. 휠체어가 넘어지거나 호흡기가 고장나는 등 목숨을 위협하는 사태는 얼마든지 벌어질 수 있다.

"어떻게 갔지?"

고스케가 묻자 다모쓰는 기다렸다는 듯이 설명을 시작했다.

아침에 간병인 도움을 받아 휠체어를 타고 인공호흡기나 식수, 음식을 등받이에 실었다. 최대한 남의 도움 없이 환승할 수 있는 역을 미리 알아 두고 그 경로대로 전철을 탔다. 계단승강기밖에 없는 역은 역무원을 불러야 하므로 피하고 다소 멀리 돌아가더라도 엘리베이터나 슬로프가 있는 경로를 택하여 요코하마 스타디움이 있는 간나이 역까지 갔다— 등등.

"거기서 근디스트로피 친구와 만났어요."

가즈코는 말리지 않았을까?

"어머니가 뭐라 하시지 않았어?"

"별로. 아, 그래, 하셨죠."

"그밖에는?"

"으음. 몇 시쯤에 돌아올 거냐고. 그리고 아직 더우니까 모자 잊지 말라고."

너무나 평범한 모자의 대화여서 맥이 빠진다.

"이번엔 왜 혼자 외출한 거지?"

다모쓰는 어리둥절한 표정으로 대답했다.

"그야 혼자가 더 편하니까요."

고스케가 웃기 시작한다.

"못 말리겠네, 이 말썽쟁이!"

고스케가 간질이자 다모쓰는 입을 벌리고 웃었다.

아, 그렇구나, 하고 린코는 생각했다. 바로 이것이 다모쓰와 노인의 차이였다.

다모쓰는 어쨌거나 평범한 청년이다. 시설의 고령자처럼 휠체어 생활을 하고 그들 이상으로 튜브를 달고 살지만 다모쓰는 남의 손을 빌려 연명하는 게 아니라 제 힘으로 살고 있었다.

"역내 슬로프 위치까지 용케 알아냈네."

린코가 감탄하며 말하자 다모쓰는 자랑스레 대답했다.

"인터넷 검색으로 금방 알아냈죠. 인터넷과 바이크만 있으면 뭐든 할 수 있어요."

바이크가 휠체어가 아니라 진짜 오토바이처럼 느껴진다.

다모쓰는 이날 매우 활기차게 이야기했다.

"사람이 많아서 돌아올 때 힘들었겠네?"

"중간에 나와서 전혀 문제 없었어요."

"그랬어?"

"딱 세 곡만 듣고 나왔으니 근성이 없어도 너무 없죠?"

"그렇지 않아. 그것만으로도 대단해!"

고스케는 요코하마에 혼자서 다녀오는 데 성공한 다모쓰를 칭찬했다.

"하지만 다모쓰, 앞으로 뭐든 혼자서 해낼 수는 없어. 행동범위를 넓히고 싶다면 도와줄 자원봉사자를 모집해 보거나……."

고스케가 다모쓰의 발을 스트레치하며 이런저런 아이디어를 내자 다모쓰가 고개를 끄덕였다.

"흠, 그러네요."

건강해 보이는 다모쓰의 모습에 이때는 문제가 없다고 생각한 것이

화근이었을까.

9월이 되었다지만 밖에서는 애매미가 힘차게 울고 있었다.

이튿날 아침 다모쓰에게 전화가 왔다.

"선생님, 숨이 답답해요……."

린코 일행은 이번에도 호흡기 문제일 거라고 걱정하며 즉시 다모쓰의 집으로 달려갔다.

다모쓰는 창백한 얼굴로 침대에 누워 있었다. 호흡기는 정상적으로 작동하고 있다. 체온이 38도 7분까지 올라갔다. 체내 산소농도가 96퍼센트로 떨어져 있었다. 간밤에는 어머니가 30분 간격으로 가래를 빼냈다고 한다. 청진해 보니 희미하지만 잡음이 들렸다.

폐렴이다—.

린코는 어제 주고받은 대화를 떠올렸다. 다모쓰가 콘서트를 중간에 빠져나온 것은 도중에 몸 상태가 나빠진 탓인지도 모른다.

고스케가 흡인기로 가래를 빼냈다. 황록색 가래가 끈질기게 빨려나온다. 산소농도는 98퍼센트로 올랐지만 가래가 금세 기관지에 고여 호흡곤란에 빠질 것이 예상되었다.

근디스트로피 환자는 가래를 배출하는 호흡근이 약해서 가래로도 질식할 수 있다.

주방에 있는 가즈코는 평소보다 더 지친 표정으로 힘없이 앉아 있었다. 다모쓰의 상태는 재택개호의 한계를 벗어났다고 느꼈다.

린코는 그 자리에서 오코치 교수에게 전화했다.

"아마노 다모쓰가 폐렴에 걸렸습니다. 농성담이 많이 나와 모친만으로는 개호가 힘듭니다. 중증화할 리스크도 높으니 긴급하게 입원시키고 싶습니다만. 신주쿠 의대에 빈 침상이 있을까요?"

"알았네. 어디든 침상을 비워두라고 할 테니 입원 절차를 밟게."

교수는 즉석에서 수락하고 침상을 확보하겠다고 대답해 주었다.

그런데 통화를 끝낸 직후, 가즈코가 드물게 다모쓰의 방에 와서 굳은 목소리로 말했다.

"저기, 잠깐만요. 맘대로 그렇게 처리하면 어떡해요. 음, 그러니까 집에서는 치료가 안 되는 건가요?"

뜻밖의 반응이었다.

"24시간 태세로 대응하지 않으면 위험합니다. 만에 하나 가래가 막히면 질식할 테니까요."

가즈코는 가만히 한숨을 지었다. 그러더니 다모쓰의 이마에 손을 대며, "다모 짱, 입원할래?" 하고 물었다.

"싫어."

겁먹은 표정으로 다모쓰가 대답했다.

"오코치 교수님이 계시는 대학병원이야."

"잠시만이라도 입원하는 게 더 안전해."

린코와 고스케가 달랬지만,

"안 가! 여기 있을 거야!"

다모쓰는 전에 없이 날카로운 목소리로, "입원 안 해"를 반복했다. 가즈코가 신경질적으로 소리쳤다.

"그러게 얘가 하자는 대로 하라고 했잖아요!"

린코로서는 더 이상 설득할 말을 찾을 수 없었다.

"……고스케, 가져왔어? 피페라실린 앰플 두 개와 거담제 앰플 하나, 그리고 생식."

"네? 재택으로 하시게요?"

"됐으니까 빨리!"

항생물질이 든 링거를 개시하며 고스케에게 지시했다.

"그리고 인공 코는 가래로 막힐 테니까 가습기 타입으로 바꿔야 해."

고스케가 호흡기 회로를 다시 조립하고 필터 뭉치 같은 인공 코를 떼어냈다.

폐렴에 걸리면 개호 노력은 평소의 배 이상이 필요하다. 린코는 방문간호 스테이션에도 전화로 병상을 전하고 자주 방문하도록 조치를 취해 두었다.

"어라, 오늘은 세 분 다 기운이 없네. 더위 타시나?"

케이 짱이 세 사람을 탐색하듯 쳐다보았다.

요즘 들어 린코는 매주 한 번, 많을 때는 두세 번 케이즈 키친에 간다. 그래선지 케이 짱은 첫눈에 컨디션을 간파했다.

"이럴 때 딱 어울리는 C정식이 어때요? 피부에 좋아요."

피부라는 말에 가메 짱이 꿈틀하고 반응하며 오케이 사인을 했다.

식탁에 나온 것은 오징어먹물 스파게티에 양파수프. 거기에 그린샐러드를 수북이 쌓은 접시가 더해졌다.

"오징어먹물입니까. 뜻밖에 평범하네."

고스케가 맹렬하게 먹기 시작했다.

"오징어먹물이 장을 좋게 한대요."

가메 짱이 입 주변을 까맣게 물들이며 린코에게 웃어 보였다. 효능은 모르지만 바다의 풍미가 풍부하고 맛있다.

"우와, 이건 뭐죠?"

고스케가 디저트접시를 가리키며 웃는다. 케이 짱은 반가워할 줄 알았다는 표정이다.

린코는 얇게 저민 초콜릿 케이크 같은 디저트를 입에 넣었다.

그런데 초콜릿은 아니었다. 달고 어딘지 이국적인 맛이다. 탄력 있게 씹히는 맛은 바다와 숲을 두루 연상케 하는 풍미였다.

"이게 뭐지?"

가메 짱도 눈을 크게 뜬 채 움직임을 멈췄다.

"후후. 훈제연어에 흑설탕을 코팅했어요."

케이 짱의 굵은 목소리가 돌아왔다.

"전혀 알아채지 못했네~."

고스케가 분하다는 듯이 웃는다. 하지만 웃음소리는 이내 작아지다가 사라졌다.

어느샌가 고스케는 자세를 똑바로 하고 앉았다. 그러더니 식탁에 양손을 짚고 린코에게 고개를 깊이 숙였다.

“제가 알아채지 못했습니다. 조금 이상하다고 생각하긴 했는데 보고를 못 드려서 죄송합니다.”

다모쓰 이야기다. 어제 고스케는 다모쓰의 근육이 어딘지 굳어 있는 것을 알았다고 한다.

“허리가 뻐근하다기에 단순한 근육통인 줄 알고…… 그게 발열 신호였어요” 하고 중얼거리며 고스케는 자기 머리를 몇 대 때렸다.

“나도 같은 잘못을 저질렀어. 그보다 집에서 치료하는 건 리스크가 너무 커…….”

린코가 고개를 저었다.

“다모쓰 씨는 왜 입원을 거부했을까요?”

가메 짱이 고개를 갸우뚱거렸다.

“저는 왠지 알 것 같아요.”

실은, 하며 고스케는 예전에 자신이 ‘노는 아이’였다는 이야기를 했다.

해체업을 하는 집안은 가난했고 공부할 곳도 없어 성적은 최악이었다. 하루하루 거칠게 지냈다고 한다. 고교를 졸업하고 취직하려 했지만 서류 내용이 발목을 잡아 취직도 되지 않았다.

“다시 돌아가고 싶지 않아요. 그 시절에 드나들던 장소에도 절대 가고 싶지 않아요. 간호사로 일하고 있으니까 내가 전에 노는 아이였다고 해도 아무도 안 믿겠지만."

가메 짱이 웃음을 터뜨렸다.

"다 알고 있었어. 모를 줄 알았어?"

고스케는, "정말요?" 하며 납득하지 못하는 표정을 지었다.

그러고 보니 가메 짱에게 들은 적이 있다. 고교 졸업 후 아르바이트로 살던 고스케는 친구 대신 지체부자유아를 위한 자원봉사활동을 한 것이 계기가 되어 대학 간호학부에 진학했다고 한다.

"누구한테나 다시는 가고 싶지 않은 장소라는 것이 분명히 있어요."

어느 샌가 케이 짱도 대화에 끼어들었다.

"다모쓰 씨에게는 병원이 그런 곳이군요."

가메 짱이 눈시울을 살짝 붉혔다.

도어 벨이 요란한 소리를 내고 이어서 오코치 교수가 들어왔다.

"어서 오세요, 선생님!"

가메 짱이 교수를 위해 의자를 빼 주었다.

교수는 손을 쳐들며, "케이 짱, 난 정식이 아니라도 좋아. 맥주랑 적당한 안주 좀 줘" 하고 주문했다.

"그리고 케이 짱도 와서 한잔해."

"늘 고맙습니다."

케이 짱이 새 잔을 가지러 얼른 돌아갔다. 가메 짱이 교수의 잔에 맥주를 따른다.

"병원에 간신히 침상을 잡아 놨는데. 심장외과에서 달라고 해서 취소해 버렸어."

잔에 든 내용물을 단숨에 비운 교수가 원망스런 눈길로 린코를 보았다. 대학병원의 침상은 늘 쟁탈전의 대상이다. 외래환자를 입원시키고 싶어도 침상이 모자라 다른 병원으로 보낼 수밖에 없는 경우도 있다.

다모쓰를 위해 침상 하나를 확보하려고 오코치 교수가 무리하게 애를 쓴 게 분명하다. 그런데도 다모쓰는 입원하지 않았다. 덕분에 호시탐탐 노리던 다른 진료과에서 그 침상을 금방 낚아챌 수 있었던 것이다.

"죄송해요. 다모쓰 군에게 입원을 강력히 권했지만……."

린코는 고개를 숙였다.

"본인과 어머니가 강하게 거부하는 바람에."

증상이 악화되면 사망할 수도 있다고 경고하면 대부분의 환자는 입원을 택한다. 이번 같은 사례는 처음이다.

"어머니는 그렇다 쳐도 환자의 뜻에 반할 수는 없으니까."

"입원을 해야 안심할 수 있는데……."

"환자가 의사 마음 편하라고 입원해 주는 건 아니지."

교수의 말투는 온화했지만 린코는 매섭게 야단을 맞은 기분이었다.

"여하튼 지금은 폐렴 치료에 전념하게. 재택의로서 해야 할 처치를 차분히 해 나가면 돼. 그 밖의 일들은 다 내가 책임지니까."

교수가 그렇게 말해 주어도 린코의 기분은 조금도 편해지지 않았다.

돌아갈 때 오코치 교수가 케이 짱에게 말을 건넸다.

"오늘 나온 안주, 너무 달지 않아?"

"어머, 세상의 쓴맛을 실컷 맛본 선생님한테 딱 맞을 줄 알았는데."

케이 짱이 시치미를 뗐다.

"당신이나 먹어."

안주 접시에는 아까 나왔던 흑설탕으로 코팅한 훈제연어가 담겨 있었다.

역으로 가면서도 린코는 다모쓰의 폐렴이 못내 걱정되었다. 개찰구에서 일행과 헤어지자 방문간호 스테이션에 전화했다. 오후 9시 순회 보고가 들어왔을 것이다.

애가 탈 만큼 기다려서야 야근 간호사가 전화를 받았다. 다모쓰의 열은 떨어지고 호흡 상태도 현재 안정되었다고 한다.

전화를 끊었을 때 플랫폼으로 가는 계단에 있던 린코는 한 단 한 단 내려갈 때마다 "고마워, 고마워" 하고 되뇌었다.

치료에 쓴 항생물질을 잘 선택해서인지, 혹은 젊어서 면역력이 강하기 때문인지 2주가 지나자 다모쓰는 점차 회복되었다.

안정을 취하는 생활이 몹시 지루했는지 다모쓰는 자주 문자를 보냈다.

요코하마 스타디움에서 만난 친구는 실은 여자아이이며 다시 만나기로 약속했다는 보고, 그 아이에게 무엇을 선물하면 좋겠느냐고 상의

하는 내용도 있었다.

'의료라는 게 진짜 웃기네요.'

그런 문자가 왔을 때는 대체 무슨 말인가 싶었다.

'왜?'

짧게 답신하자 바로 답신이 왔다.

'폐렴 치료할 때 카로나르 사용했죠?'

카로나르는 아세트아미노펜의 상품명으로 잘 알려진 시판 해열진통제다. 항생물질과 같은 폐렴에 대한 근본적 치료법은 아니다. 다모쓰는 자기 병을 단순한 대증요법으로 대강 처방했다고 생각한 걸까? 뭐라고 답해야 좋을지 궁리하고 있는데 다모쓰에게서 또 문자가 왔다.

'카로나르는 가볍단 말이잖아요'카로나르'는 일본어로 '가벼워지다'로 들리기도 한다?'

뭐야, 그런 얘기였어? 다모쓰는 그저 약 상품명을 언어유희로 지은 듯하다고 말하고 싶었던 것이다.

'맞아! 실은 그런 약 이름은 그밖에도 많아.'

린코는 바로 답신을 보냈다.

'어떤 거요?'

'설사약 요오데루'요오데루'는 '잘 나온다'로도 읽힌다.'

'하하하(:▷)'

그림문자를 곁들인 답신이 왔다.

'지질이 많은 사람이 복용하는 리피토르.'

'그건 뭐죠?'

‘지방은 영어로 리피드니까.’

‘대박! 리피드를 없애는 리피토르‘토르’는 ‘取る=없애다’로 들리기도 한다!’

‘혈압 높이는 약 이노반.’

‘?’

‘승압제는 생명의 지킴이니까생명=이노치, 지킴이=반.’

‘오오!’

다모쓰의 문자는 화제가 자주 바뀐다. 선생님은 치마를 입지 않는다거나 고양이 마유유가 도마뱀을 물고 왔다거나 하는 엉뚱한 내용도 있었다.

폐렴이 발증하고 한 달이 지나자 다모쓰는 매우 건강해졌다. 10월 하순에 방문해서 가슴을 청진해 보니 깨끗한 호흡음으로 변해 있었다.

다모쓰 같은 환자의 경우, 대형병원에서도 증상 악화를 막지 못한 사례가 있다. 그것을 자택에서 치료했으니 기적에 가깝다고 할 수 있었다.

“병을 꽤 잘 고치시네요, 선생님.”

다모쓰가 건방진 말을 했다.

“겨울 되기 전에 나아서 다행이야.”

청진을 마친 린코는 기쁨을 곱씹었다. 추운 계절이라면 이렇게 쉽게 회복하지는 못했을 것이다.

“근데 선생님은 왜 의사가 된 거죠?”

갑작스런 질문이었다.

"병에 걸린 사람을 도와주고 싶어서."

얼른 상투적인 대답을 하는 수밖에 없었다.

하지만 다모쓰는 개의치 않고, "아, 참!" 하며 눈을 반짝였다.

"우주 근디스트로피 연구는 잘되려나."

"잘되면 좋겠지."

린코는 살짝 말끝을 흐리고 말았다. 전에 국제우주정거장에서 근디스트로피에 유용한 단백질 결정을 생성하는 실험이 실시된다는 뉴스를 듣고 화제에 올린 적이 있다. 하지만 실용화되려면 상당한 시간이 걸릴 것이다. 다모쓰가 얼마나 고대하는지를 생각하니 쉽게 대답할 수 없었다.

"내가 치료 실험에 지원해서 우주에 가면 좋겠어요."

다모쓰의 낙천적 성격에 구원을 받는 심정이다.

"영어 공부가 도움이 되겠네."

"그럼요! 영단어의 어원 같은 것도 공부하고 있어요."

다모쓰는 기분 좋게 말했다.

린코는 감탄하는 심정으로 다모쓰를 쳐다보며, 내가 오해하고 있었구나, 하고 생각했다. 다모쓰는 자신의 병상을 인식하지 못하는 것이 아니라 자기 힘으로 전진하겠다는 강인함이 넘치는 것이다.

"맞다, 미래의 휠체어를 궁리해 봤어요."

다모쓰는 눈동자를 빙글 움직였다. 자신만만할 때 짓는 표정이다.

"어떤 건데?"

고스케가 묻는다.

"초호기 같은 거죠!"

"쵸기?"

잘 알아듣지 못했다.

"초, 호, 기, 초호기라고요, 선생님."

다모쓰가 말하는 것은 〈에반게리온〉에 나오는 인간 형태의 탈것이다.

"다모쓰, 그거 최곤데!"

고스케가 한껏 어조를 높여 감탄했다.

"그쵸? 나, 초호기 타고 어려운 사람을 도와주러 갈 거예요. 가령……."

다모쓰가 열띠게 말하는 것을 들으니 가슴이 뜨거워졌다.

완전한 치료가 가능하다면 그보다 좋은 일은 없다. 하지만 완치는 못하더라도 환자가 삶을 즐길 수 있도록 호흡과 이동을 지원하며 전 세계 어디나 데려갈 수 있는 탈것이 있다면 얼마나 좋을까. '초호기'라는 게 그런 것인지는 알 수 없지만, 언젠가 현실이 되었으면 좋겠다고 소망하지 않을 수 없었다.

이튿날 클리닉의 목요회에서 다모쓰의 회복 상태를 보고했다.

"아마노 다모쓰는 이제 괜찮습니다."

린코는 다모쓰의 폐렴을 치료한 것에 보람을 느꼈다. 그러나 오코치 교수의 표정은 딱딱했다.

"방심하면 위험해."

"……죄송해요. 다음엔 좀 더 일찍 치료를 시작할 수 있도록 주의하겠습니다."

폐렴의 징후를 빨리 알아채지 못한 것을 지적받았다고 생각했다. 그러나 교수는 여전히 엄격한 표정을 풀지 않았다.

"아니, 위험은 다른 쪽에 있어."

교수는 그 대목에서 말을 끊었다.

"무슨 말씀이죠?"

"미토 군, 모르겠나?"

"무엇을요?"

오코치 교수는 미간을 찡그렸다.

"어머니야."

"네?"

"그 어머니는 첫날부터 문제가 있었어. 무기력한 태도로 아들의 상태를 한 마디도 설명해 주지 않았지. 인공호흡기에 문제가 생겼을 때도 그렇고 입원 여부를 놓고 상의할 때도 제대로 판단하고 있는지 어떤지 알 수가 없어. 어쩌면 의도된 소극적 행동이었는지도 몰라."

"그러니까 선생님 말씀은……."

린코의 등줄기로 차가운 무엇이 치달았다.

"그래, 그게 개호 포기라면 명백한 범죄행위야."

가즈코의 모습이 늘 어딘지 붕 떠 있는 모습이었다는 점을 생각했다.

그날 밤 베란다의 금귤을 살펴보니 작게 맺혔던 열매가 전부 떨어져 있었다. 그 하얀 알갱이들 탓이라고 생각했다.

요전 일요일에 꽃집 점원에게 물어보니, "깍지진디일 겁니다"라고 했다. 나무가 약해지면 생기는 해충이라고 한다.

깍지진디는 들으면 들을수록 신기한 생물이다. 암컷은 나무 위에서 교미한 뒤 다리를 잃는다. 그리고 그 자리에 머물며 수액을 빨아먹고 알을 품으며 하얀 밀랍 형태의 노폐물을 몸 주위에 계속 배출하여 마침내 하얀 조개껍질 같은 모습으로 변한다. 알은 그 하얗고 견고한 벽에 보호받다가 마침내 부화하여 유충이 된다. 수컷은 날개 달린 성충이 되어 날아간다.

영양분을 빼앗긴 금귤나무는 체력을 보존하려고 열매를 떨어뜨린다. 좀 더 일찍 알아챘으면 좋았을 텐데. 린코는 금귤 잎을 쓸어 주며 "미안해" 하고 나직이 말했다.

고치고 싶지만 고칠 수 없다—그런 환자가 세상에 이렇게나 많다니. 의사를 꿈꾸던 시절에는 생각도 못했다. 병에 걸린 사람을 도와주고 싶어 의사가 되었다고 다모쓰에게 말할 때는 많이 괴로웠다.

지금 절실하게 돕고 싶은 사람은 다모쓰이며 시설에 있는 아빠이다. 그런데도—.

베란다 난간에 몸을 기대며 린코는 생각했다. 나는 무엇을 위해 의사가 되었을까.

"미안해요……."

어두운 하늘로 빨려 들어갈 것 같은 기분에 황망히 방으로 돌아가 침대에 누웠지만 곧 베갯말에서 휴대폰이 울렸다. 심야 1시다.

"선, 생님……."

다모쓰였다. 평소보다 목소리가 가늘다.

"다, 다모쓰 군? 무슨 일이야?"

시끄러운 전자음이 수화기 저편에서 울리고 있다. 귀에 익은 인공호흡기의 경보음이다.

"머리, 아파……."

린코는 침대에서 벌떡 일어났다. 두통은 저산소증의 증상이다.

경보음 간격도 짧다. 인공호흡기에 중대한 문제가 발생한 것이 분명했다.

"어머니는? 어머니를 불러!"

신음소리만 들릴 뿐 대답이 없다.

"지금 갈게! 잠깐만 기다려."

린코는 택시를 부르고, 차가 도착하기를 기다리는 동안 고스케에게도 연락했다.

심야의 도로는 한산하여 나카노에서 고가네이까지 30분 정도 걸렸다. 하지만 아마노 가의 인터폰은 반응이 없었다. 평소처럼 보조열쇠로 문을 열었다. 집 안에서 경보음이 급하게 울리고 있다. 전화로 듣던 것보다 더 요란하다.

린코는 더듬거리며 현관 조명의 스위치를 눌렀지만 불은 들어오지 않았다.

"실례합니다! 무사시 방문클리닉입니다!"

캄캄한 실내를 진찰용 펜라이트로 비추며 들어간다.

"미안해요! 미토입니다! 아마노 씨, 저, 들어갑니다!"

응답이 없다. 다모쓰의 방에서는 어둠 속에서 호흡기의 빨간 램프만 점멸하고 있었다. 부인은 집에 없는 듯하다.

"다모쓰 군! 괜찮아? 다모쓰 군!"

펜라이트의 가는 광선에만 의지하며 달려갔다. 의식을 잃은 다모쓰는 온몸이 젖어 있었다. 땀을 흠뻑 흘리고 있다.

경보음이 울리는데도 기묘한 정적을 느끼던 린코는 이내 그 이유를 깨닫고 충격을 받았다.

인공호흡기가 움직이지 않는다!

전원 스위치를 급하게 눌렀지만 호흡기는 전혀 반응하지 않았다.

저환기 상태가 계속된 다모쓰의 몸은 산소 부족 상태에 있다. 어쨌든 호흡을 시키지 않으면 위험하다.

서둘러 아동용 장롱의 맨 아래 서랍을 열었다.

"왜 없지?"

늘 있던 그곳에 앰뷰백이 보이지 않았다. 서랍을 전부 열어 보았지만 어디에도 없다. 다모쓰의 자발호흡은 미약했다.

입으로 인공호흡을 하는 수밖에 없다. 린코는 인공호흡기의 에어호스를 뺐다. 기절부気切部로 숨을 불어넣기 위해서다. 하지만 압력이 높아 제대로 숨을 불어넣기가 힘들었다.

다모쓰의 숨은 거의 멎은 거나 마찬가지다. 가래 흡인기도 움직이지 않는다. 식은땀이 흘렀다.

그야말로 최악의 사태라고, 린코는 생각했다. 그때 현관문 열리는 소리가 났다.

"미토 쌤! 괜찮아요?"

고스케였다.

"여기야! 다모쓰 군의 방!"

방으로 뛰어 들어온 고스케가 호흡기 스위치를 눌렀다. 역시 작동하지 않는다.

"스위치, 제발!"

고스케가 호흡기를 향해 소리쳤다.

"두꺼비집 확인해 봐!"

"네!"

힘차게 뛰어나가려던 고스케가 침대 다리 옆에서 쓰러졌다.

"아악! 발가락을 찧었어요."

그런데 방바닥에서 격한 통증에 몸부림치던 고스케가 "있다!" 하고 소리치며 앰뷰백을 들고 일어섰다. 침대 밑에 떨어져 있었던 것이다.

린코는 즉각 앰뷰백을 연결하고 봉지를 양손으로 짓무르듯이 배깅을 시작했다.

"다모쓰 군! 다모쓰 군!"

저항이 강해 제대로 공기를 넣을 수 없었다. 손에 느껴지는 압력이 지속적으로 높아져 앰뷰백 누르는 타이밍을 잡기도 어렵다.

"다모쓰! 침착해! 힘을 빼! 들이마시고, 뱉고, 들이마시고, 뱉고……."

고스케가 다모쓰에게 소리친다. 그러자 조금씩 다모쓰의 허파에 공기가 들어가게 되었다. 다모쓰의 허파가 저항하는 것을 느끼면서도 린코는 미묘하게 힘을 조절해서 앰뷰백을 계속 눌렀다.

다모쓰가 약하게 기침을 한다.

"나를 알아보겠어? 다모쓰 군!"

고스케가 서랍에서 수동식 흡인기를 찾아내 가래를 빨아낸다.

"으, 으으"

다모쓰의 의식은 서서히 나아졌다.

고스케는 "아 참, 두꺼비집" 하며 방을 나갔다. 현관 쪽에서 주전원의 스위치를 켰다 껐다 하는 소리가 난다.

"두꺼비집은 켜져 있어요"

"호흡기 본체를 다시 확인해 봐!"

이번에는 콘센트에서 전원 플러그를 뺐다가 다시 꽂는 소리가 났다.

"아, 뭐야! 배터리도 다 됐어!"

내장 배터리와 외장 배터리로 8시간 정도는 구동한다. 하지만 그 잔량이 전부 없어진 것이 밝혀졌다.

"어떡하지!"

"119에 전화할까요?"

"하지만, 이건……."

다모쓰의 의식은 이미 나아지고 있었다. 지금은 기계의 문제이므로 구급의가 필요한 상황이 아니다.

"아, 차가 있네요!"

"뭐?"

"아무튼 호흡기에 전원만 연결하면 되는 거잖아요?"

"그래. 그런데?"

"다모쓰를 밖으로 데려가요. 쌤은 배깅을 맡아요!"

다모쓰를 휠체어에 앉힌 고스케가 작동을 멈춘 인공호흡기를 들고 아파트 밖으로 나왔다. 린코는 다모쓰 옆에서 신중하게 앰뷰백을 계속 눌렀다.

고스케가 휠체어를 자신의 BMW 옆에 세우더니 다모쓰를 안아 뒷좌석에 태우고 차량 트렁크에서 도시락만 한 기계를 꺼냈다. 거기에서 코드를 끌어내 그 끝의 플러그를 운전석의 시거라이터 소켓에 꽂는다.

"그걸 왜?"

"오토캠핑용 자동차 인버터예요. 사 두길 잘했네!"

린코는 그저 다모쓰에게 배깅을 계속하며 고스케를 지켜보았다.

"이제는 호흡기 본체를."

고스케는 호흡기를 조수석에 놓고 전원 플러그를 인버터에 꽂았다.

"차 시동 걸게요!"

차량 내에 가벼운 진동이 전해진 직후 그토록 완고하게 움직이지 않던 호흡기가 매끄럽게 작동하기 시작했다.

다모쓰의 호흡이 서서히 안정되고 표정은 평온해졌다.

"다모쓰, 들려?"

고스케가 의식 수준을 확인한다.

"으, 응……. 들려요."

명확한 대답이 있었다.

"다행이다, 다모쓰!"

"호흡기에 새 배터리가 필요하구나. 날이 밝으면 업자에게 연락해야겠어. 하지만 다모쓰 군의 호흡기가 왜 이렇게 계속 문제가 일어나지……."

고스케가 휴대폰을 귀에 대며 고개를 갸우뚱거렸다.

"어머니가 전화를 받질 않네."

고스케가 대시보드에서 커다란 종이를 꺼내 뭔가를 쓰기 시작했다.

"다모쓰를 데려간다는 메모를 집에 놔두려고요. 놀라시면 곤란하니까."

고스케는 그렇게 말하고 아파트로 들어갔다.

깊어가는 가을날의 미명, 노상에 멈춘 차량 안에서 인공호흡기가 다모쓰의 폐로 공기를 불어넣는 소리가 들린다. 달빛이 다모쓰를 비추자 가슴의 규칙적인 상하운동이 도드라져 보였다. 잠든 채로 숨소리를 내는 다모쓰의 얼굴을 마주하고 있으니 조금 전의 소동이 거짓말 같다.

"쌤, 미토 쌤."

저도 모르게 다모쓰 옆에서 잠들어 있었던 린코가 눈을 떴다. 주변은 완전히 밝아졌다. 원기를 되찾은 다모쓰가 주위를 둘러보고 있었다.

"제가 차에 타고 있네요! 이대로 드라이브나 했으면 좋겠다. 네? 우리 드라이브해요."

"이런, 어느새 잠들었나 보네."

고스케는 찌뿌드드한 듯이 운전석에서 기지개를 켜고 언제 사다 두었는지 편의점 비닐봉투에서 젤리음료를 꺼내 다모쓰에게 건네주었다.

"자, 아침식사."

고스케는 린코에게도 주먹밥과 페트병에 든 차를 건네주고 자기도 먹기 시작했다.

"이런 고급 승용차는 처음인데요!"

다모쓰가 눈동자를 굴리며 차량 내부를 흥미롭게 둘러본다.

"헤헤! 아직 할부금이 잔뜩 남긴 했지만."

고스케가 웃으며 대답했다.

어느새 오전 7시가 다 되어 있었다. 아파트에서 쓰레기봉투를 들고 나온 여성이 의심하는 눈초리로 차량 앞을 지나갔다.

"다모쓰 군, 엄마는?"

"몰라요."

"언제부터 없었어?"

다모쓰가 린코의 눈을 피하며 대답했다.

"음, 그제였나."

어이가 없었다. 오코치 교수가 염려하던 일이 일어나고 말았다.

"정말? 위험한데."

고스케도 날카로운 목소리로 말한다.

"간병인도 오고, 늘 그러시니까뭐."

다모쓰는 아무 일도 아니란 듯 태평하게 대답했다.

"어머니는 언제 돌아오시지?"

애써 냉정하자고 생각하면서도 힐문하는 투가 되고 만다. 돌아온 대답은, "글쎄요" 하는 한 마디뿐이었다.

8시가 되었다. 린코는 오코치 교수의 휴대폰에 연락했다.

"이른 아침에 죄송합니다, 선생님. 조금 문제가 생겨서요. 아마노 다모쓰의 인공호흡기가 멈춰서 지금 차량 배터리로 작동하고 있는 중입니다."

린코는 호흡기와 전기 계통의 문제를 간단히 설명했다.

"결국, 저질렀구먼!"

"네?"

"어머니 말이야."

"그 가즈코 씨가 연락이 되질 않아서……."

"집을 나가 버렸을 거야."

"설마 그런……."

전화 저편에서 오코치 교수의 숨소리만 들려왔다.

"미토 군, 전에도 호흡기에 문제가 있었다고 했지? 그게 언제였지?"

교수가 묻자 린코는 수첩을 폈다.

"9월 이전의 방문일이었으니까…… 8월 28일입니다."

"역시 두 달 전인가. 정확히 일치하네."

"무슨 말씀이세요, 교수님."

"처음 호흡기가 멈췄을 때 뭔가 다른 이상은 발견하지 못했나? 전기가 끊어져 있다거나."

"그때는 한낮이었으니까요. 게다가 다모쓰 군이 눈부시다고 해서 실내등은 늘 꺼둡니다. 그밖에는…… 음, 잠깐 고스케를 바꿀게요."

린코는 고스케에게 휴대폰을 건네주었다.

"그러고 보니 그날 실내 에어컨이 작동하지 않았어요. 송풍구 앞에 매달아 둔 모빌이 전혀 움직이지 않아서 알 수 있었죠. 본래 냉방이 안 좋은 집이지만, 엄청 더운 날인데 에어컨이 멈춰 있는 게 이상하다고 생각했었기 때문에 잘 기억하고 있습니다."

그런 일도 있었나, 하고 기억을 더듬는데 고스케가 휴대폰을 린코의 귀에 대 주었다. 수화기에서 들려온 교수의 말에 린코는 경악했다.

"휴대폰 전원이 다 됐으니 공중전화를 찾아 볼게요."

린코는 그렇게 말하고 승용차에서 내렸다.

전원이 다 됐다고 한 것은 거짓말이다. 차에 있는 다모쓰에게 더 이상 대화를 들려주고 싶지 않았다. 린코는 건물 뒤에 숨어 다시 휴대폰을 꺼냈다.

그러고는 교수의 지시대로 시 복지과의 간다에게 전화했다.

"……또, 입니까?"

린코의 설명에 간다는 넌더리가 난다는 듯한 반응을 보였다.

"그 집 아주머니는 전기요금 상습 체납자입니다."

이건 또 무슨 말인가. 요금을 체납해서 전기가 끊겨 있었다니. 아들의 목숨을 위기에 빠뜨리는 사태를 어머니가 일으키고 있었다니.

믿기지 않지만 역시 오코치 교수가 말한 대로였다.

간다에 따르면 전기요금 미납은 전부터 있었던 가즈코의 '기행'이며, 요금을 못 낼 형편도 아닌데 체납을 거듭했다고 한다.

다달이 요금이 납입되지 않으면 전력회사에서 독촉장을 보낸다. 그 독촉장마저 계속 무시하면 사전통고를 하고 송전을 정지한다. 도쿄 도내의 경우 실질적인 최종 납입 기한은 '검침일 이튿날로부터 50일째'로 정해져 있어 약 두 달에 걸쳐 요금을 체납하면 전기가 끊기고 만다.

가즈코는 전기가 끊길 때마다 편의점으로 달려가 체납분을 납입하고 전기를 다시 받았다—라고 간다는 설명했다.

"가끔 있더군요. '방금 요금을 냈으니 당장 전기를 보내!' 하며 전력회사 담당자에게 호통을 치는 사람이. 그렇게 하면 한두 시간 안에 전기가 다시 들어온다고 합니다. 의외로 빠르죠. 피자 배달보다는 느리지만…….”

간다가 농담처럼 말했지만 린코는 웃을 수 없었다.

“그 부인이 지금 집에 없어요. 당장 전력회사에 연락해 주세요! 다모쓰 군의 호흡기가 작동해야 해요.”

아무튼 조속히 전기를 복구해야 한다.

“일단 전기 건은 저희가 요청해 보겠습니다. 연락 주셔서 고맙습니다, 선생님.”

간다의 목소리는 차분하다기보다 냉랭하게 들렸다.

린코 일행은 마음을 졸이며 차에서 기다렸다. 그리고 1시간쯤 지났을까. 아파트 방의 전등이 켜진 것이 보이자 저도 모르게 박수를 쳤다.

“전기가 들어왔다!”

“좋아, 이제 집에 돌아갈 수 있어!”

린코와 고스케는 다모쓰가 승용차에서 내릴 수 있도록 준비를 시작했다.

“뭐야, 드라이브 가는 거 아니었어요?”

다모쓰가 아쉽다는 듯이 말했다.

“봄이 되면 꽃놀이 삼아 고가네이 공원에 데려가 줄게.”

“신난다!”

다모쓰는 입을 크게 벌렸다.

방으로 돌아가 인공호흡기를 다시 설치하자 규칙적인 기계음이 매우 믿음직스럽게 들린다.

"전기가 끊겼을 때는 많이 놀랐겠네."

태연함을 가장하며 린코가 다모쓰에게 말을 건넸다.

"어머니가 가끔 깜빡하니까 어쩔 수 없죠."

다모쓰는 린코가 어머니의 부재를 의식한다는 것을 민감하게 감지한 듯하다.

"그래?"

가끔 깜빡하니까, 로 끝날 문제가 아니다. 샴푸나 화장지 사 오는 걸 깜빡하는 것과는 차원이 다른 문제다.

"네, 덜렁이거든요."

다모쓰의 명랑함이 안쓰럽다. 사태가 심각하다는 것을 누구보다 다모쓰가 잘 알 텐데.

린코는 간다와 나눈 대화를 떠올렸다.

"가즈코 씨는 대체 어떻게 하려는 걸까요."

결국 간다에게 그런 식으로 말하고 말았다.

"저야 뭐 할 말이…… 하지만 누구도 어머니를 대신할 수는 없으니까요."

간다는 체념한 목소리로 말했다.

24시간 내내 환자를 간병해야 하는 어머니로서는 정신적 부담이 결코 가볍지 않다. 다모쓰는 그것을 알고 있기 때문에 어머니를 옹호하는 걸까.

"어디로 가셨을까……."

다모쓰 앞에서 어머니를 비난해서는 안 된다. 그런데도 입에서 그런 말이 나온다.

"선생님, 출근하셔야 하잖아요?"

오전에 외래환자도 있고 오후의 방문진료 준비도 걱정되기는 했다.

"물론 출근해야지. 하지만 다모쓰 군을 그냥 놔둘 수는 없어. 지금은 내가 엄마니까."

린코는 조금 익살스럽게 말했다.

"헤헤, 결혼한 적도 없으면서."

다모쓰도 장난스럽게 대꾸했다.

9시 조금 전에 간병인이 도착했다. 신변의 자잘한 시중이 시작되었다. 다모쓰의 일상이 돌아왔다.

"난 괜찮아요. 이제 곧 엄마도 돌아올 테고."

어머니의 행방이 걱정되지만 일단 간병인에게 맡기고 린코는 물러가기로 했다.

현관으로 향할 때 휴대폰이 울렸다. 간다였다.

"전기 문제를 잘 조치해 주셔서 고맙습니다, 간다 씨."

"근데요 선생님, 그 어머니 건 말인데……."

전화의 목소리가 전에 없이 딱딱하다.

"파트타임으로 일하는 슈퍼에 전화해 보니 지난 주말부로 퇴직했다는 겁니다. 야간에 아르바이트를 하는 청소회사에도 알아보았지만 그 쪽에서도 본인이 그만두겠다고 말했던데요. 역시 지난주에요. 이유는 '먼 곳으로 이사를 해서'라고……."

린코는 온몸이 떨리는 것을 느꼈다.

"휴대폰은 아직도 연락되지 않나요?"

"통신회사에 조회해 보았지만 응답 문자를 보니 계약이 해지되었을 가능성이 높아 보입니다."

"그게 무슨 말이죠?"

"선생님께는 대단히 죄송한 일입니다만……."

린코는 휴대폰을 귀에 댄 채 가즈코의 방 앞에 서서 조용히 맹장지를 열었다.

실내는 너무 어지러워 발 디딜 데도 없었다. 침대 위의 침구는 아무렇게나 널려 있고 방바닥 구석에는 각종 청구서나 독촉장으로 보이는 우편물이 개봉도 되지 않은 채 쌓여 있었다. 행거랙에는 양장이 넘쳐날 만큼 걸려 있다.

옷이 이렇게나 많이 남아 있으니 반드시 돌아온다— 그렇게 믿고 싶었다.

"……해서, 선생님의 방문진료는 중단하고 저희 쪽에서 다모쓰 군을 병원이나 시설로 옮기겠습니다. 왜냐하면 다모쓰 군의 어머니는 말하자면 실종된 것으로 짐작되기 때문에."

벽가에 작은 화장대가 있었다. 서랍이 열린 채로 안은 텅 비어 있다.

거울 앞 카운터도 마찬가지였다. 본래 그곳에 있어야 할 화장품 종류가 하나도 남아 있지 않았다.

의심이 확신으로 변하자 린코는 그 자리에 주저앉았다.

"……여보세요. 선생님, 미토 선생님, 듣고 계세요?"

가즈코는 다모쓰를 집에 놔둔 채 스스로 실종된 것이다.

한 달이 지났지만 가즈코를 찾았다는 연락은 없었다.

다모쓰는 아파트에서 혼자 생활하고 있다. 폐렴을 일으켰을 때처럼 다모쓰 자신이 완강하게 입원을 거부했기 때문이다.

"죽어도 집에 있을 거야!"

다모쓰는 간다에게 그렇게 말하며 버텼다고 한다.

어머니의 실종이 명백해지고 이틀 후, 간다가 클리닉에 찾아와 린코에게 방문진료를 계속해 달라고 요청했다.

"다모쓰 군이 꼭 선생님에게 계속 진료를 받고 싶답니다. 미토 선생님은, 뭐라더라…… 자신의 '이노반'이라고. 이거, 요즘 젊은 친구들 용어인가요?"

린코는 그날 주고받은 메일을 떠올렸다.

생명의 지킴이 이노반.

"알겠습니다. 제가 담당하죠. 다만—,"

다모쓰가 신뢰해 주는 것은 고맙다. 하지만 한편으로는 어머니 없는 상황에 어떻게 24시간 개호 태세를 꾸릴지 불안했다.

"야간 개호는 어떻게 되죠?"

행정 지원만으로 간병인이나 개호 스태프를 증원하는 데도 한계가 있다.

"자원봉사자 분들이 모여 주셔서 야간에도 순찰할 수 있을 것 같습니다만."

간다는 자신 있게 대답했다. 어머니가 실종되기 전에 다모쓰가 고스케의 아이디어로 작성한 '자원봉사자 모집' 트윗이 이제야 효과를 발휘하고 있다고 한다.

마치 실종을 예감한 것과 같은 얄궂은 결과였다.

세상은 어디나 크리스마스 분위기로 가득했다. 미타카 역 북쪽 출구에 있는 나무들도 일루미네이션으로 뒤덮였다. 나무가 큰 탓에 전구들이 성기게 설치되었는지 불빛이 어딘지 쓸쓸하다.

다모쓰의 생활은 어머니가 없는 것 말고는 크게 달라지지 않았다.

"24시간 태세는 잘 유지되나?"

"네. 잘 유지됩니다."

간병인이나 개호 스태프, 거기에 학생 자원봉사자들이 순번을 정해 아파트를 방문하므로 다모쓰 곁에는 늘 누군가가 있었다.

"선생님, 크리스마스 선물은 뭘 받고 싶으세요?"

"다모쓰 군이 건강하면 그걸로 족해."

그렇게 말하며 린코는 다모쓰의 파자마를 들춰 올렸다.

"가슴에서 나는 소리를 들려주세요."

너무 말라서 변형된 다모쓰의 가슴을 볼 때마다 린코는 안쓰러운 심정이 된다.

"왜요, 선생님? 기운이 없어 보여요."

"응?"

"교수한테 야단맞았어요?"

"아냐, 괜찮아. 걱정하게 해서 미안."

거꾸로 위로를 받자 린코는 쓴웃음을 지었다.

"고스케 씨, 또 세 명이나 지원했어요."

다모쓰는 트위터로 자원봉사자 추가 모집을 정력적으로 추진하고 있었다.

"아싸!"

자원봉사자 조직이 서서히 정착되고 있지만, 더욱 안전을 기하려면 더 많은 사람이 있어야 한다.

"면접은 언제 할까."

다모쓰가 노트북을 보며 일정을 점검하는 모습에서 활기가 느껴진다.

"목욕하는 날은 안 되고. 진료일도 복잡하니까, 으음, 이날로 할까."

다모쓰는 자원봉사자 조직을 꾸리는 일마저 즐기는 것처럼 보였다.

크리스마스 아침이었다.

오전 9시 조금 전에 무사시 방문클리닉에 도착한 순간 린코의 휴대폰이 울렸다.

"저어, 미토 선생님이세요? 저는 아마노 다모쓰 군의 간병인입니다. 죄송해요, 다모쓰 군이 이상해요! 빨리 와 주세요!"

전화 저쪽에서 인공호흡기 경보음이 계속 울리고 있다. 전기료 납입은 이제 문제가 없을 텐데. 무슨 일이 일어난 걸까. 린코는 고스케와 함께 왕진 차량에 뛰어올랐다.

지난번 사고를 겪고 클리닉 왕진 차량에도 차량용 인버터를 실어 놓았다. 두 사람은 엔진을 켜 둔 채 아파트 앞에 차를 세우고 현관문을 열었다.

"오늘 아침에 제가 왔을 때는 야근 간병인이 없었어요. 경보음은 울리지 다모쓰 군은 말을 못하지. 뭘 어떻게 해야 할지 몰라서……."

통통한 중년여성은 당황하고 있었다.

다모쓰는 의식이 전혀 없었다.

"다모쓰 군! 다모쓰 군!"

예전의 그날 밤처럼 호흡기 경보음은 다급하게 위기를 고하고 있었다. 하지만 뭔가가 다르다.

"아!"

고스케와 린코는 동시에 소리쳤다.

인공호흡기 회로 중간에 있는 에어호스가 커넥터에서 빠져 있었다. 다모쓰의 맥이 잡히지 않았다. 린코는 침대로 뛰어올라가 심장 마사지를 시작했다.

"AED를! 구급차도!"

린코는 소리쳤다.

왜 이렇게 됐지? 아무튼 살려내야 한다.

아파트를 뛰어나간 고스케가 왕진 차량에서 AED자동 체외식 제세동기를 가져왔다. 다모쓰의 가슴에 패드를 붙인다. 심전도 분석 결과 심실세동—치사성 부정맥으로 나왔다.

"떨어져!"

린코가 전기 충격을 가하는 동시에 다모쓰의 가슴에 올라탔다. 하지만 심박이 돌아오지 않자 즉시 심장 마사지를 재개했다.

멀리서 구급차 소리가 들려왔다.

"돌아와!"

"돌아와, 다모쓰!"

린코도 고스케도 필사적으로 심장 마사지를 계속하며 소리쳤다.

곧 두 번째 전기 충격을 시행했다.

무리일까? 그렇게 생각하는 순간 불규칙한 리듬을 표시하던 모니터 화면에 깨끗하고 뾰족한 파형이 나타났다.

"나왔다!"

다행이다. 다모쓰의 심장은 다시 리듬을 찾았다.

"다모쓰 군! 괜찮아?"

"으…… 응."

다모쓰는 희미하게 고개를 끄덕였다.

도착한 구급대가 다모쓰를 스트레치에 실었다.

"신주쿠 의대 구급외래로. 접수는 마쳤어요."

린코는 구급차에 동승하여 다모쓰의 심전도 모니터를 노려보았다. 막 재개된 심박이 언제 다시 흐트러질지 알 수 없었다.

빨리! 빨리!

구급차는 적신호를 무시하고 때로는 차선을 역주행하며 달렸다. 그래도 터무니없이 긴 시간이 걸리는 것처럼 느껴진다.

마침내 구급차가 신주쿠 의대병원 구급외래 전용 입구로 미끄러져 들어간 직후였다. 갑자기 심전도 모니터의 파형이 깨졌다 싶더니 평평한 선이 되어 버렸다.

린코는 스트레처 위로 뛰어올라가 심장 마사지를 실시했다.

"다모쓰, 가 버리면 안 돼."

구급차의 후면 해치가 열렸다. 스트레처는 린코를 실은 채 구명구급센터 내부로 신속하게 옮겨졌다.

중후한 의료기구에 둘러싸인 무기질적이고 기능적인 병실이다. 예전과 조금도 달라지지 않았다. 하지만 달려온 구급의들은 낯설고 젊은 의사들뿐이다. 그중에 한 명이 심장 마사지를 교대해 주었다.

의사와 간호사가 즉각 다모쓰를 에워싸고 바쁘게 처지를 진행하는 것이 보였다. 심전도계 전극이 손발에 부착되고 링거가 시작되고 요도카테터도 삽입된다. 대형 인공호흡기가 실려 오자 다모쓰의 모습은 의료기구에 가려 보이지도 않게 되었다.

"반응이 없어. 보스민, 앰플 하나 더!"

치프가 소리친다. 하지만 심박은 재개되지 않았다.

"앰플 하나 더! 뭘 꾸물거려!"

소생처치 도중에 린코는 간호사의 재촉을 받고 밖으로 나갔다.

대합실로 나오니 고스케가 멍한 표정으로 소파에 앉아 있었다. 린코도 그 옆에 쓰러지듯이 몸뚱이를 던졌다.

"미토 군."

뒤에서 낮은 목소리가 들린다.

"교수님……."

오코치 교수가 굳은 표정으로 서 있다.

"좀 더, 좀 더 빠르게 판단을……."

목이 메어 말을 잇지 못하자 오코치 교수는 이해한다는 듯이 고개를 끄덕였다.

린코는 입술을 깨물었다. 오늘만의 이야기가 아니다. 폐렴에 걸렸을 때, 아니, 어머니가 없어졌을 때 입원을 선택했다면. 아니, 애초에 담당을 부탁받았을 때 거절했다면 이런 일이 벌어지지 않았을 텐데.

마침내 구명구급센터의 문이 열리고 간호사가 린코를 안으로 불러들였다. 구급의 치프가 다가오더니,

"도움이 되지 못했습니다."

하고 린코를 향해 살짝 고개를 숙였다.

다모쓰의 사망이 고지된 순간이었다.

다음날 아침 무사시 방문클리닉으로 고가네이 경찰서의 경관 두 명이 찾아왔다. 린코, 고스케, 가메 짱, 그리고 오코치 교수가 자리를 함께했다.

"긴장하실 거 없습니다. 저희도 불운한 사고라고 생각하고 있습니다."

나이든 형사가 웃음기 없이 말했다.

"아마노 다모쓰 씨는 혼자서 밤을 지낼 수 있는 상태였습니까?"

"안전성을 생각하면 지극히 위험했습니다."

린코는 정직하게 대답했다.

"그럼 그날 아마노 다모쓰 씨가 혼자 있다는 것을 알고 있었습니까?"

"몰랐습니다."

린코는 방문할 때마다 24시간 태세는 순조롭게 유지되는지 물었다. 다모쓰는 늘 괜찮다고 대답했다.

"죄송합니다. 확인이 불충분했습니다."

"뭐, 그건 선생 책임이 아니니까요."

린코는 고개를 숙였다. 자신의 안이한 인식이 한스러웠다.

젊은 형사가 가메 짱이 프린트해서 내준 자료를 보며 낮은 소리로 말했다.

"그런데 왜 아마노 씨는 그날 밤만 자원봉사자를 부르지 않았을까요?"

자료는 다모쓰가 쓰던 트위터나 블로그여서, 자원봉사자에게 연락한 사항이나 순번표도 포함되어 있었다.

순번표에는 담당자 이름이 적혀 있는데 12월 24일 밤 난만 공백이었다. 자원봉사자를 구하지 못했을까? 그렇다면 간병인을 받으면 될 일인데.

모두 침묵했다. 종이 넘기는 소리만 들린다.

"아……."

오코치 교수가 입을 열었다.

교수는 "여길 보세요" 하며 어느 페이지를 형사에게 내밀었다.

'크리스마스이브는 가장 소중한 사람과 보내는 날이야. 가족이나 연인과 함께해야지. 누구에게나 소중한 밤이야. 여러분은 누구와 보낼 예정이지? 내 소중한 사람도 이브에는 반드시 돌아올 거라고 믿어.'

"다모쓰 군은 감히 혼자 있기를 선택했는지도 모릅니다. 아무에게도 부담을 주지 싶지 않아서……."

교수가 그렇게 말하자 실내는 다시 조용해졌다. 마침내 가메 짱이 흐느껴 우는 소리가 들렸다.

린코는 신요코하마에 있는 개호노인보험시설 '가드니아 신요코하마'로 가는 중이다. 아빠를 문병하기 위해서다. 올해도 다 지났구나 생각하니 평소 생각하지 않던 것들이 머리를 스친다. 올 한 해 동안 아빠는 전혀 말을 하지 못할 뿐 아니라 눈도 맞추지 못하게 되었다.

문병 선물을 사려고 시부야 역 하치공 출구 쪽으로 갔다. 과일가게에서 린코 앞에 줄을 서 있던 여성 손님은 한겨울에 멜론을 요구했다. 린코는 조금 망설였지만 알이 굵은 딸기를 택했다.

도요코선이 지하 플랫폼이 된 뒤로는 시부야도 단순한 통과 역이 되고 말았다. 아빠와 외출하곤 하던 예전의 밝은 시발역이 그립다.

차량 내부는 연말을 즐기는 젊은이나 가족 동반객으로 붐볐다. 린코는 전차 문에 몸을 맡기고 섰다. 다모쓰 또래의 청년이 맞은편 구석에서 있었다.

어째서 좀 더 강하게 설득하지 않았을까. 다모쓰를 병원이나 시설에 보냈다면 이런 일은 없었을 텐데. 여전히 후회스러운 대목이다. 요령이 없다는 것은 이런 사례를 두고 하는 말인가. 린코는 입술을 꼭 깨물었다.

"다모쓰는 어머니를 기다리는 쪽을 선택한 거야. 다시 한번 집에서 어머니를 만나는 쪽에 운을 걸고 싶었던 거지. 자넨 그가 선택할 수 있도록 의사의 본분을 다했던 거니까 너무 자책하지 마."

그날 형사가 돌아간 뒤 오코치 교수가 말했다.

하지만 다모쓰의 생명을 끝내 지켜주지 못한 것은 누가 뭐라고 해도 자신의 책임이다.

이런 결과를 보고도 계속 재택의로 일할 자격이 있을까.

구하려 해도 손가락 사이로 빠져나가는 생명. 역시 다모쓰를 담당하는 게 아니었다는 생각밖에 들지 않는다.

차창에 비친 얼굴이 흔들린다. 문이 열릴 때마다 12월의 냉기가 볼을 친다.

신요코하마 역에 도착했다. 아파트처럼 생긴 가드니아 신요코하마는 정원 관리가 잘 되어 있었다. 소나무 몇 그루가 잠복소를 두르고 월동준비를 마친 모습이다.

아빠의 방에는 이미 엄마가 와 있었다. 좋은 향기가 감돌고 있다.

“재스민이야.”

향기 좋지? 하며 밝은 얼굴로 말한다. 그런 엄마를 보니 황폐해진 마음이 풀어지는 느낌이다.

“조금 비싸지만 정월도 다 됐으니까 아빠를 위해서 샀지.”

엄마는 변명처럼 덧붙였다. 아빠가 향기를 느낄 수 있다고는 생각할 수 없지만 엄마가 기쁘면 그만이라고 생각한다.

“딸기 좀 드세요.”

린코가 꾸러미를 내밀자 엄마는, “맛있겠다!” 하며 반색했다.

8년 전 첫 번째 뇌경색을 겪고 5년 전에 두 번째를 겪으며 아빠는 뇌기능의 태반을 잃었다.

그 후유증으로 외부의 자극에 거의 반응을 보이지 않았고 누워 있는 모습을 보면 더 이상 만나고 싶지 않다는 기분도 든다. 뇌경색 전까지는 그렇게 따르던 아빠였는데. 만약 내 생활을 전부 바쳐서 아빠를 간병하며 살 수 있느냐고 묻는다면 솔직히 못한다고 말하겠다. 시설에서 교대로 지켜주는 사람들이 있기 때문에 아빠를 따뜻한 마음으로 지켜볼 수 있고 함께하는 시간을 즐길 수 있는 것이다.

방에 젊은 개호사가 들어왔다. 3개월 전 아빠 생일에 해피버스데이를 열심히 불러준 여성이다.

"오늘은 열이 조금 있어서 목욕을 거르고 왕진을 받았습니다."

그렇게 보고한 뒤에 고개를 조금 숙여 인사하고 나갔다.

"온천을 좋아하는 양반이 얼마나 속상했을까."

엄마는 린코를 향해 쿡쿡 웃었다. 그러고는 아빠의 떡진 머리칼을 쓸어주며,

"좀 더 자주 갈 걸, 온천."

하고 혼잣말을 하더니 평소처럼 잠깐 눈시울을 붉혔다.

엄마를 보며 린코는 생생하게 기억해냈다. "드라이브해요"라던 아마노 다모쓰의 모습을.

그때 왜 다모쓰와 드라이브하지 않았을까.

어디든 좋았을 텐데.

그날밖에 없었는데.

경찰 조사에 따라 다모쓰의 죽음은 최종적으로 사건성이 없다고 판단되었다. 심야에 인공호흡기의 에어호스가 빠졌고, 나오쓰가 이변을 알아챘을 때는 혈중산소농도가 크게 떨어져 있어서 전화나 문자를 보낼 기력이 없었을 것으로 추측되었다.

"다모쓰 씨가 잠을 자다가 몸을 움직인 탓에 호스가 빠져버렸을까요?"

가메 짱이, "재택의료는 잘 되고 있었는데" 하며 아쉽다는 듯이 말했다.

"아, 마유유!"

고스케가 작은 소리로 외쳤다.

"뭐라고?"

가메 짱이 고개를 든다.

"아뇨……."

고스케는 얼버무리고 입을 다물었다. 린코는 아플 정도로 가슴이 저렸다. 고양이 마유유가 에어호스를 상대로 종종 장난을 치던 모습이 떠올랐기 때문이다. 그렇다고 이제 와서 뭐가 달라지는 것도 아니지만—.

가메 짱이 "그러고 보니 이거 좀 봐 주세요" 하며 컴퓨터 화면을 가리켰다.

다모쓰가 올리던 블로그였다. 날짜는 12월 10일, 사망하기 2주 전이다.

'그런데 여러분은 happiness와 happening의 어원이 같다는 거 알아? 둘 다 '기회'를 뜻하는 고대 스칸디나비아어 hap에서 유래한다는 거야. 그래서 나는 무슨 일이 일어나도 해피하게 있기로 결심했어. 앞으로 인생에서 다양한 해프닝이 있을지 모르지만 우리 함께 파이팅하자고! 그런 의미에서, 조금 이른 듯하지만 Merry Christmas and a Very Happy New Year with a lot of HAPPENNINGs!'

엠바밍

미타카 역 홈에는 연분홍빛 꽃잎이 흩어져 있었다. 근처에 벚나무가 있었나 하며 주위를 둘러보았지만 역시 어디에도 보이지 않는다. 꽃잎은 뜻밖에 멀리까지 날아가 흩어지는 걸까.

무사시 방문클리닉에 와서 두 번째 맞는 봄이다.

지난 한 해 아홉 명이 임종하고 열 명의 새 환자가 들어왔다. 그 가운데 두 명은 기존 환자의 가족이 소개했다. 가족이 만족했다는 증거 같아 마음이 놓인다. 그러나 어제 임종한 아홉 번째 환자에 대해서는 복잡한 심정이 남아 있다.

클리닉에 도착해 보니 문이 잠겨 있었다. 오늘은 자신이 제일 먼저 왔나 생각하며 안으로 들어가자 데스크에서 전화벨이 울리고 있었다.

"크, 큰일 났어요……."

수화기에서 여성의 떨리는 목소리가 들렸다.

"누구세요?"

린코가 물어도 바로 대답이 오지 않는다.

"어, 어, 어머니가……."

귀에 익은 목소리였다.

"고가 씨?"

"예, 예, 다에코예요."

어제 사망한 환자 고가 후미에의 딸 다에코였다. 공황에 빠진 듯한 목소리다.

"무슨 일이—."

린코의 말을 끊으며 다에코가 외쳤다.

"어머니가 없어졌어요!"

"네? 시신이!"

이번에는 린코의 목소리가 한껏 높아졌다.

후미에는 어제 분명히 숨을 거두었다. 린코가 임종했고 고스케가 고인의 양손을 반듯하게 모아 주었다. 틀림없는 사실이다.

대체 무슨 일이 일어났는가.

어느새 출근했는지 고스케와 가메 짱이 놀란 표정으로 쳐다본다.

꽃샘추위가 시작되는 날이었다.

§

"어때요, 엄마. 자상해 보이는 선생님이라 다행이네요. 틀림없이 좋아질 거예요."

다에코는 후미에의 뺨을 쓸어주며 아기를 대하는 듯한 투로 말했다.

기치조지 역에서 공원 거리를 따라 남서쪽으로 가다 보면 무사시노시 고텐야마에 있는 낡고 커다란 주택이 나온다. 높은 담장에 둘러싸인 집의 마당에는 한겨울인데도 울창한 나무들이 보인다. 주위가 조용해서 기치조지 역 근처라고는 생각할 수 없다. 마치 별장에라도 온 기분이다.

어제 내린 눈이 남아 있는 1월 중순, 린코는 고가 후미에의 집을 처음 방문했다.

"선생님께서 힘들게 이런 곳까지…… 정말 고맙습니다."

환자는 침대에서 작은 상반신을 천천히 일으켜 하얀 머리를 숙였다.

'고가 후미에, 84세. 일상생활에서 활동성이 현저하게 떨어지고 식사량도 적지만 혈액 데이터 및 화상검사에서는 분명한 이상소견이 없어 노쇠성 변화일 뿐이라고 생각된다. 처방약 없음.'

신주쿠 의대병원의 소개장에는 그렇게 적혀 있었다.

"혹시 어려운 점은 없습니까?"

린코가 묻자 후미에는, "지금으로서는 별로……" 하고 대답했다.

"식사는 잘 하시나요?"

"예."

"아니잖아요, 엄마."

다에코는 단발머리를 좌우로 흔들었다.

"통 드시질 못해요. 원래는 식욕이 좋으셨는데 2년쯤 전부터 금방 배가 부르다며 남기곤 하세요. 영양이 부족한 탓에 늘 누워만 계신 거 아닌가 걱정돼서……."

다에코는 곤혹스러운 듯이 웃으며 린코에게 호소했다.

진료차트의 환자 정보에 따르면 다에코는 환자의 딸로 57세이다. 말랐기 때문인지 주름살이 두드러져 지친 사람처럼 보인다.

"주로 어떤 걸 드시나요?"

메뉴를 바꾸면 식사량이 느는 고령자도 적지 않다.

"어머니가 좋아하시는 걸 중심으로…… 아무튼 잘 드실 수 있게 뭐든 사고 있어요."

다에코는 개호 노트를 꺼냈다. 꼼꼼한 글자로 빼곡히 적혀 있다.

머스크 멜론에 와삼본주로 가가와 현과 도쿠시마 현 등 시코쿠 동부에서 생산되는 설탕의 일종으로, 흑설탕을 부드럽게 한 것 같은 독특한 풍미가 있고, 입자가 섬세하여 잘 녹는다. 주로 고급 화과자의 원료로 쓰인다을 사용한 계란푸딩, 에이헤이지永平寺 어용御用達 참깨두부예로부터 황실, 막부, 영주, 대형사찰 등에 독점적으로 납품하는 것을 뜻하는 '어용' 제품은 그 품질을 보증받는 것과 같아서 제조사는 큰 자랑으로 알고 홍보에 이용했다 등—. 부드러워 잘 넘길 수 있는 음식들이고 영양 면에서도 재료에 신경을 쓰고 있음을 알 수 있었다.

“요즘 철에 멜론 구하기가 쉽지 않을 텐데요.”

“시부야나 긴자에 가면 대개 팔더군요.”

린코의 놀라는 얼굴에 아랑곳없이 다에코는 당연하다는 듯이 말했다.

“긴자에서 한겨울에 멜론을 사다니! 엄청 비싸겠네요!”

고스케가 엉뚱한 말을 꺼내자 다에코가 쓴웃음을 지었다.

“가격은 상관 안 해요. 다만 어렵게 사왔는데 거의 다 남겨 버리시니까 안타깝죠.”

다에코는 아쉽다는 듯 낮은 소리로 말했다.

“약은 안 드시는 것 같군요?”

“네, 아무것도. 어머니가 약을 싫어하세요.”

“하지만 요로슈養老酒 기후 현 요로 군의 특산물인 혼합 약주. 미린을 중심으로 정향, 인삼, 감초 등을 넣어서 빚는다는 마신다오.”

후미에가 옆에서 끼어들었다. 생각했던 것보다 정정한 반응을 보여준다.

“요로슈라고요? 말씀해 주셔서 고맙습니다.”

청력이나 이해력에 문제가 없고 기억력도 그리 떨어지지 않은 듯하다. 린코는 ‘각성 레벨 양호. 언어적 소통은 양호’라고 차트에 적었다.

“진찰을 해 볼까요.”

린코의 말을 신호로 고스케가 혈압을 재자 146—92로 조금 높게 나왔다. 하지만 당장 치료해야 할 정도는 아니니나.

이번에는 후미코의 파자마 단추를 풀었다. 늑골이 또렷하게 돌출되어 있다. 엿 세공품처럼 쉽게 깨질 것 같은 몸이다.

여위고 지방이 거의 없는 피부는 약하다. 누워 있는 것만으로도 어깨나 요골 등 이불에 닿아 부하를 받는 부위는 혈류가 나빠져 마침내 괴사한다. 최종적으로 압력 궤양, 이른바 욕창이 생긴다.

그런데 후미에의 피부는 욕창 같은 이상이 전혀 없었다.

"정성스럽게 개호받고 계시네요."

그렇게 말하자 다에코는 "밤에도 규칙적으로 눕는 자세를 바꿔드리고 있어요"라며 자랑스러운 표정으로 미소를 지었다.

후미에는 지난 한 달간 하루 종일 침대에 누워 지냈다고 한다.

"잠깐 앉아 계실 수 있을까요?"

침대 위에서 후미에의 몸을 천천히 일으켜 앉히자 후미에는 등을 펴나 싶더니 이내 맥없이 무너졌다. 등 뒤에 있던 고스케가 양손으로 후미에의 체중을 지탱하여 다시 침대에 눕혔다.

린코는 후미에의 수족을 서서히 펴서 관절의 가동 범위를 확인했다. 무릎을 완전히 펴지 못하고 마이너스 10도, 팔도 완전히는 올리지 못하여 마이너스 15도의 수축이 확인되었다. 관절 가동역이 좁아져 있기는 하지만 이 정도라면 생활에 지장은 없다.

"관절 움직임은 아쉬운 대로 괜찮군요. 다른 힘든 점은 없습니까?"

"재활이에요."

후미에가 갈라진 목소리로 대답했다.

"네? 재활이요?"

"선생님, 실은 지난달까지 물리치료사가 왔었어요. 하지만 어머니가 싫어하셔서 그만둔 겁니다. 사실은 계속해야 하는 거죠?"

다에코가 그렇게 묻는 순간 후미에가 소리쳤다.

"재활은 이제 싫어!"

"하지만 엄마, 움직이지도 못하게 되면 그땐 정말 끝이에요."

"좀 봐줘. 여든 넘은 지가 언젠데, 이젠 먹는 거나 쉬는 거는 내 마음대로 하게 해 줘. 그 탓에 일찍 가게 되더라도 괜찮아."

"가다니, 무슨 그런 불길한 말을."

다에코가 후미에를 살짝 흘겨본다.

"너도 내 나이 돼 보면 알 거다. 재활이 죽는 것보다 괴로워."

후미에는 비통한 목소리로 말하고 침대 위에서 몸의 방향을 바꾸었다.

"화장실 가시게요?"

다에코는 아까부터 후미에가 조금 움직일 때마다, "목마르세요?"라든지 "화장실?" 하고 물었다.

"화장실 가실 거죠?"

다에코가 거듭 물었다.

"그놈의 화장실, 화장실 소리도 지겨워!"

후미에가 목소리를 높이자 다에코는 어찌할 바를 모르는 얼굴이 되었다.

"……어머니는 늘 이런 식이에요. 식사 거부, 재활 거부, 화장실 거부. 완전히 사춘기 아이 같아요."

린코는 후미에의 여윈 몸을 새삼 관찰했다. 근력이 현저하게 저하되어 다양한 동작이 부담스러워진 게 틀림없다.

"그렇게만 말할 수는 없습니다. 근력이 약해져서 화장실에 가거나 앉는 동작만으로도 지치는 거죠. 우리로 말하면 달리거나 무거운 짐을 들고 움직이는 거나 마찬가지입니다."

"그런가요……."

다에코는 조금 쓸쓸한 표정으로 잠시 생각에 잠겨 있었다.

"지난 반년간 저와 어머니는 하네 마네, 먹네 마네 옥신각신해왔어요. 그래도 원래 인내심이 강한 어머니가 이렇게 화를 내시는 걸 보면 어지간히 괴로운 게 아닌가 봐요. 어머니가 말하는 대로 무리하지 말고 자연스럽게 지내도록 해 드리는 편이 좋을까요?"

"워낙 고령이시니 그렇게 해야 할 시기인지도 모릅니다."

지난 1년 가까이 집에서 지내는 고령자를 진료하는 가운데 린코는 자신의 생각이 서서히 변화해 감을 느꼈다. 그 전에는 환자의 식욕이 떨어지면 소화기 검사나 영양 보급을 위한 처치를 생각했다. 하지만 먹지 않게 되는 것도 자연스러운 과정일 수 있다는 걸 이해하게 되었다.

"전신을 철저히 검사해 보면 암 같은 것이 발견될지도 모릅니다. 하지만 연령을 생각하면 암을 발견한들 수술이나 항암제 치료를 감당하지 못할 가능성이 높죠. 굳이 몸에 부담을 주면서까지 검사할 의미를 찾기 힘들다고 봅니다."

"사람이 늙는다는 게 그런 거군요……."

다에코가 가라앉은 목소리로 말했다.

"그럼 식욕을 살려주는 한방을 시도해 보죠."

린코는 고스케에게 재활을 무리하게 하지 말고 관절이 굳는 것을 방지하는 정도면 충분하다고 해 주고 식욕부진에 잘 듣는 육군자탕이라는 한방을 처방했다.

고스케가 운전석에서 볶은 콩을 아득아득 씹어 먹으며 운전하고 있다.

"설마 클리닉에 뿌렸던 콩을입춘 전날 밤에 콩을 던지며 액을 막는 주문 '복은 안으로 마귀는 밖으로'라고 외치는 관습이 있다?"

"맞아요! 고소하네요!"

후미에는 상태가 악화되는 일 없이 평온한 날들을 보내고 있다. 오늘은 세 번째 방문일이다.

"점심은 잘 드셨어요?"

오후 첫 방문이어서 후미에는 만나기 무섭게 자기 건강보다 린코의 식사를 걱정해 주었다. 다에코의 기록을 보니 변함없이 식사량이 적다.

문득 침대 옆 작은 불단이 린코의 눈에 들어왔다. 상냥하게 생긴 남성의 영정사진이 놓여 있었다.

“잘생기셨네요.”

후미에는 기분 좋게 웃었다.

“후후, 그렇죠? 남편은 말이 없는 사람이었어요…….”

후미에는 눈웃음을 지었다.

“쉰아홉에 갔지요. 뇌출혈로.”

“그랬군요.”

“그래서 나도 예순까지 살면 되겠다 생각했죠. 설마 여든네 살까지 살 줄이야…….”

“엄마, 그런 생각을 하고 계셨어요?”

다에코가 놀란 목소리로 물었지만 후미에는 개의치 않고 계속 말을 이었다.

“남편과 정원을 가꾸던 시절이 제일 좋았죠.”

“정원이요?”

린코는 창밖으로 시선을 돌렸다. 볕이 잘 드는 넓은 정원이 보인다.

“나는 장미나 허브를 키웠지만 남편이 좋아한 건 잔디였어요.”

“잔디요?”

“네. 별나죠? 하지만 부부가 취향이 다르면 싸울 일이 없어서 좋아요.”

린코의 부모도 취미가 달랐다. 아빠는 늘 엔카를 흥얼거렸지만 엄마는 엔카 같은 건 불러본 적이 없다.

"그러고 보니 그이도 참 너무했지……."

이날 후미에는 많은 이야기를 했다.

"내가 친구랑 놀러나가던 날 새로 심은 허브를 몽땅 뽑아 버렸지 뭐예요. 어, 잡초인 줄 알았어, 미안, 미안, 그러더라고요. 하지만 틀림없이 샘이 나서 그랬을 거예요. 마누라가 밖에 나가 노는 게 얄미웠던 거지. 그래서 허브를 죄 뽑아 버린 거예요."

후미에는 소리 내어 웃었다.

"오늘은 기분이 아주 좋아 보이시네요."

다에코는 후미에의 웃음소리를 간만에 들었다고 했다.

"마당에 나간 아버지와 어머니는 정말 행복해 보였어요. 어디에 귀한 품종이 있다고 하면 두 분이 일삼아 멀리까지 사러 가시고. 할아버지에게 물려받은 재산이 조금 있어서 취미에 쓰는 돈 정도는 아쉽지 않으셨을 거예요."

"아, 그래서 긴자에서 멜론도……."

고스케가 말을 하다 말았다. 오늘 아침 고스케는 가메 짱에게 "품위 없는 말은 하지 말도록" 하라는 주의를 들었던 참이다.

다에코에 따르면 한방을 처방한 뒤 한동안 식욕이 돌아온 것처럼 보였던 후미에의 식사량은 다시 줄어들었다. 아이스크림 몇 스푼과 주스 정도밖에 먹지 않는 날도 있다고 한다.

마침내 영양 섭취 방법을 상의해서 결정해야 할 순간이 다가왔다.

대학병원에 있을 때는 환자가 이런 상태가 되면 거의 자동적으로 위루나 고칼로리 링거를 실시했다. 죽음은 오연성 폐렴이 방아쇠가 되는 경우가 많기 때문이다.

재택환자의 경우 위루를 사용하는 경우도 있지만 최대한 입으로 먹을 수 있도록 돕고, 그것도 힘들어지면 자연스럽게 죽음을 맞이하도록 하는 방법도 있다. 어느 쪽도 정답은 아니다.

후미에는 아직 사고가 또렷하니 어느 쪽을 택할지 직접 물어보고 싶었다.

"앞으로 어떻게 영양을 섭취할지에 대해서 얘기해 보죠."

린코는 후미에와 다에코에게 위루나 링거 치료에 대하여 천천히 설명하기 시작했다.

향후 입으로 음식을 먹을 수 없게 될 경우 위루나 링거로 영양을 확보하는 선택지가 있다. 위루는 수술로 만든 구멍에 튜브를 사용하여 위장에 유동식을 직접 넣어 주는 방법이다. 음식을 먹는 생리 상태에 가장 가깝기 때문에 링거보다 양호한 영양보급이 가능하다. 다만 수술에 따른 출혈이나 감염 등의 합병증이 일어날 리스크가 있다.

"위루, 라고요? ……위에 구멍을 내는 거군요?"

"네. 수술로 위에 문을 만드는 겁니다."

"위루를 하면 다시는 입으로 먹을 수 없게 되나요?"

다에코가 슬픈 표정으로 물었다.

"나중에 입으로 먹을 수 있게 되면 위루를 사용하지 않아도 됩니다.

입이 두 개인 상태라고 이해하시면 됩니다."

"목욕은요?"

"괜찮습니다. 작은 뚜껑으로 막고 정상적으로 목욕할 수 있어요."

"그럼 위루로도 계속 살 수 있다는 거군요?"

"꼭 그렇다고는 할 수 없죠. 먹는다는 행위를 하지 않게 되면 온몸의 활동성까지 떨어져 버리는 사람이 많더군요."

목숨을 유지한다는 점만 생각한다면 물론 위루는 잘 진행될 경우 효과적인 방법이다. 일시적으로 위루를 사용하여 건강해진다—그런 고령 환자가 전혀 없는 것은 아니다.

다만 린코는 연수의 시절에 아르바이트를 하던 민간병원을 기억하고 있다. 그곳에서는 대부분의 환자에게 위루를 실시했다. 기계적으로 영양을 섭취하는 환자가 나란히 누워 있는 공장 같은 병실 풍경이었다. 말을 할 수 있는 환자가 거의 없어서 병실은 늘 정적으로 가득했다.

일반적으로 병원에서는 새 환자를 받을 때 수고가 가장 많이 든다. 같은 환자를 계속 살려 두면 병원 측의 수고는 줄어들고 빈 침상 없이 안정된 수입을 얻을 수 있다.

그 병원은 직원에게 인센티브를 주어서 '환자의 행복'을 고민할 만한 분위기는 아니었다. 기억을 떠올리니 지금도 가슴이 쓰리다. 후미에나 다에코가 그런 상태를 바란다고는 생각할 수 없었다.

다에코가, "듣고 보니 친척 중에 그런 분이 있었어요" 하고 고개를 끄덕인다.

"제가 결정할 일은 아니군요. 엄마, 어떻게 하고 싶으세요?"

후미에는 냉큼 대답했다.

"이제 됐어요. 억지로 목숨을 붙들어놓고 싶지 않아요."

그 말에 단단한 결의가 담겨 있는 것을 느꼈다.

"선생님, 먹지 못하게 되면 끝내 주세요."

후미에의 표정은 평온했다. 아니, 후련해한다고 해도 좋을 정도였다.

"침대에 누워 사는 인생은 이제 질색입니다. 나는 충분히 오래 살았어요. 이곳엔 남편도 없고 이제 정원에 나갈 수도 없으니."

"엄마……."

다에코가 눈물짓는다.

"위에 구멍을 내다니, 당치않아요. 그렇게까지 해서 살고 싶진 않아요."

문득 아마노 다모쓰가 생각났다. 노인의 식사를 돕는 풍경을 텔레비전에서 보았을 때 다모쓰는 "저렇게까지 해서 살고 싶지 않아"라고 했다.

후미에가 다에코에게 미소를 지었다.

"얘야, 이젠 됐다, 다에 짱. 마당에서 온갖 꽃도 키워 보았고 멀리까지 가서 귀한 묘종을 구해 오기도 했다. 이젠 그 아이들을 보살필 힘도 없지. 살아 있어 봐야 의미가 없어. 나도 자연으로 돌아가는 것뿐이야."

창으로 보이는 마당은 화단의 형태는 남아 있지만 무성한 잡초에 덮여 있었다.

"그러니까 다에 짱, 부탁이다. 만일의 일이 일어나도 울지 말고 마당을 얼른 정리해 주렴. 그밖에도 조상님 제사라든지 집안일이라든지 너한테 부탁할 게 산더미 같다."

다에코는 싫다고 보채는 아이처럼 고개를 저었다. 굵은 눈물이 몇 방울 떨어진다.

다에코의 모습을 보면서 린코도 지금 당장 아빠가 숨을 거둔다면, 하고 생각해 보았다. 하지만 아직은 너무 이르게만 느껴진다. 아빠에게 죽음이 임박하면 자신도 다에코처럼 번민에 빠질지 모른다.

후미에는 다에코의 손에 자기의 손을 포개며 진지한 표정을 지었다.

"다에 짱, 정말 부탁하는데 이대로 놔둬. 선생님, 때가 되면 고통스럽지만 않게, 모쪼록 수월하게 죽을 수만 있게 해 주세요."

후미에는 죽음을 각오했다. 환자에게 계속 치료를 권하는 것은 어떤 의미에서는 의료라는 이름의 폭력이라고 느꼈다.

"그럼 식사도 무리가 없는 범위에서 경과를 지켜보도록 하죠."

고스케가 놀란 표정으로 린코를 본다.

"먹지 못하게 될 때는 그냥 지켜봐도 좋다는 겁니까?"

린코가 고개를 끄덕이자 고스케는 긴장한 표정으로 "로저" 하고 대답했다.

*

2월 추위는 예년보다 심했다. 금귤은 말라 버렸을까 하며 조심스레 베란다로 나가 보니 잎은 색이 바랐지만 용케 아직도 살아 있었다.

린코는 화분을 볕이 잘 드는 자리로 옮겼다. 잎 그늘에서 파란 열매가 흔들렸다.

"세상에! 남아 있었구나!"

저도 모르게 탄성을 질렀다. 깍지진디 때문에 열매는 전멸이라고 생각했던 것이다.

가만 보니 열매가 하나 더 있다. 두 개가 생존해 있었다. 하나는 껍질에 갈색 선이 있다. 또 하나는 조금 길게 생겼다.

"다행이구나, 다행이야."

과일가게에 진열된 금귤처럼 크지도 예쁘지도 않지만 지금 눈앞에 있는 못난 금귤이 못 견디게 사랑스러웠다.

사람이랑 똑같구나, 하고 린코는 생각했다. 똑같이 치료해도 낫는 사람이 있고 그렇지 못한 사람이 있다. 어떨 때 보면 의료를 초월한 무언가가 이를 가름하는 게 아닌가 싶기도 하다. 수명, 타고난 운명 혹은 생명력 같은 것 말이다.

종말기 의료 현장에서는 그 차이가 뚜렷하게 드러난다.

인간의 행복을 위해 의료가 존재한다면 환자의 생각을 존중하는 것이 의료인의 기본적인 자세일 것이다. 머리로는 알고 있지만 의사로서 생명이 자연스럽게 꺼져 가는 상황을 말없이 지켜보기만 한다는 것은 결코 간단한 일이 아니다.

여느 때처럼 후미에의 집으로 들어서려는데 매화나무에 핀 수많은 꽃이 눈에 띄었다. 옆을 지나가자 향긋한 냄새가 난다.

오늘은 후미에의 침실에 처음 보는 남자가 있었다. 머리를 단정하게 가르마 타고 안경을 쓴 양복 차림의 마른 남자였다.

다에코가 격식을 차린 투로 말했다.

"오빠 준이치로예요. 이분은 무사시 방문클리닉의 미토 선생님."

남자가, "에? 여자?" 하는 소리를 흘리더니 가늘게 째진 눈으로 린코를 바라보았다.

후미에의 집을 네 번째 방문하는 동안 아들 이야기를 들어본 적은 없었다.

다에코와 두 살 차이인 59세. 대형 종묘회사에 근무하다 독립하여 식물을 해외에서 구매하는 것을 전문으로 하는 회사를 차렸다고 한다. 시카고나 로스앤젤레스에 주재한 경험도 있는 모양이다.

"동생한테 어머니가 위독하시다는 연락을 받고 왔습니다. 실례입니다만, 치료는 제대로 하신 겁니까?"

준이치로는 인사도 없이 대뜸 추궁하기 시작했다.

"오빠, 무슨 말을 그렇게 무례하게 해."

다에코가 낯을 찡그렸다.

"넌 가만히 있어! 왜 좀 더 좋은 의사에게 맡기지 않은 거야."

뒷부분은 작은 소리였지만 린코도 충분히 들을 수 있었다. 다에코는 어두운 표정으로 고개를 숙였다.

"이렇게 수척해지시다니…… 음식이 받지 않는 건 병 때문이 아닙니까?"

준이치로는 의아해하는 눈초리로 린코를 쳐다보았다.

"연세를 생각하면 특별한 경과는 아닙니다. 여기 데이터가 있는데……."

린코가 혈액검사 수치나 전임 주치의가 넘긴 위내시경이나 CT검사 결과를 내놓고 설명했다. 하지만 준이치로는 거기에는 눈길도 주지 않은 채 쯧, 하고 혀를 찼다.

"이보세요. 진단과 치료가 잘못되었을 가능성은 없느냐고 묻는 겁니다, 선생."

준이치로의 말에서 의료 불신을 넘어 깊은 악의를 느꼈다. 굳이 말하자면 여성 멸시에 가깝다. '좀 더 나은 의사'란 '남성 의사'를 뜻하는 것이리라.

대학병원에서 린코는 수도 없이 겪었다. 자신이 주치의라고 밝혔을 때 환자가 보인 실망하는 모습을. 노골적으로, "뭐야, 여자야?" 하는 사람도 있고 "여선생 중에 더 꼼꼼하게 보시는 분이 많죠" 하며 스스로를 설득하는 듯한 환자도 있었다.

"신주쿠 의대병원 종합진료과의 오코치 교수와 함께 치료 방침을 결정하고 있습니다."

린코는 굳이 그렇게까지 말했다. 거짓말은 아니다. 단지 목요회에

참석하는 교수의 발언이 "흠, 뭐 괜찮겠지" 하는 정도임을 감안하면 지나친 단언일 수도 있겠지만 말이다.

모종의 환자나 그 가족을 불안에 떨지 않게 하는 데는 '여의사 혼자 결정하지 않는다'는 한 마디가 큰 효과를 발휘한다. 어떤 의학서에도 나오지 않지만 린코가 의사가 되고 나서 배운 요령 가운데 하나다.

준이치로가 조금 차분해지자 린코는 지금까지 해 온 치료를 설명하기 시작했다.

"분명한 질환도 없는데 식욕의 점차적 감퇴와 식사량의 감소가 보이는 이유는 노쇠에 따른 것으로 생각됩니다."

"네? 너무 속편한 진단이군요. 애초에 노쇠란 게 뭡니까?"

준이치로는 눈썹을 치켜올려 불신감을 드러내며 린코를 쳐다보았다.

"육체의 자연스러운 쇠퇴입니다. 불가역적인, 그러니까 원래 상태로는 회복되지 않는 것으로……."

린코의 설명이 끝나기도 전에 준이치로가 화를 내며 말했다.

"어머니는 아직 팔십대 초반이에요. 일본에는 백 살을 넘긴 사람이 6만 명 이상이나 있다는데 우리 어머니를 일방적으로 노쇠라고 단정하는 건 지나친 거 아닙니까? 아무런 치료도 하지 않고 이대로 그냥 죽기만을 기다리라는 겁니까?"

"그런 게 아닙……."

"나는요, 미국에서 질병에 강한 꽃을 만들거나 노목을 회춘시키는 연구를 했어요. 불가능을 가능으로 만드는 게 전문가의 역할이잖아요. 어머니가 노쇠라면 노쇠를 고치는 게 당신의 역할 아닙니까?"

준이치로가 다시 흥분하기 시작한다.

"지금까지 사업에 쫓겨 어머니를 너무 외롭게 해 드리고 말았어요. 그간의 불효를 생각해서라도 어머니에게는 가능한 모든 걸 다 해 드리고 싶습니다. 동생이라면 절대로 하지 못할 효도를……."

침대에 누워 있던 후미에는 말없이 눈을 감았다.

"아무튼 어머니를 빨리 고쳐 주세요!"

노쇠를 어떻게 고치겠는가. 이야기의 갈피를 잡기 어려워 망설이는데 준이치로의 휴대폰이 울렸다.

"그, 그건 좀 기다려 주세요. 다음 달이 되면……."

휴대폰을 귀에 댄 채 준이치로는 연방 고개를 꾸뻑이며 방을 나갔다.

이튿날 목요회에서 린코가 고가 후미에의 증례를 보고하자 오코치 교수는 중간쯤부터 더는 못 참겠다는 듯 웃기 시작했다.

"노화는 못 고친다고 아들한테 가르쳐 주지 그랬어."

"그런 설명이 통할 만한 상대가 아닙니다……."

린코는 준이치로의 차가운 눈초리를 떠올렸다.

"종말기 의료에서는 의료 측이나 가족이나 역산 발상으로 가야 해."

오코치 교수는 또 수수께끼 같은 말을 했다.

"역산이라뇨?"

"고가 후미에는 치료하면 이전처럼 걸을 수 있게 된다거나 잘 먹을 수 있게 된다거나 하는 기대를 가질 수 있는 시기가 지났잖아? 그렇다면 죽음이라는 목표에서부터 역산해서 남은 시간을 어떻게 할지 다 함께 생각해야 한다고."

"죽음이라는 목표라니…… 생각해 본 적도 없어요."

물론 죽음을 목표로 본다면 거기에 이르는 구간을 어떻게 달려갈지를 생각하게 된다.

"육친이 죽는다는 사실을 받아들이지 못하는 가족이 적지 않아. 바로 그렇기 때문에 의사는 굴하지 말고 현상을 전해 줄 필요가 있어. 목표를 알아야 '최후를 어떻게 살고 싶은가' 하는 이야기를 시작할 수 있으니까."

오코치 교수의 이론은 명쾌했다.

재택의료를 시작한 뒤 늘 망설임 같은 것이 마음 한 구석에 있었다. 교수의 말을 듣고 나니 개운치 않던 생각들이 조금씩 정리되어 가는 느낌이다.

후미에가 바라는 '평온한 최후'를 어떻게 도와주면 좋을까. 죽음의 시기를 가늠한 다음, 남은 시간에 환자나 가족, 그리고 의사가 할 수 있는 것은 무엇인지 생각해야 하리라.

삼짇날 오후, 후미에의 집 현관에는 고풍스러운 다치비나삼짇날은 어린 소녀의 건강과 복을 비는 뜻에서 집 안에 궁중의상을 입은 남녀 인형을 장식해 놓는 관습이 있다. 이를 히나인형이라 하는데, 보통은 앉아 있는 모습이지만 다치비나는 서 있는 모습의 히나인형을 가리킨다가 장식되어 있었다.

"완전 보물이네요."

고스케가 인사를 하며 호들갑스레 말했지만, 그날 다에코는 웃음을 보이지 않았다. 전에 없이 어두운 표정이다.

"잘 부탁합니다."

목소리가 가라앉아 있다. 이유는 금방 알 수 있었다. 준이치로가 후미에 곁에 자리를 잡고 앉아 있는데, 아무래도 분위기가 이상했다.

준이치는 후미에를 덮치다시피 한 자세로 귓가에 어떤 말을 거듭 속삭이고 있었다.

"엄마, 괜찮다니까요. 이제 곧 성관세음보살상도 도착할 거고 금강저밀교에서 쓰는 중요한 법기도 커다란 걸로 주문해 놓았으니까."

다에코는 두 사람을 힐끔 보고는 어이가 없다는 듯 미간을 찡그렸다.

"엄마, 미토 선생님이 진료를 하신대요."

준이치로는 린코를 보자 얼굴이 굳었다.

"어머니가 뭐라고 했는지 모르지만 하루라도 더 살게 하는 게 의사의 본분이죠?"

변함없이 고압적이다.

"환자가 이 지경이 되었는데 의료를 하고 있다고 말할 수 있습니까?

내 분명히 말하는데, 이건 진료 태만이에요. 채무불이행, 의료사기예요! 어머니한테 무슨 일이 생기면 당신을 고소할 거요!"

린코는 겨드랑이에서 식은땀이 흐르는 것을 느꼈다. 고스케의 얼굴이 분노로 벌게져 있다.

"가엾게도 이리 여위셨으니…… 노쇠니까 치료를 포기하라고 눙치는 말에 넘어가신 거지. 이대로 가다가는 아사합니다. 먹을 수 없다면 유동식을 넣는 방법도 있지 않습니까."

준이치로는 "이걸 좀 보세요" 하며 태블릿 화면을 린코에게 들이밀었다. '위루'를 해설하는 내용이다.

"아마추어도 조사하면 이 정도는 알 수 있어요. 위루를 사용하면 엄마는 영양을 충분히 섭취할 수 있는 거죠?"

후미에나 다에코에게 했던 것처럼 린코는 새삼 위루 방법이나 리스크에 대하여 다시 설명했다.

"……위루를 하지 않은 이유는 세 가지가 있습니다. 첫 번째, 고령자의 수술은 리스크가 따릅니다."

"그래서요? 실력 있는 외과의사에게 맡기면 되잖아요!"

"두 번째, 위루를 했다고 반드시 연명이 되는 것은 아닙니다."

"해 보기 전에는 모르는 거 아닙니까. 포기하는 것보다는 훨씬 낫지."

"마지막으로, 이게 중요한데, 어머니 본인이 위루를 거부하셨습니다."

준이치로는 테이블을 손으로 강하게 내려쳤다.

"어머니는 올바른 판단을 못했을 뿐입니다!"

그때 준이치로의 휴대폰이 울렸다. 그는 전화를 귀에 대자 굳은 얼굴로 방을 나갔다.

린코의 입에서 한숨이 터져나왔다. 상황이 어떻든 목숨을 연장하고 싶다는 바람도 가치관의 하나다. 환자 본인과 가족이 바란다면 위루를 시도할 기회를 차단할 생각은 없다.

잠시 후에 준이치로가 돌아왔다. 하지만 목소리는 지금까지와 딴판으로 조용하고 어딘가 모르게 애수를 자아내는 듯했다.

"엄마, 늘 집을 비웠던 아들이라 믿음이 가지 않는 것도 알아. 독립할 때도 엄마가 반대했지. 하지만 난 지금만 잘 버티면 잘 될 거야. 그러니까 이번에는 내 말 들어. 응, 엄마는 좀 더 사셔서 내가 성공하는 걸 봐야 해."

준이치로는 후미에에게 다시 얼굴을 가까이 대고 잠시 응시하고 있었다.

후미에는 곤혹스런 표정으로, "알았다" 하고 속삭였다. 다에코가 놀란 얼굴로 소리를 높였다.

"잠깐만요, 엄마. 설마 오빠가 하라는 대로 하려고요? 그렇게 위루가 싫다고 하시더니. 그래서 나도 받아들이고 선생님에게도 그렇게 부탁한 건데."

"닥쳐! 넌 속은 거야."

"아냐! 아무것도 한 게 없는 오빠야말로 이제 와서 뭐하는 거야! 엄마 마음을 신중하게 고려해서 결정한 거니까 쓸데없는 참견은 하지 마!"

준이치로가 안색이 변해서 벌떡 일어선 순간 후미에가 강하게 말했다.

"다에 짱, 오빠한테 사과해라."

다에코가 크게 놀라 두 사람을 쳐다본다.

"엄마, 설마 위루를 하려고?"

후미에가 고개를 끄덕였다.

"나보다 오빠가 더 소중해?"

"둘 다 소중해. 하지만 준 짱이 그렇게까지 말한다면……."

후미에는 눈물을 글썽였다.

"엄마!"

다에코는 방을 뛰어나가 버렸다.

"선생님, 역시 위루를 부탁합니다."

후미에는 진지한 표정이었다.

"괜찮으시겠어요? 본인의 일입니다."

린코는 후미에의 변화에 놀랐다. 바로 얼마 전까지만 해도 '억지로 연명하고 싶지 않다'고 하지 않았던가.

"저, 잘못 생각한 건가요?"

후미에의 눈이 조금 흔들렸다.

"정답은 없습니다."

"그럼 부탁드려요. 내 몸은 아이들 거니까."

후미에가 미소를 지었다.

"엄마, 잘 생각했어! 다행이야!"

준이치로가 승리한 듯한 웃음소리를 냈다.

"……알겠습니다."

린코는 그 자리에서 신주쿠 의대병원 소화기외과에 전화했다. 안면이 있는 의사가 있어 즉각 수술 예약을 잡아 주었다.

후미에의 집을 떠날 때 준이치로는 또 어딘가로 전화를 하고 있었다.

클리닉에 돌아와 입을 헹궈도 묘하게 입이 쓰다고 린코는 생각했다.

후미에에 관해서는 평온한 죽음을 향해 자연스러운 의료가 진행되는 중이었다. 환자 본인의 의사가 판단의 커다란 버팀목인데 이런식으로 방침이 뒤집힐 줄은 상상도 하지 못했다.

오랜 세월 동안 어머니를 돌본 적이 없던 준이치로가 이제 와서 어머니의 치료에 강한 집착을 보이는 것은 왜일까.

린코는 고스케와 함께 진료차트나 진찰도구를 선반에 돌려놓기 시작했다. 두 사람 모두 말이 없다. 가메 짱도 분위기를 느꼈는지, "오셨어요"라고 인사한 뒤로는 아무 말도 하지 않았다.

잠시 동안은 파일을 정리하는 소리나 문의에 대답하는 목소리만 사무실에 들렀다.

“위루를 결정했어요, 고가 후미에 씨.”

고스케가 불쑥 말했다.

“뭐? 정말?”

가메 짱이 놀란 표정으로 펜을 내려놓는다.

“응석받이 아들이 효도를 하고 싶다고 징징거렸어요. 후미에 씨, 그렇게 싫어하던 위루를 하겠다고…….”

고스케는 감정을 억제하지 못하는 모습이다.

“세상에…… 속죄와 구원의 가족 드라마 패턴인걸.”

가메 짱의 말처럼, 오랫동안 갈등을 겪던 가족이 묘하게 의욕을 불태우며 기존 치료방침을 뒤집는 사례는 전에도 여러 건 있었다. 하지만 이토록 극단적인 사례는 겪어본 적이 없다.

“그 아들, 마더콤플렉스 아냐?”

“그 이상이에요. 어머니가 죽으면 고소한다고 하질 않나.”

“고소!”

가메 짱이 목청을 높였다.

“정상적으로 대화할 상대가 아네요.”

고스케의 말투가 거칠다.

린코에게는 고소보다 준이치로가 내뱉은 ‘아사’라는 말이 가슴에 응어리졌다.

자연스러운 죽음을 지켜보는 의료는 어딘지 믿음이 가지 않는다, 감당해야 할 치료를 제대로 하지 않고 있는 거 아니냐는 의문과 표리관계에 있는 감정이다.

위루를 시행하지 않은 것은 환자의 굶주림을 방치하는 것인가. 후미에에 대한 자신의 의료방침은 그릇된 것일까. 린코의 마음이 다시 무거워졌다.

"저어, 미토 쌤, 주제 넘는 말인 줄 알지만."

가메 짱이 딱딱한 투로 말했다.

"고가 씨, 먹을 힘이 조금도 남아 있지 않나요?"

"왜요?"

"실은 제 할아버지 말인데요."

가메 짱의 조부가 조후의 진다이지에 초밥집을 개업했는데, 메뉴 가운데 씹는 힘이 떨어진 손님도 먹을 만한 초밥이 있는 모양이다.

"가게 메뉴판에 송, 죽, 매와는 별도로 '수壽'라는 특별 메뉴가 있거든요."

가메 짱에게 초밥 메뉴에 대하여 상세한 설명을 듣자 린코는 "그거다!" 하고 소리쳤다.

"가메 짱, 할아버지 좀 만나게 해 줘요!"

그날은 후미에의 집을 방문하자 바로 주방으로 갔다.

"아까 가메초밥집 주인이 오셔서 이걸 만들어 주셨어요."

다에코의 목소리가 생기에 넘친다. 식탁에 있는 나무접시에 찻숟가락이 나란히 놓였고 그 숟가락에는 색색가지 초밥이 절반 크기로 얹혀 있었다.

"자, 하나 드셔 보세요."

린코는 찻숟가락을 하나 받아 그대로 입에 넣었다.

"오, 굉장해요!"

일반 초밥과는 달리 입안에서 생선살과 밥이 살살 녹는다. 하지만 맛은 익숙한 에도마에현대 초밥집에서 흔히 볼 수 있는 손으로 쥐어서 만드는 초밥을 말한다. 본래 생선초밥은 긴 시간을 두고 숙성해서 만들었고 크기와 방법도 다양했다. 식초에 비벼 숙성시간을 없애고 작게 밥알을 쥐어 생선토막을 얹어내는 '에도마에 초밥'은 초밥 중에 가장 나중에 개발된 것 자체여서 간장이나 와사비 맛도 알맞게 입안에 번진다.

"진짜배기 초밥이네요!"

고스케는 신기해하는 표정으로 하나를 더 입에 넣었다.

밥알은 꼼꼼하게 짓이겨져 있었다. 시험 삼아 하얀 부분만 입에 넣어 보니 초밥용 밥맛이 그대로 느껴졌다.

참치는 다져져 있고 그 위에 와사비를 살짝 얹어 간장도 뿌렸다. 생강도 외양은 생강이 분명하지만 입안에서 스르륵 녹는다. 곱게 갈아 다시 생강 모양으로 빚은 것이라고 한다.

참치만이 아니라 성게, 새우, 가리비에 등푸른생선까지 알록달록 아름다웠다.

"오쿠이조메뿐만 아니라 '오쿠이지메'라는 말도 있다고 합니다. 초밥집 사장님께 들었습니다오쿠이조메는 아기가 생후 100일 내지 120일 사이에 치르는 의식으로, 장차 먹을 것이 부족하지 않도록 건강하게 살라는 뜻으로 상을 차려 주고 음식을 먹이는 시늉을 하는 것. 오쿠이지메는 반대로 생의 마지막 식사를 뜻한다."

다에코가 눈물을 글썽이며 말했다.

"덕분에 요즘 통 드시지 못하던 어머니가 점심 때 네 개나 드셨어요! 어머니와 앞으로의 계획도 상의할 수 있었고 좋은 추억이 되었어요."

손수건 가장자리로 눈가를 찍어내며 다에코가 미소 지었다.

"행복한 오쿠이지메였어요. 정말로 행복한……."

오쿠이지메 이틀 뒤 린코는 신주쿠 의대병원 5층 수술실 앞에 있었다. 후미에의 위루 수술에 입회하기 위해서다.

수술실 옆 화이트보드에는 '고○후○○ PEG'라고 적혀 있다. 일부를 가린 성명 뒤에 있는 PEG는 경피 내시경적 위루 조설술의 영어 약자, 즉 위루를 만드는 수술을 말한다.

수술실은 뢴트겐 조종실과 세트로 나란히 붙어 있고 방사선을 차단하는 납 문으로 차단되어 있다. 외과의와 외과 간호사는 납 조끼를 입고 수술실에 들어가고 린코는 뢴트겐 조종실에 들어갔다. 소독약과 금속성 냄새가 섞인 듯한 그리운 냄새가 난다.

대학병원에 근무할 때는 종종 외과수술에 입회했다. 담당 환자의 수술을 의뢰한 경우, 외과의에게만 맡겨놓고 나몰라라 하는 것은 무례한 짓이라고 배웠다.

실제로 수술에 입회함으로써 수술의 난도難度나 환자의 상태 등을 더 정확히 파악할 수 있다. 게다가 수술 환자나 가족을 상대하는 사람은 주치의인 자신이다. 수술 후의 처치나 주의사항에 대해서는 수술 직후 집도의에게 가르침을 받는 것이 최선이라고 생각했다.

수술실에 나타난 세 명의 외과의는 린코가 모르는 젊은 의사들이었다.

마취된 후미에의 입에 내시경이 삽입되었다. 스코프 끝의 조명에 의해 복부의 일부가 제등처럼 희미하게 밝아진다. 이것을 볼 때마다 인간의 몸은 얼마나 보잘것없는가 하고 생각한다. 뱃속의 빛이 비쳐 보일 정도로 사람은 얇은 가죽에 싸인 생물에 불과한 것이다.

외과의들은 신중하고 섬세하면서도 대담한 손놀림을 보여주었다. 그들의 지시에 따라 간호사도 뢴트겐 기사도 빠르게 움직인다. 척척 돌아가는 팀을 바라보며 린코는 자신도 대학병원 의사로 돌아간 것 같은 착각에 빠졌다.

약 15분 만에 위루 카테터가 복벽에 고정되었다. 마지막으로 조영제가 들어가고 위벽의 주름이 모니터에 비추어졌다.

집도의의 표정에 안도하는 기색이 번진다.

위루 수술을 선택한 것이 최선이었을까 하고 직전까지도 위화감을 느꼈는데 수술이 척척 진행되는 것을 보니 잘못된 선택은 아닌 듯하다고 생각하며 린코는 안심했다.

시어터라 불리는 수술실에서 움직이는 의사들이 찬란해 보였다. 종종 뭐라고 농담을 하며 웃는다. 조종실에 있는 린코에게는 들리지 않아서 무슨 내용인지는 알 수 없다.

수술이 끝나자 린코는 집도의에게 수술 후의 관리에 대하여 지시를 들으려고 출구에서 기다렸다. 그러나 밖으로 나온 외과의는 린코와 거의 눈도 마주치지 않고, "지시는 간호사에게 들으세요"라고만 말하더니 잰걸음으로 떠났다.

2박3일의 입원을 마치고 집으로 돌아온 후미에는 몹시 여위어 있었다. 손에는 벙어리장갑이 끼워져 있다. 자신도 모르게 위루의 튜브를 잡아당겨서 빼 버리는 이른바 '자기발거' 사태를 방지하기 위해서다.

"복부의 상처가 아픈지 잠깐 눈을 뗀 사이에 튜브를 당기는 것을 봤어요. 가엾기는 하지만 위험해서 벙어리장갑을 빼 드릴 수가 없네요"라고 다에코는 하소연했다.

후미에는 차분하지 못한 표정으로 손을 움직이며 린코에게, "이거 좀 빼 줘요" 하고 호소했다. 하지만 자칫 자기발거를 해버리면 괴로워지는 것은 후미에 자신이다. 린코는 잠자코 고개를 저었다.

위루를 조설하고 1주일이 지났다. 벙어리장갑 때문에 뜻대로 물건을 만지지 못하게 된 후미에는 모든 것을 포기한 듯 입을 다물고 움직일 줄 몰랐다. 종종 나오는 말은 "빼 줘"뿐이었다.

위루를 사용하여 며칠 전부터 조금씩 미음을 넣어 왔지만 마침내 오늘부터 유동식 주입을 시작하게 되었다.

"드디어 식사를 넣습니다."

고스케가 침대 등받이의 각도를 약 60도까지 높였다. 이런 반좌위로 해야 위 내용물이 역류하는 것을 방지할 수 있다. 유동식이 든 200밀리리터 종이팩을 열자 바닐라 향기가 났다.

린코는 우선 이리게이터라 불리는 작은 양동이 모양의 용기에 걸쭉한 유백색 액체를 반 팩만 넣고 뚜껑을 닫았다. 그것을 침대 옆 행거에 걸어두면 유동식은 고저 차에 의해 튜브를 타고 후미에의 위로 흘러들어간다.

고스케는 유동식 속도를 신중하게 조절했다. 린코도 후미에의 변화를 주의 깊게 지켜보았다.

실내 구석의 방석에 양반다리를 하고 앉은 준이치로가, "이제야 제대로 된 의료를 보는군" 하고 말했다. 언제 새로 샀는지 방 안쪽에는 커다란 불단이 설치되어 있었다.

"그게 몇 킬로칼로리입니까?"

준이치로가 새로 산 불구의 위치를 조정하며 물었다.

"200밀리리터 한 팩에 200킬로칼로리입니다. 오늘은 반 팩이니까 100킬로칼로리네요."

"겨우 고만큼만?"

"상태를 보면서 하루 한 번에서 두 번, 세 번으로 서서히 늘려갈 예정입니다. 사람에 따라 차이는 있지만 활동성이 낮은 후미에 씨라면 그 정도로 충분할 겁니다. 우선은 하루 세 팩, 총 600킬로칼로리를 목표로 주입량을 천천히 늘려나갈 계획입니다. 무리하게 늘리면 역류할 위험도 있으니까요."

수술 후 2주가 지나자 마침내 하루에 2팩, 조석으로 각각 200밀리리터의 유동식을 흘려 넣어도 지장이 없는 수준이 되었다.

다만 위루가 만들어진 뒤로 후미에의 말수가 눈에 띄게 줄었다.

"요즘 너무 조용하시네요. 몸은 좀 어떠세요?"

진료를 시작하기 전에 린코가 후미에에게 물었다.

드물게 눈을 뜬 후미에가 작은 소리로 뭐라고 말했지만,

"이래가지고는—,"

"예?"

우물거리는 소리라 후반부는 잘 알아들을 수 없었다.

"다시 한번 말씀해 주시겠어요?"

"—이래가지고는, 살아도 사는 게 아네요. 매일 천장만, 바라보고 있으니……."

이번에는 똑똑히 들렸다.

"엄마, 왜 그런 말씀을 하세요?"

곁에 있던 다에코가 슬픈 얼굴로 한숨을 짓는다. 후미에의 말을 들어야 할 준이치로는 현관에 새로 배달된 배송품의 포장을 푸느라 여념이 없었다.

후미에는 그 말을 끝으로 입을 다물고 가만히 천장만 응시하고 있었다.

*

거리에 벚꽃의 계절이 돌아왔다. 후미에가 위루 조설을 실시하고 약 3주 뒤. 오늘 고텐야마에는 아침부터 비가 내린다.

“안녕하세요.”

후미에의 집에 도착한 린코와 고스케가 세면대에서 손을 닦고 있는데,

“선생님! 선생님!”

하는 다에코의 목소리가 들렸다.

손을 닦다 말고 후미에의 방으로 달려간 두 사람이 맹장지를 연 순간 시큼들큼한 냄새가 물씬 풍겼다. 후미에의 입에서 하얀 유동식이 흘러나오고 있었다. 입술이 순식간에 하얘진다. 린코는 재빨리 후미에의 얼굴을 옆으로 돌렸다.

“고스케, 석션!”

기도로 흘러든 유동식에 질식한 상태였다.

“어서!”

고스케가 흡인기 스위치를 누르고 압력을 단숨에 높인다. 린코는 튜브를 받아들고 후미에의 코로 흡인을 시작했다. 그러나 걸쭉한 액체는 반대쪽 비강이나 입으로도 잇달아 흘러나와 아무리 흡인을 해도 따라잡을 수 없었다.

“엄마, 엄마!”

이변을 알아챈 준이치로가 떨리는 목소리로 소리쳤다.

“엄마!”

다에코도 비명을 지른다.

"이렇게 금방…… 이게 뭐야! 이봐, 살려 내! 살려 내지 못하면 고소할 거야!"

필사적으로 흡인을 반복하는 린코의 귓전에서 준이치로가 고함을 질러댔지만 거기에 연연할 때가 아니었다. 산소가 몇 분만 공급되지 못해도 뇌는 심각한 손상을 입는다.

여하튼 흡인으로 기도 확보를, 한시라도 빨리—. 그러나 끈질긴 흰 액체는 그칠 줄 모르고 대량으로 쏟아져나오고 있다.

후미에의 호흡이 돌아오지 않는다.

"엄마! 엄마! 아아, 이런! 살려 내 줘!"

준이치로가 울부짖었다.

후미에의 심장이 문득 박동을 멈췄다.

심장 마사지를 시작하려고 린코가 후미에의 가슴에 손을 대고 꾹 누른 순간 입에서 유동식이 분수처럼 솟구쳤다.

린코와 고스케는 유백색 토사물을 얼굴과 몸에 뒤집어쓰며 소생처치를 계속했다. 흡인을 반복하고 보스민을 정맥에 주입한다. 토사물로 눈이 시렸지만 미끈거리는 이마를 가운 소매로 훔치며 흡인과 심장 마사지를 반복했다.

약 15분 뒤, 마침내 심장 마사지를 진행하는 동안에도 구토를 하지 않게 되었다. 하지만 심전도는 심장 마사지의 손을 멈출 때마다 수평선, 즉 심정지를 표시했다. 보스민을 아무리 투여해도 심장은 반응하지 않았다.

1시간 이상 흘렀다. 몇 십 번째인지 모를 심정지를 확인하고 린코는 고스케와 눈을 맞췄다. 후미에의 얼굴에는 이미 죽음의 기운이 드리워져 있었다.

"더 이상은 해 봐야—,"

린코는 심장 마사지하던 손길을 멈췄다. 고스케도 앰뷰백을 떼어내고 고개를 끄덕였다.

"유감입니다만 이대로 소생처치를 계속해도 회생할 가능성은 없다고 생각됩니다."

린코의 말에 다에코와 준이치로가 묵묵히 눈길을 나눴다.

그런데 후미에의 사망시각을 확인하고 임종을 고하자 준이치로가 얼굴이 벌게져서 외치기 시작했다.

"안 돼! 못 들었어? 살려 내라고 했잖아!"

린코는 그저 듣고 있는 수밖에 없었다.

뜻밖이다 싶을 만큼 많은 양의 유동식이 후미에 주위로 쏟아지며 이불과 파자마를 푹 적셨다.

린코와 고스케는 토사물범벅이 된 후미에의 머리카락을 닦고 수건을 빨아가며 얼굴과 몸을 계속 닦아냈다. 다에코는 눈물을 흘리면서도 열심히 움직이며 수건, 새 이불, 시트 따위를 요령 있게 날라다 주었다. 세 사람이 합심해서 깨끗한 담요에 후미에를 눕혀 솜으로 코와 귀를 막은 뒤 소복으로 갈아입히고 양손을 모아 주었다.

"이게 뭐야! 이게 뭐냐고! 그래 놓고도 의사야!"

마침내 준이치로는 목을 꺽꺽거리며 아이처럼 울기 시작했다. 머리를 감싸고 이따금 "엄마, 왜 이렇게 됐어" 하고 울부짖는 소리를 내면서.

왜 이렇게 됐을까— 린코도 같은 생각이었다.

한 번에 주입하는 유동식은 200밀리리터였다. 어제부터 그 회수를 하루 세 번으로 늘렸다. 하지만 토해 낸 양은 그 정도가 아니었다. 지난 며칠간 주입한 양이 장에 흘러 들어가지 못하고 위에 고여 있었던 걸까.

연동운동이 극도로 약화되어 있었다면 그럴 가능성도 없지는 않다.

그때 메이크업을 돕던 다에코가 갑자기 고개를 들고 큰소리를 냈다.

"오빠 때문이죠?"

준이치로가 시선으로 허공을 더듬으며 실내 쓰레기통을 가리려는 것처럼 그 앞에 섰다. 고스케가 그의 등 뒤로 돌아갔다.

"어, 엄청난 양의 종이팩이네!"

고스케가 들어 올린 쓰레기통은 유동식 종이팩으로 넘쳐났다.

"오빠, 역시 많이 주입한 거지."

준이치로가 고개를 숙였다. 고스케가 종이팩의 수를 세었다.

"열한 개네요."

"어제 아침만 해도 쓰레기통은 비어 있었어요. 내가 주입한 것은 어제 세 개, 오늘 아침에 하나인데……."

"설마 일곱 개를 한꺼번에 주입한 겁니까?"

준이치로는 힘없이 고개를 끄덕였다.

"1리터 반이나!"

"왜 그렇게……."

다에코가 "말도 안 돼" 하고 중얼거린다.

"그럼 어쩌란 말이야. 엄마가 하루하루 말라가는 걸 차마 볼 수가 없었다고."

준이치로는 그렇게 한탄하고 넋 나간 얼굴로 주저앉았다. 구토는 일어날 만해서 일어난 일이었다.

다에코는 손으로 얼굴을 감싸고, "엄마, 죄송해요. 정말 죄송해요" 하고 하염없이 울었다.

사망진단서를 앞에 놓고 린코는 사인을 뭐라고 적어 넣어야 하나를 고민했다.

급박한 전개의 직접적 원인은 유동식에 의한 질식이다. 하지만 질식은 후미에의 진정한 사망 원인이 아니라고 느꼈다.

애초에 위루를 만든 것은 식욕이나 연하嚥下 기능의 저하라는 노쇠성 변화 때문이었다.

린코는 직접적 사인을 '질식'이라 적고 그 원인을 '노쇠'라고 적었다. 이렇게 하면 사망통계상 후미에의 사인은 '노쇠'로 잡힐 터이니 실태와 부합한다.

그날 린코가 아파트로 돌아온 것은 저녁 9시가 지나서였다. 저녁으로 먹으려고 반찬을 사 왔지만 식욕이 없었다. 텔레비전을 보고 싶은 생각도 들지 않았다. 아무것도 하고 싶지 않았다.

옷도 갈아입지 않고 베란다로 나간 린코는 많은 집들의 불빛을 멍하니 바라보았다. 빛은 이중 삼중의 고리를 두른 것처럼 보인다. 휭휭 바람소리에 섞여 자동차 경적소리가 들린다.

나는 대체 무엇을 하고 있을까.

이유야 어찌 되었든 자신이 수배해서 수술한 위루가 도움이 되지 않았을 뿐 아니라 환자를 괴롭히고 결과적으로 수명을 단축시켰다.

환자의 바람을 알면서도 원치 않는 방향으로 빠져나가는 것을 막을 수 없었다. 그때 의사로서 위루를 쉽게 인정하는 것이 아니었는데. 후미에를 괴롭힌 것은 가족의 애정이라는 욕심, 의사의 보신이라는 욕심이었는지도 모르겠다고 린코는 생각했다.

금귤은 수확기를 지났지만 여전히 초록색이 섞인 연노란 색이다. 이제 숙성한 색이 되기는 틀린 걸까. 갈색 선이 있는 것을 따서 손으로 문질러 닦아 입에 넣어 본다. 시큼하다기보다는 그냥 쓰기만 했다.

§

"……그렇다면 어제 돌아가신 어머니 시신이 사라졌다는 겁니까?"

전화로 이야기하는 린코의 말에 고스케와 가메 짱이 놀라는 표정이 되었다.

"어떡하죠, 선생님?"

다에코는 몹시 혼란스러워했다.

그때 오코치 교수가 클리닉에 도착했다. 오늘은 오전에 목요회가 있는 날이다. 린코는 송화기를 손바닥으로 막고 상황을 간단히 보고했다. 교수는 작은 눈을 한껏 크게 벌렸다.

"일단 가 보자고. 차를 대!"

교수는 고스케를 재촉하며 밖으로 나갔다.

"만약 무슨 일이 생기면 휴대폰으로 연락해 줘요. 금방 돌아올 테니까."

가메 짱에게 사무실을 부탁하고 린코도 교수와 고스케를 따라갔다.

고텐야마의 후미에 집은 겨울로 돌아간 듯 냉기가 흘렀다.

"바쁘실 텐데 죄송합니다, 선생님. 대체 어찌된 일인지 영문을 몰라서……."

다에코는 파자마 차림으로 서 있었다.

"어제 선생님이 돌아가신 뒤 너무 어지러워서 제 방에 누워 있었어요. 할 일은 산더미 같았지만 다 오빠한테 맡기고요. 오늘 아침에야 겨우 일어날 수 있게 되었는데, 이런 일이……."

후미에의 방은 구석구석 깨끗하게 정리되어 있었다. 실내에 희미한 방향제 냄새가 감돌아 시취는 전혀 맡을 수 없었다.

보통 집에 장의사를 부르면 그날 중으로 제단이 꾸려지고 시신 주위에는 10킬로 정도의 드라이아이스를 놓아 둔다. 그런데 그런 것도 전혀 없었다. 다에코가 '없어졌다'고 표현한 대로라는 인상이었다.

교수는 흥미진진한 표정으로 방 안을 둘러보았다.

"오빠는?"

교수가 다에코에게 물었다.

"글쎄요……."

오코치 교수는 실내 구석에 있는 커다란 불단에 합장하고 큼지막한 경쇠를 쳤다. 기품 있는 받침대와 담요에 놓인 황금빛 경쇠는 언제까지나 여운이 남는 소리를 울렸다.

"……그래, 연장전으로 끌고가겠다는 말이군."

오코치 교수가 수수께끼 같은 말을 했다.

"연장전?"

교수는 린코의 물음에 대답하지 않고 다에코를 향해 "걱정하지 말고 오빠를 기다리면 됩니다"라고만 말하더니 자리에서 일어섰다.

"그게 무슨 말씀이시죠, 선생님?"

교수를 쫓아가며 린코가 물었다.

"괜찮으니까 걱정 말아요. 자, 우린 그만 가지."

조금 뚱뚱한 체형에 어울리지 않게 가벼운 몸놀림으로 교수가 현관으로 향했다.

"또 무슨 일이 있으면 클리닉에 연락해요."

린코는 다에코에게 그렇게만 말하고 고스케와 함께 집을 나섰다.

다시 다에코에게서 전화가 온 것은 목요회가 끝나고 교수가 돌아간 뒤였다.

"오빠가 일을 저질렀어요!"

다에코는 미처 흥분을 감추지 못했다.

린코 일행은 일찌감치 점심을 먹고 오후 진료를 시작하기 전에 후미에의 집에 들렀다. 후미에의 방에는 이불이 깔려 있었다.

"어머니예요."

다에코가 불룩 솟아오른 이불을 사랑스럽게 쓰다듬었다.

"좀 보세요, 선생님."

다에코의 재촉에 린코가 하얀 천을 가만히 들췄다.

후미에의 얼굴은 이제 볼도 움푹 팬 곳이 없고 오히려 전보다 통통해 보였다. 혈색도 좋았다. 표정은 온화하여 지금이라도 눈을 뜰 것 같다.

"아, 고와라!"

저도 모르게 그런 말이 나왔다.

"굉장해요!"

고스케도 눈을 휘둥그레 떴다.

"엠바…… 음, 뭐였지, 오빠?"

불단 앞에 준이치로가 잔을 들고 앉아 있었다. 살짝 술 냄새가 난다.

"엠바밍!"

엠바밍은 시신에 살균제나 방부제, 수지 등을 주입하여 처리하는 보전 방법이다. 그 뿌리는 고대 이집트까지 거슬러 올라가지만, 베트남전 이후 미국에서 빠르게 보급되었다고 들었다. 조국의 장엄한 묘에 잠든 레닌이나 마오쩌뚱도 이런 기술로 보전 처치가 되었다고 한다. 린코도 실제로 본 것은 처음이었다.

어제 다에코가 자기 방에 누워 있는 동안 준이치로가 전문업자에게 의뢰했던 모양이다. 업자는 특별한 설비를 갖춘 차량으로 시신을 운구하기 때문에 몇 시간에서 한나절 정도면 모든 공정이 끝난다. 준이치로도 그동안 집을 비우고 밖에 나가 있느라 시신이 사라진 듯 보였던 것이다.

“엠바밍은 미국이나 캐나다에서는 상식이에요.”

준이치로가 거침없이 설명하기 시작했다. 혈관을 통해 방부 살균용 약제를 체내에 넣기 때문에 부패하지 않는다. 세균감염 문제가 해결되므로 유족은 언제든 시신을 만질 수 있다. 급하게 장례를 치를 필요도 없으므로 이별을 천천히 아쉬워할 수 있다는 것이다.

과연 후미에의 피부는 약제의 영향인지 살짝 오렌지 빛이 감돌아 보였다. 오른쪽 쇄골 상부에 3센티 정도의 절개창이 보인다. 그곳으로 약품을 주입했을 것이다. 포르말린이나 페놀, 글리세린 등이 주요 성분이라고 들은 적이 있다.

“일본에서는 업자들이 자율적으로 시신 보전 기한을 50일로 정해두었다고 하니까 그때까지는 어머니 곁에서 상을 치르고 싶습니다.”

말을 마친 준이치로가 호화로운 불단의 경쇠를 봉으로 치고 합장했다.

린코는 실처럼 가늘고 길게 울려퍼지는 경쇠 소리를 듣고 있다가 실내 풍경이 크게 변했다는 것을 뒤늦게 알아차렸다.

불단에는 금빛 불상과 꽃병, 위패, 골단지, 그밖에 이름 모를 온갖 불구가 나란히 놓여 있었다. 전에는 본 기억이 없는 것들이다.

"그간의 불효를 생각해서라도 어머니에게는 가능한 모든 걸 다 해드리고 싶습니다"라고 했던 준이치로의 말이 생각났다.

이게 바로 그것인가. 린코는 눈앞에 있는 준이치로의 생각을 짐작할 수 없었다.

"미토 선생, 진찰을 부탁합니다."

목요회 시간에 드물게 외래환자가 찾아왔다. 그런데 진료실에 앉아 있는 사람은 다에코였다.

"지금도 종종 어지럼증이 와서……."

후미에가 사망하고 2개월이 지났다.

다에코는 갑자기 나이를 먹은 것처럼 보였다.

모친을 여읜 뒤로 매사 의욕이 없고 식사도 제대로 챙기지 못했다고 한다.

린코는 다에코의 눈꺼풀을 내려 안검결막부터 확인했다. 빈혈은 없어 보인다. 심음과 폐음에도 이상이 없다. 눈동자의 움직임을 확인해 보지만 안구가 좌우로 흔들리는 안진 현상도 볼 수 없다. 뇌경색이나 균형 기능에 관계된 삼반규관에도 장애가 없는 것 같다.

"확실한 검사를 위해 혈액검사를 하시죠."

린코는 검사전표를 꺼냈다. 잠시 침묵하던 다에코가 어렵게 말을 꺼냈다.

"선생님, 오빠 때문에 너무 죄송했습니다."

다에코 눈에서 눈물이 쏟아졌다.

"오빠는…… 오빠는 못된 인간입니다. 시, 실은……"

감정이 북받쳤는지 말을 잇지 못한다.

고스케는 말없이 티슈 상자를 다에코 앞에 놓았다. 그때 돌아갈 준비를 하던 오코치 교수가 얼굴을 비쳤다.

"오빠의 목적은 재산이었죠?"

다에코는 움찔하더니 고개를 크게 끄덕였다.

고스케가 의아해하는 표정이 되었다.

"재산이 목적이라면 일찍 돌아가시기를 바라야 하잖아요? 하지만 준이치로 씨는 '엄마를 최대한 오래 살게 하라'고 했어요."

"준이치로 씨가 노린 것은 일반적인 유산이 아니야. 법정상속분은 아들이나 딸이나 동등해. 모친이 언제 타계해도 이건 변하지 않지."

오코치 교수는 볼을 부풀렸다.

"커다란 불단에 황금 위패며 금불상, 금 경쇠…… 그거 전부 오빠가 사들인 거죠?"

눈이 새빨개진 다에코가 고개를 끄덕였다.

"네. 병상의 어머니를 졸라 어머니 명의의 예금을 인출해서. 이상하다고 의심할 새도 없이……."

"불구를 사들인 것이 무슨 문제라도?"

교수가 양 눈썹을 쳐들고 린코를 보았다.

"묘지나 불구는 제사재산이라고 해서 유족들이 분할하는 유산 대상에 포함되지 않거든. 법률상 그건 혼자 물려받게 되어 있어. 대개는 장남이."

"……제사 계승자라고 하더군요."

다에코가 작은 소리로 덧붙였다.

"그래서 준이치로 씨가 열심히 값비싼 불구를 사들인 거군요!"

린코도 장남의 책략을 이해했다.

"더구나 그건 대개 순금제로 보였어. 다 합치면 1억 엔은 족히 넘을걸."

"1억 엔이라고요!"

고스케가 눈을 깜빡거린다.

새로운 의문이 솟았다. 졸지에 이루어진 엠바밍이다.

"그럼 교수님, 엠바밍에도 무슨 의도가 있던 걸까요?"

"그렇지. 맞죠, 다에코 씨?"

다에코는, "예"라고 대답하며 사진을 꺼냈다.

"오빠한테 들었어요. 제사재산이라 해도 절세나 투자목적으로 구입한 것으로 판단되면 상속세가 부과된다네요. 세무서의 판단 기준은 '일상적으로 예배하는 대상이어야 한다'는 점이라고……."

사진에는 새 불구로 공양을 드리는 준이치로의 모습이 찍혀 있었다.

셀프타이머로 촬영했을 것이다. 날짜와 앵글을 바꿔 가며 찍은 비슷한 사진이 여러 장 있었다. 대부분의 사진에는 후미에의 시신도 담겨 있다.

"일상적으로 이용하는 제사 도구라는 근거를 만들려고 엠바밍을?"

어이가 없었다.

"네. 어머니와 하루라도 오래 함께하고 싶다, 공양을 드리고 싶다고 했지만 다 거짓이었어요. 방금 사들인 금불상이나 금 경쇠에 향냄새를 배게 하려는 연출이었던 거예요."

"대단하네요."

고스케가 침이라도 내뱉는 투로 말했다.

"어릴 때부터 오빠는 자기 몫이 제일 많지 않으면 만족할 줄 모르는 성격이었어요. 간식도 장난감도 용돈도. 유산 역시 나보다 많이 가져가는 게 당연하다고 생각했겠죠. 법률에는 절반으로 정해져 있지만 받아들일 수 없었을 겁니다. 하지만 유감인 것은 어머니도 그걸 납득하고 있었다는 거예요. 똑같은 자식인데 결국 어머니의 사랑도 오빠가……."

다에코가 오열했다.

"게다가 오빠는 빚도 많았던 모양이에요."

방문 진료 중에 준이치로의 휴대폰에 몇 번이나 신호음이 울렸던 것이 기억난다. 린코에게는 오만했던 준이치로가 통화 상대에게는 매우 저자세였고 때로는 겁먹은 표정을 보여주었다. 빚 갚으라고 독촉하는 채권자의 전화였을까—.

그런 상상을 하는 린코 앞에서 다에코는 연방 눈물을 훔쳤다.

“온 가족이 꽃밭에 물을 주고 잡초를 뽑아주던 시절이 제일 행복했는지도 몰라요.”

“제가 위루에 대하여 좀 더 신중하게 말씀드렸다면…….”

린코가 그 말을 꺼내자 다에코는 고개를 강하게 저었다.

“그렇지 않아요. 위루를 할지 말지에 정답은 없다고 선생님은 분명히 말씀해 주셨잖아요. 결국 오빠만이 아니라 어머니나 저도 가느다란 희망에 매달리고 만 거예요. 우리 책임이에요.”

다에코는 고개를 숙인 채 티슈를 얼굴에 댔다.

“카망베르 치즈와 단무지의 콜라보, 아주 멋진걸요!”

케이즈 키친에서 고스케가 빨개진 얼굴로 맥주를 마시고 있다.

“이 초밥, 끝내주네요!”

가메 짱이 새된 목소리로 외쳤다. 초밥 쌀밥에 판초코 한 조각을 얹고 김으로 말았다.

“초코초밥은 유럽에서도 유행하고 있어요.”

케이 짱이 태연하게 대답하며 오코치 교수에게 맥주를 첨잔해 주었다.

그날 저녁 케이즈 키친에서는 평소보다 더 별난 메뉴가 연이어 등장했다.

"정상적인 것도 좀 먹게 해 줘!"

교수가 비명을 지른다.

"어머, 무슨 실례되는 말씀을! 더위를 물리치게 해 달라고 하셔서 모처럼 열심히 만들었는데!"

케이 짱이 뿔난 표정을 지었다. 늘 나오는 대사들이지만 역시 재미있다.

교수는 고구마소주 미즈와리를 바꿔 마시기 시작했다.

잠시 후 케이 짱이 낮고 상냥한 목소리로 조용히 샹송을 부르자 가게에 있던 모두가 잠시 입을 다물었다.

린코가 오코치 교수 옆으로 가서 앉았다.

"고가 후미에 씨의 위루 관리만 잘 되었다면…… 몇 개월은 더 집에서 평온한 말기를 보낼 수 있었을 거예요."

린코는 준이치로에게 휘둘린 폭풍 같은 날들을 떠올렸다. 그 뒤로 환자의 뜻에 부응해 주지 못한 것을 얼마나 후회했던가.

"자책할 것 없어. 환자와 가족들에게 좋은 추억을 만들 기회를 줄 수 있었잖아. 그래, 그걸 봤어."

교수가 웬일로 린코를 위로했다.

"아까 제가 보여드렸어요."

가메 짱이 들고 있던 태블릿의 화면을 터치하여 화상 몇 개를 불러냈다.

후미에의 '오쿠이지메' 사진이었다. 가메초밥집의 젊은 점원이 기념으로 촬영한 것이다. 찻숟가락에 놓인 알록달록한 초밥, 다에코의 도움을 받아 그 가운데 하나를 시식하는 후미에, 기뻐하는 다에코—. 후미에의 얼굴은 어느 사진에서나 온화하고 행복해 보였다.

"대단하지 않아? 나도 나중에 먹지 못하게 되면 이걸로 부탁해."

교수가 진지한 표정으로 말했다.

"저딴 거 말고……."

교수는 테이블 위에 늘어놓은 초코초밥을 가리켰다.

"혹시 저한테 뭐라고 하셨나요?"

그렇게 말하며 케이 짱은, "자, 린코 선생에게는 로즈티예요" 하고 찻잔을 놓아 주었다. 술이 약한 린코에게 케이 짱은 종종 반가운 서비스를 해 준다. 장미향이 나는 차는 살짝 쓴맛이 있어 초코초밥과도 잘 어울렸다.

"후미에 씨가 마지막까지 이렇게 웃는 얼굴로 지내길 바랐어요……."

종말기 의료의 어려움을 새삼 생각해 본다. 가령 아무리 환자가 엔딩노트 같은 것을 작성하고 있어도 가족이 그 마음을 존중하지 않는다면 잘 될 수 없다.

"어머, 동영상도 있었어요?"

태블릿을 들여다보던 케이 짱이 재생 버튼을 건드렸다.

'……다에 짱, 오늘은 정말 고마웠어. 이제 여한이 없어. 이제 할 일은 조상님 모시는 일—묘소나 아버지 위패도 너에게 부탁한다.'

화면 속에서 '오쿠이지메'가 끝나고 후미에가 고마움을 전하고 있었다.

케이 짱이 문득 무서운 표정이 되더니 다시 손가락을 움직였다.

'……너에게 부탁한다.'

케이 짱이 "이거야!" 하고 식탁을 손바닥을 내리쳤다. 잔에 담긴 술이 일렁였다.

"이거, 제사계승자 지정이야! 피상속인으로 장녀를 지정했어!"

케이 짱의 목소리가 남성으로 변해 있었다.

"그게 무슨 말이에요?"

"민법 897조는 '피상속인 지정에 의해 조상 제사를 주재하는 자가 있을 경우는 그자가 승계한다'고 정해져 있어. 더구나 이거, 유언장에 따르지 않고 구두 지정으로 유효하단 말이야."

"그래서 그게 뭔데요?"

"이 가족의 경우, 금불상이나 금 불구는 장남이 아니라 이 다에 짱이라는 분이 물려받을 권리가 있다는 말이야. 본인에게 정확히 고지해 주었어!"

"그러니까 그 황금은 실은 다에코 씨 거군요!"

고스케도 상체를 내밀며 다시 화면을 재생했다.

"그런데 케이 짱은 어떻게 그렇게 민법에 훤해요?"

"미토 군은 몰랐나 보군. 케이 짱은 사법고시를 준비했었어."

오코치 교수가 고구마소주를 꿀꺽 마셨다.

"어머, 여전히 현역 고시생이에요."

케이 짱이 입을 삐쭉거렸다.

"요리 공부도 좀 해 줘."

쓴웃음 짓는 교수에게 케이 짱이 "너무해" 하고 주먹을 치켜 올렸다.

무사시 방문클리닉의 피서 모임은 끝날 기미가 보이지 않는다.

린코는 뻥 뚫린 듯한 창공에 매혹되어 간만에 신요코하마 역에서부터 걷기 시작했다. 아빠가 입소한 시설까지는 15분 정도 걸린다.

주택가를 지나가며 보니 마당에 핀 장미, 수국, 시계꽃 등이 눈에 들어왔다. 적자색 작은 열매가 풍성하게 열린 블루베리 나무는 너무도 사랑스러워 질투가 날 정도다. 다음엔 저 나무를 사다 키우자고 린코는 생각했다.

가드니아 신요코하마의 현관 홀에는 칠월칠석 장식으로 꾸며져 있었다. 눈에 들어온 종이쪽지에는 아이의 필체로 '할머니가 걸을 수 있게 해 주세요'라고 소원이 적혀 있다.

땀에 젖은 몸을 식히며 린코는 아빠의 방으로 향했다. 위치는 1층 구석이다.

직원이나 입소자의 면면은 조금씩 변하고 있지만, 복도 창으로 보이는 바깥풍경은 거의 변함이 없다. 다만 치자나무가 꽤 컸다. 8년 전에는 화단 구석에 있는 작은 나무였는데, 지금은 사람 키보다 훨씬 커서 하얀 꽃을 풍성하게 피우고 있다.

아빠는 한 번도 저 치자나무의 향기를 즐긴 적이 없다.

뇌경색이 반복해서 온 아빠는 병원을 퇴원한 뒤로 내내 이 시설에서 지내 왔다. 위루를 사용해서—.

수술 전에 망설인 기억은 없다. 아빠가 쓰러질 당시만 해도 환자가 먹지 못할 경우 위루 조설은 당연한 것이었다. 지금도 위루를 선택하지 않는 의사는 소수파일 것이다.

그 뒤로 여러 해가 지나면서 아빠가 말과 함께 외부에 대한 반응을 잃어 갔고 더 이상 회복되지 않는다는 것도 알았다. 하지만 지금까지 위루를 중지하겠다는 결단을 내릴 수는 없었다. 기술적으로는 간단하지만 정신적으로는 불가능한 결정이다. 그야말로 준이치로가 말한 것처럼 인간을 '아사시키는' 행위처럼 느껴지기 때문이다.

결과적으로 의식 없는 아빠에게 내내 위루를 계속한다— 그것이 지금의 상황이다.

"아로마테라피를 해 봐요."

린코가 말하자 엄마는 뜻밖이라는 표정이 되었다.

"효과를 믿지도 않으면서."

말은 그렇게 하면서도 엄마는 반갑게 도구상자를 꺼냈다.

뚜껑을 열자 안약만 한 작은 갈색 병 몇 개와 작은 용기, 립크림이 들어 있다.

"오일은 조금 더 샀어. 이건 제라늄이야."

엄마는 작은 병의 뚜껑을 열고 주저 없이 병을 거꾸로 들었다. 속에 또 뚜껑이 있어 거기에서 천천히 내부의 액체가 흘러나오게 되어 있었다.

몇 초 뒤, 마침내 한 방울이 엄마 손바닥에 떨어졌다. 엄마의 표정은 그야말로 신성한 의식에 임하는 사람 같았다.

“엄청나게 많은 꽃을 가공해도 아주 조금밖에 추출되지 않는대.”

다시 한 방울이 더 떨어질 때까지 같은 자세로 기다리던 엄마가 오일 두 방울을 떨어뜨려서 양손을 비빈다. 그러고는 자기 코에 대었다가 그 손으로 아빠의 얼굴을 덮었다. 좋은 향이 풍겨왔다.

“꼭 정제유가 아니어도 좋아.”

엄마는 멘톨 크림을 꺼내 용기째 아빠 코에 댔다. 그러자 아빠가 눈밑을 찔끔 떨었다.

“자, 봤지? 민트는 뇌를 자극하는 작용이 있거든. 매일 하고 있단다.”

크림의 방향 성분이 코의 점막을 자극하여 단순한 반응을 일으켰을 것이다. 하지만 린코는 아무 말 없이 고개를 끄덕였다.

“커피는 어떨까.”

보온병의 열탕으로 커피를 타더니 김이 오르는 머그컵을 천천히 아빠 코앞에 갖다 댄다. 이번에는 아무 반응도 없다.

“그렇게 커피를 좋아하던 양반이 다 까먹었나. 그래, 원두가 안 좋았는지도 몰라…….”

계속 혼잣말하듯 말했다.

집에서 혼자 생활하는 엄마의 일상이 그려졌다. 빨래를 마친 손에

크림을 바르고 아무도 없는 식탁에 앉아 커피를 마신다. 그럴 때마다 머릿속에는 아빠 생각뿐일 것이다. 지금도 아빠와 살고 있다—.

"엄마, 치자나무 향기도 시험해 봐요. 내가 따 올 테니까."

린코는 혼자 방을 나섰다.

아빠는 틀림없이 엄마를 지탱해 주고 있다고 생각했다. 아무것도 할 수 없게 되었지만 살아 있다는 사실만으로.

밖은 여름바람이 불고 있었다. 화단 연석이 아롱져 보인다. 엄마에게 이런 얼굴을 보여 줄 수는 없다고 생각하며 린코는 하얀 꽃을 땄다.

케샨병

신주쿠 의대병원이 있는 신주쿠 역에서 주오선을 타고 서쪽으로 향하면 16분 만에 무사시 방문클리닉이 있는 미타카 역에 도착하고, 계속해서 17분을 더 가면 다치카와 역에 닿는다.

린코는 다치카와 역 북쪽 출구를 나와 쇼와기념공원에 인접한 호텔에 와 있다. '심방세동의 약물요법'에 대한 의료세미나가 열리기 때문이다.

이런 세미나는 신약 홍보를 노리는 제약회사가 스폰서가 되어 각지에서 자주 열린다. 대학병원에 있을 때와 달리 다른 의사를 만날 기회가 격감한 린코는 진료법이 정체되지 않도록 가능하면 참가하려 하고 있다.

회장에서 파워포인트 화면에 집중하고 있을 때였다.

"혹시, 미토 짱?"

어둑한 장내의 바로 뒷좌석에서 누가 알은 척을 해서 흠칫 놀랐다.

돌아다보니 의학부 동기생 이토세 히데히토였다. 린코와 눈이 마주치자 빙긋이 웃으며 살짝 손을 흔든다.

매년 열리는 동기회에서 마지막으로 얼굴을 본 것이 3, 4년 전이었나. 최근 린코는 참가한 적이 없지만 동창회지를 보니 이토세는 매년 참가하는 모양이다.

그는 살이 찌고 얼굴에 기름기가 흘러 몰라볼 정도였다. 다만 턱을 당기며 신경질적으로 눈인사를 하는 모습은 예전과 똑같다.

학부 시절 린코와 이토세는 이상할 정도로 관심 영역이 닮았었다. 선택과목이나 실습시간에 만나는 경우도 적지 않았다. '플라나리아 사육 실습'이라는 특이한 과목에서는 수강자가 이토세와 린코뿐이었던 일도 있다.

그 뒤로 오랜 세월이 흘렀다. 린코는 대학을 떠나 방문진료를 하고 있고, 이토세는 재활과 전문의로서 지금도 대학부속병원에 근무하고 있을 것이다. 의사로서의 방향성은 전혀 다르다. 그런데도 그 많은 의료세미나 중에서 또 같은 모임을 선택하다니, 기묘한 해후였다.

세미나가 끝나고 정보교환 모임이라는 스탠딩 파티에서 초밥을 먹고 있는데 이토세가 양손에 와인 잔을 들고 린코에게 다가왔다.

"자."

그가 내미는 적포도주 잔에 당혹스러워하자 이토세는 명함을 꺼냈다.

"별 볼일 없는 세미나였지만 미토 짱을 만났으니 오길 잘했군. 지금 어디 있어?"

명함에는 '신주쿠 의과대학 부속 다카오병원 재활과 의장'이라고 되어 있다. 자신과 동갑인데 벌써 의장이라니. 동기 중에서는 일찌감치 출세 가도에 있는 셈이다.

대학을 졸업하고 뇌신경외과에 입국한 이토세는 자유로운 시간을 누리기 위해 재활과로 전과했다고 들었다. 본인에게 대놓고 물어볼 수는 없지만, 이유가 더 있다는 소문도 있었다. 의국 내부에서 여자문제가 있었던 것 같다. 두 번이나 이혼한 것도 그런 문제 때문일 것이다. 학생 시절부터 여자를 자주 바꿔가며 놀았으니 그리 놀랄 일도 아니었지만.

이토세는 린코의 명함을 받아들며 "아직 성이 바뀌지 않았네" 하고 중얼거리더니 이내, "오, 재택 하고 있구나" 하면서 눈썹을 쳐들었다.

"마침 잘됐네! 실은 조금 별난 환자를 진료하고 있는데, 재택으로 바꾸고 싶거든. 미토 짱, 네가 맡아 줄래?"

"환자가 어디 사는데?"

"다카오."

후생노동성이 정한 규정상 보험진료에 따른 방문진료는 진료과를 기준으로 반경 16킬로미터 안에 거주하는 환자를 대상으로 해야 한다. 환자의 상태가 급변할 때를 대비하는 등 몇 가지 이유에서다.

하치오지 시 서부에 위치한 다카오는 클리닉에서 30킬로쯤은 떨어져 있다. 클리닉의 벽면에 붙은 지도가 린코의 머리에 떠올랐다.

"우리 구역 밖이네. 미안하지만 안 될 것 같은데."

"그 규정에는 예외가 있잖아. '환자가 원하는 진료에 전문적으로 대응할 수 있는 보험의료기관이 존재하지 않는 경우'는 거리 제한을 받지 않아."

이토세가 한 수 더 높았다. 린코는 손 안에서 명함 모서리를 구부리며 물었다.

"어떤 환자인데?"

"이름은 다카오 하나코, 나이는 추정으로 열 살."

이토세는 짐짓 태연하게 대답했다. 하지만 린코는 뭔가 감이 왔다.

"응? 신원불명자야?"

노숙자와 같이 신원을 알 수 없는 환자가 병원에 실려 오면 그 환자가 보호된 지역의 지명을 성으로 하여 가명을 만든다. 가령 니혼바시 다로, 시부야 하나코, 이케부쿠로 이치로처럼.

일본 최고의 번화가에 가까운 신주쿠 의대병원은 사연 있는 구급환자가 많다. 린코도 연수의로서 구명구급센터를 순회하던 시절에 비슷한 환자를 겪은 적이 있다. 그에게는 신주쿠 욘주로쿠로라는 이름이 주어졌다.

자신의 경험에 비추어, '다카오 하나코, 추정 열 살'은 다카오에서 보호된 여자아이가 아닐까 직감한 것이다.

"그렇지, 뭐."

이토세가 멋쩍은 표정으로 끄덕인다.

"열 살이면 이름이나 주소 정도는 말할 수 있잖아? 지능에 문제가 있나? 기억상실?"

이토세는 문득 귀찮아하는 표정이 되었다.

"그게 말이야, 겁먹을 거 없어. 의부모가 좋은 사람이니까 괜찮아."

신원불명자가 아동일 경우엔 의부모가 있나?

"딱히 겁먹은 건 아닌데? 이상하게 감추려고 하니까 그러지."

"별로 감추려는 거 아냐. 병상하고는 관계가 없으니까 나중에 말하려고 했을 뿐이지."

"그게 바로 감추는 거잖아."

어느 샌가 학생 시절의 말투로 돌아가 있었다. 아아, 이런 식으로 아웅다웅한 적이 있었지. 린코는 희미하게 기억이 났다. 원래 사이가 좋았던 것은 아니다. 린코를 어딘지 무시하는 듯한 이토세의 말투는 변함이 없었다.

"으음, 그쪽 보스는 종합진료과의 오코치 교수였지?"

이토세는 문제 환자를 교수를 통해 억지로 내려보내려고 생각하는 듯했다.

"그래. 그래서, 그 아이, 어떤 상태인데?"

이야기 흐름상 묻지 않을 수 없었다. 이토세의 유도에 빠진 것 같아 불쾌해진다.

"우리 쪽에 왔을 때는 보행곤란과 언어장애가 있었어. 내가 주치의가 되어 재활시키자 순조롭게 회복되어 2주 만에 일상생활에는 문제가 없게 된 단계야."

이토세는 우쭐해하며 코를 비볐다.

"언어장애 쪽은?"

"보호되었을 때 딱 한 마디 했다고 들었지만, 병원에서는 전혀 말을 안 해. 이비인후과에서 파이버스코프로 진료해 보니 성대는 깨끗했어."

"흐음. 뭐라고 했대?"

"그것까지는 듣지 못했어."

"설마 언어장애 때문에 재택으로 바꾸려는 건 아니겠지?"

"물론이지. 재활 때 심하게 숨을 헐떡이기에 전신 상태를 검사했는데 가벼운 심장질환이 발견되었어. 순환기내과에 문의해 보니 심근증 같대."

심근증은 심장 기능이 서서히 저하되는 질환으로, 난병으로 지정되어 있다. 정기적으로 순환기내과에 통원하는 것이 일반적이다.

"우리도 순환기내과로 연결하고 싶었지만 환자가 병원을 극도로 싫어해서 힘들어. 일상생활에서는 숨 차는 증상이 없고, 일단 재택으로 진료를 받으면 좋을 것 같은데."

이토세는 적포도주를 흔들며 옆으로 다가왔다.

요컨대 심질환과 언어장애가 있는 열 살의 신원불명자가 통원을 거부해서 어려움에 처해 있다, 적당한 재택의를 찾고 있던 차에 린코가 나타났다는 것 같다.

이토세는 학생시절부터 번거로울 것 같은 안건을 금방 누군가에게 떠넘기곤 했다. 실험 데이터 정리 작업부터 서클 활동계획서 작성에 이르기까지. '이토세의 킬러패스'라고 여학생회에서도 화제가 된 적이 있다.

"아무튼 엄청 귀여운 아이야. 가끔은 미스터리 환자도 괜찮지 않아?"

린코에게 일거리를 떠넘긴다는 자각 따위는 눈곱만큼도 없는 듯하다. 이토세는 어딘지 득의양양한 얼굴로 예전에는 없었던 여유마저 풍기고 있었다.

다음 주에 무사시 방문클리닉에 '다카오 하나코'의 소개장이 팩스로 들어왔다.

소개장은 직접 만나 주고받는 것이 기본이다. 그렇지 않은 경우에 주로 팩스를 이용한다. 개인정보 누출을 방지하기 위하여 메일 송신은 권하지 않는다.

클리닉에 소개장이 오는 경로는 두 가지.

하나는 일반 경로. 인접한 시중 병원에서 오는 경우이다.

이때는 린코가 소개장을 받은 뒤 병원 담당자와 전화통화를 하고 받을지 말지를 결정한다.

다른 하나는 오코치 교수의 중개를 통한 것. 이 경우가 종종 문제가 된다.

본래 환자를 맡을지 말지는 클리닉의 담당의 린코가 판단하지만 교수가 클리닉으로 팩스를 보낸 경우에는 그 시점에 이미 환자 인수가 정해져 있기 때문이다.

이날의 팩스도 송신처는 신주쿠 의대병원 종합진료과, 즉 교수 경로였다. 소개장 기재자는 이토세 히데히토로 되어 있다. 난외에 '부탁하네' 하는 오코치 교수의 휘갈겨 쓴 글씨가 보였다.

이토세는 여자뿐만 아니라 교수를 구워삶는 데도 능숙한 모양이다. 린코는 거반 감탄하며 막 도착한 팩스를 훑어보았다.

다카오 하나코, 추정연령 10세. 보행장애, 심근증, 언어장애 의심.

2월 9일 심야, 다카오 등산전철 케이블카 기요타키 역전의 '모미지 광장'에 쓰러져 있다가 보호조치 되었습니다.

탈수 및 폐용증후군에 따른 증상으로 보이는 하지근력 저하에 의해 제1병일은 보행 불능이었지만, 재활에 의해 제7병일에는 보행 가능이 되고 현재는 일상생활에 거의 문제는 없습니다.

폐용증후군이란 몸을 장기간 쓰지 않는 탓에 일어나는 다양한 장애를 가리킨다. 가령 사람은 침대에 2주간 누워 있기만 해도 일어설 수 없게 된다. 관절 부동에 의해 근력 저하나 구축拘縮이 일어나는 것이다. 다만 운동 재개로 증상은 개선될 수 있다.

심근증은 현재 증상이 가벼우므로 경과관찰로 충분해 보이지만 향후 신주쿠의대병원 순환기내과에 컨설트받는다면 다행이겠습니다.

언어장애에 대해서는 이비인후과적으로 정밀조사를 했지만 성대 등에 기질적인 장애는 찾을 수 없었습니다. 기억장애나 정신적 질환일 가능성도 부정할 수 없어 정신과 진료가 바람직해 보였으나 환자의 거부로 진료하지는 못했습니다.

환자 및 의부모(인근에 주재하는 일시보호수탁자입니다)가 재택의료를 강력히 바라고 있으니 귀원의 진료를 부탁드리는 바입니다. 그리고 현재도 환자 본인의 성명 등은 불명이지만 의부모는 환자 발견자이며 협력적인 60대 부부입니다.

심야의 다카오 산기슭에서 발견되어 정신질환의 가능성도 있는 신원불명자 여자아이—구체적으로 알면 알수록 어딘지 구름을 잡는 듯한 이야기였다.

3월 초 금요일, 클리닉에서 차로 1시간 정도 달려 다카오에 도착했다. 클리닉 왕진 차량은 교오선 다카오산구치 역 옆의 주차장에 주차했다.

도어를 열자 냉기가 차량 안으로 확 몰려들었다.

"추워."

기온이 미타카보다 5도는 낮은 듯하다.

새삼 고스케를 쳐다보았다. 긴소매 플리스에 스니커, 등에는 배낭으로 왠지 하이킹 차림새다. 심호흡을 반복하는 고스케 곁에서 린코가 머플러를 목에 감는다.

평일 오전 10시가 지났지만 주차장 부근에는 놀랄 정도로 사람이 많았다.

"다카오산도 꽤 인기가 있네."

린코가 말하자 고스케는, "지금 무슨 말씀이세요, 미쉐린 쓰리스타예요" 하고 웃었다.

다카오산구치 역에서 케이블카 역을 향해 진입로를 걷는다. 한가로운 분위기의 토산품점이나 음식점이 죽 늘어선 도로를 걸어가자 몇 분 만에 시야가 크게 열렸다.

모미지 광장이다. 환자가 쓰러져 있었다는 곳이다.

케이블카와 리프트 역이 보인다.

"정상은 표고 599미터래요."

고스케는 가이드북을 한 손에 들고 언덕길을 태연한 얼굴로 올라갔다.

지금 찾아가는 토산품점 '고마쓰야'는 광장 가장자리에 있었다. 주인 고마쓰 아쓰오와 부인 고마쓰 지카가 하나코의 일시보호수탁자—

의부모이다.

가게 매대에는 만주나 절임, 과자류가 진열되어 있었다.

"네, 어서 오세요!"

초로의 남성이 등산객들을 부르고 있다.

"저어, 무사시 방문클리닉에서 왔습니다."

고스케가 신분을 밝히자 남성은 반갑게 고개를 몇 번이나 숙였다.

"아, 어서 오세요, 어서 오세요, 고마쓰입니다!"

고마쓰 아쓰오가 가게 안쪽을 향해 "어이!" 하고 부르자 곧 스웨터를 껴입은 여성이 나왔다.

"집사람입니다."

"아이고, 먼 곳까지 오셨습니다. 자, 이쪽으로 오세요."

그들을 따라 가게 뒤편으로 가니 가게와 연결된 살림집이 나왔다.

"잠깐 여기 앉아서 쉬고 계세요."

옛날 모습이 그대로 남아 있는 다실이다. 부인 지카가 좌탁 주위에 방석을 늘어놓았다.

벽에는 덴구 가면이 장식되어 있다. 미끈한 느낌이 나는 까만 나무로 만들어져 길쭉한 코가 조금 위로 쳐들리며 뻗어 있다.

"다카오산에는 덴구가 살고 있지요."

고스케가 작은 소리로 가이드북의 설명을 읽는다. 사람들에게 해코지를 하는 덴구가 아니라 복을 가져다준다고 한다.

"파워가 상당하게 생겼는걸."

가면을 보던 고스케가 속삭이는 목소리로 말했다.

창을 통해 뜰이 보인다. 동백이 빨간 꽃을 풍성하게 피우고 있다.

고마쓰 부인이 차를 들고 방으로 왔다.

"하나 짱!"

다과를 탁상에 내려놓은 지카가 큰소리로 불렀다. 대답은 없다. 하지만 복도로 가는 문이 스르륵 열렸다.

아쓰오의 손에 이끌려 나타난 것은 갓파 머리앞머리는 이마가 살짝 드러나게 치고 옆머리와 뒷머리는 목깃에 닿는 단발 머리모양에 피부가 하얀 여자아이였다. 어딘지 쓸쓸해하는 듯한 표정은 소박하고, 옛날이야기에라도 나올 법한 분위기다.

린코가 웃으며 인사했다.

"안녕, 하나코 짱."

소녀의 긴 속눈썹이 흔들렸다. 눈동자가 커 보이는 눈은 눈물에 젖은 것처럼 반짝거린다. 도톰한 입술이 갈라지듯이 열렸다.

린코는 소녀를 보며 모종의 향수를 느꼈다. 소녀에게는 제비꽃을 연상케 하는 가련함이 있었다. 이토세가 말했던 '엄청 귀엽다'는 말은 전혀 틀리지 않았다.

"정말 귀엽네."

린코가 고스케를 돌아보며 말했다. 고스케는 볼을 붉히며 하나코를 쳐다본 채 입을 멍하니 벌리고 있었다.

"한 달쯤 전 심야 2시 정도였나, 광장에 쓰러져 있더군요."

아쓰오는 모미지 광장 쪽으로 난 창을 가리키며 하나코를 발견했던 상황을 설명하기 시작했다.

2월 초, 고마쓰 부부는 한밤중에 무슨 소리가 들려 밖으로 나가 보았다고 한다.

"주변을 보니 비석 앞에서 누군가 울타리에 기댄 것처럼 누워 있었어요. 처음에는 야간산행을 하는 사람이거나 취한인 줄 알았는데 어린 아이여서 깜짝 놀랐지요."

지카도 당시를 떠올리는 듯한 눈이 되었다.

"몸이 냉랭한 게 죽은 것 같았어요. 불러 보니 하늘을 올려다보며 '오로라'라고 말하더군요."

"오로라라고요? 하늘에 생기는 환상적인……."

"그래요. 꿈이라도 꿨던 것인지. 다카오산에서 오로라를 봤을 리도 없고."

아쓰오가 "응?" 하며 하나코를 보자 그녀는 눈길을 내렸다.

"그밖에 또 뭐라고 하지 않았나요?"

아쓰오가 고개를 저었다.

"전혀요. 일단 배가 고픈 것 같아서 가게에 있던 만주를 주었지요."

만주 세 개를 계속 먹고 난 뒤에 하나코는 웃음을 보였다고 한다.

"웃는 걸 보니 모, 몸이 떨리더라고요."

쑥스러움을 감추려는 듯이 아쓰오의 목소리가 조금 커졌다.

“정말 귀엽군요.”

지카도 환한 미소를 지으며 말없이 앉아 있는 하나코의 등을 쓸어주었다.

“그때 바로 경찰에 신고해야 했는지도 모르지만…….”

미아가 된 거냐, 가출을 한 거냐, 하고 소녀에게 물어보았다. 하지만 무엇을 물어도 대답하지 않고 고개를 저을 뿐이었다고 한다.

고마쓰 부부는 일단 소녀를 집에서 재웠다. 이튿날 아침 아쓰오가 상가번영회 회장하고도 상의한 뒤에 다카오 경찰서에 소녀를 보호 중이라고 신고했다.

“그날은 경관이 많이 와서 왁자지껄했지요. 그렇죠, 여보?”

아동상담소와 시청 직원도 합류하여 부부의 입회 아래 사정청취와 면접이 반복되었다.

이어서 두 사람은 경찰에 동행을 요청받고 소녀와 함께 신주쿠 의대 부속 다카오 병원에 갔다고 한다. 이토세가 일하는 곳이다.

부부가 동행을 요청받은 이유는 소녀의 극단적인 낯가림 때문이었다. 소녀는 경관이나 아동상담소 직원을 무서워해서, 고마쓰 부부의 손을 꼭 잡은 채 한 발도 움직이려 하지 않았다.

그래서 아쓰오와 지카가 교대로 병원에 다니고 때로는 숙박까지 하며 소녀의 진찰과 재활, 병원 생활을 돌봤다. 다행히도 보람이 있었는지 보행 장애는 약 2주 만에 회복되었다. 그동안 시청에서 취적 절차도 진행되어 ‘다카오 하나코’라는 가명을 만들었다.

"자식이 있는 생활이란 게 어떤 것인지 늘 궁금했는데, 설마 이렇게 불쑥 소원이 성취될 줄이야."

아쓰오는 지카를 힐끔 보며 눈웃음을 지었다.

미아나 가출, 혹은 부모에게 버림받은 기아일 가능성이 있는 아동에 대하여 법률은 아동상담소가 일시보호를 하도록 규정하고 있다. 다만 그 아이가 처한 상황이나 필요에 따라 병원이나 의부모에게 보호를 맡기는 것도 인정된다. 고마쓰 부부는 자식이 없는데 다행히 오래전에 의부모 등록을 마쳐 둔 상태였다는 우연도 도움이 되었다.

즉 아쓰오와 지카에게 생각지도 못하게 자식을 키우는 생활이 시작되었다는 것이다.

"못된 생각인지 모르지만 만약 친부모가 발견되지 않으면 계속 우리 집에 있어도 되겠구나 싶었어요."

아쓰오의 말에 지카가 연방 고개를 끄덕인다.

린코는 평소처럼 진찰을 시작했다.

일단 빈혈의 유무를 확인하기 위해 하나코의 안검결막을 살폈다. 색조는 정상범위여서 빈혈은 아니다. 안구결막에 황달이 없고 구강 내도 이상은 없다. 목을 만져 보니 갑상선은 조금 부풀어 있다. 다만 다카오 병원 혈액검사에서 갑상선호르몬치의 이상은 발견되지 않아 문제는 없어 보였다.

청진기를 대고 확인한다. 호흡음은 깨끗했다. 심장에 잡음은 들리지 않고 부정맥도 없다. 장 연동음蠕動音도 건강하게 들린다. 복부를 촉진할 때 하나코는 한순간 몸이 굳었다. “괜찮아”하고 웃어 보이며 린코는 배꼽 주위부터 순서대로 눌러 보았다. 배는 부드럽고 이상은 없었다. 다리 부종도 보이지 않는다. 피부는 조금 건조했지만 정상범위로 보였다.

이번에는 휴대용 초음파검사장치를 꺼내 굵은 사인펜 정도 되는 탐촉자를 가슴에 대자 간지러운지 하나코는 몸을 조금 꼬았다.

“그래, 미안해. 하지만 아프진 않아.”

제3늑골과 제4늑골 사이, 즉 제3늑간이라 불리는 부위에 초음파를 대고 심장 모니터에 출력한다. 포켓 사이즈의 액정화면으로는 제한된 화상밖에 볼 수 없지만, 적어도 심장의 움직임이 나빠 보이지는 않았다. 게다가 심장판막의 역류도 없는 듯하다. 심장 기능에서 지금 바로 문제가 되는 소견은 없었다.

린코는 하나코의 옷을 추슬러 주며 말했다.

“이제 걷는 걸 보여 주렴. 일어설 수 있어?”

말을 건네어도 하나코는 빙긋 웃기만 했다. 보다 못한 아쓰오가, “자, 일어서 봐” 하며 어깨를 가볍게 두드렸다. 하지만 하나코는 미간을 살짝 찡그릴 뿐이었다.

“하나, 둘! 하나, 둘!”

갑자기 고스케가 벌떡 일어나 구령을 붙이며 양손을 크게 휘둘러 보였다. 그러자 하나코는 고스케를 따라하는 것처럼 일어서서 손을 휘둘렀다.

"외발서기는 어떨까."

린코를 돌아보기는 했지만 하나코는 멀뚱멀뚱한 얼굴이다.

"하나코 짱, 이렇게!"

고스케가 오른발을 들어보이자 하나코도 고스케의 동작을 따라한다. 고스케가 조금 균형을 잃자 마찬가지로 몸을 흔들었다.

"나보다 안정적이네요!"

고스케의 말에 린코는 저도 모르게 웃고 말았다.

"다음은 걸어 볼래?"

고스케가 좌탁 주위를 천천히 걷는다. 하나코도 따라했다. 마치 두 명이 행진하는 듯했다. 고스케가 팔을 쳐들자 하나코도 쳐든다. 고스케가 악력계를 쥐자 하나코도 마찬가지로 그립을 쥐고 힘을 주었다. 근력이나 균형 유지 능력은 정상이다.

고마쓰 부부에 따르면 일상생활에서도 하나코는 문제가 없다고 한다. 집이나 가게에서 부부와 함께 정원의 잡초를 뽑거나 산나물 따는 걸 돕기도 하는 모양이다.

진찰 결과 심질환에 따른 중대한 증상은 찾을 수 없었다. 성격은 얌전하고 정신적인 문제가 있는 것처럼 보이지도 않았다.

유일한 문제는 낯가림이 심하다는 것이다. 하나코는 초등학교에도 다니지 않는다. 몇 번 학교에 데려갔지만 지카나 아쓰오의 손을 놓지 않아 교실에 머무는 것조차 힘들었다. 특별지원학교에 통학하는 것을 염두에 두고 아동상담소와 상담하고 있다고 아쓰오는 말했다.

린코가 기묘한 광경을 목격한 것은 진찰을 끝냈을 때였다.

지카는 가게에서 손님을 응대하느라 경황이 없었다. 린코가 진료차트에 기록하는 동안 하나코는 아쓰오의 뒤에 숨듯이 앉아 있었다.

문득 하나코의 부자연스러운 움직임이 눈에 들어왔다. 아쓰오의 오른팔에 가슴을 밀착하듯이 달라붙어 손을 뻗더니 아쓰오의 성기를 만지작거리는 것처럼 보였던 것이다. 하나코의 가는 오른팔이 독자적 인격을 가진 것처럼 아쓰오의 샅 근처에서 요염하게 움직였다. 아쓰오가 "하지마" 하고 억제된 목소리로 속삭이자 하나코는 재빨리 떨어졌다.

고스케는 하나코에게 등을 돌린 모습으로 진찰도구를 정리하고 있어서 그 모습을 보지 못했다. 그 뒤 아쓰오와 하나코는 아무 일도 없었던 것처럼 가게 앞에서 린코를 배웅했다.

클리닉으로 돌아가는 차량 안에서 고스케가 콧노래를 흥얼거린다.

"정말로, 다카오는~ 좋은 동네~."

고마쓰야에서 들었던 곡이다. 고스케의 콧노래를 들으며 린코 역시 경쾌한 기분이 되는 것을 느낀다.

하나코는 아무튼 건강했다. 고가 후미에와 같은 노인하고는 비교할 수도 없을 만큼 에너지로 충만해 있다. 아마노 다모쓰와 같은 신체기능의 불안정도 없고 지모리 아야코처럼 시한부 선고를 받은 것도 아니다.

지금껏 상대했던 환자들에 비하면 건강한 생명이라는 점에서 안정적이다.

"남은 건은 말하기 문제네."

"그렇죠. 트라우마라도 있는 걸까요?"

"마음의 상처라……."

도심으로 향하는 차량의 무리가 느릿느릿 움직인다. 다마가와를 건너 구니타치 시로 들어설 즈음에는 해가 저물고 있었다.

그날 저녁 린코는 봄바람에 이끌려 아파트 베란다로 나섰다. 볕이 드는 쪽에 있는 베란다의 금귤은 새로운 계절을 맞았는데도 잎이 성기다. 색깔도 노란색을 띤 것이 힘이 없어 보인다. 수액을 빠는 깍지진디는 전부 없애 주었지만 구제가 너무 늦었던 걸까.

그런데 한낮에 보았던 하나코의 손동작은 무엇이었을까.

너무나 뜻밖의 일이라 사태를 이해하지 못했다. 잘못 본 것인지도 모른다. 한순간에 일어난 해프닝일 수도 있다. 혹시 아쓰오에게 달라붙어 장난을 치던 것일까.

린코는 가든센터에서 구입한 감귤계 비료를 금귤 화분에 뿌렸다.

다카오에 다니기 시작하고 2개월이 지났다.

다카오산은 초록빛이 짙어지고 있었다. 녹음에 덮인 등산로 입구는 지나갈 때마다 마음이 끌린다.

5월 나들이철에 접어든 탓인지 일대는 가족들이나 중년 혹은 청춘 그룹으로 시끌시끌했다.

"부탁해요"

고마쓰야 가게 앞에서 등산객 그룹이 하나코에게 지도를 내밀었다. 하나코는 볼펜으로 몇 군데에 표시를 하고 있다.

"아, 선생님. 하나코 정말 대단해요. 야생화 피는 자리를 잘 알아요. 그래서 손님들 지도에 표시를 해 주는 서비스를 시작했답니다."

지카는 환하게 웃었다. 주위를 함께 걷다가 하나코의 능력을 알아챘다고 한다.

고마쓰야에는 '야생화 피는 곳을 알려 드립니다'라는 손글씨 포스터가 붙어 있었다. 문장 끝에 'by 하나 짱'이라고 빨간 글자로 덧붙여져 있다.

"하나 짱의 일기예보도 잘 맞습니다."

아쓰오도 환한 얼굴로 말했다. 하나코가 가게 앞에 우산을 내놓은 날이면 설사 아침에는 활짝 개어도 오후에는 비가 온다는 것이다.

하나코의 가슴에는 이름과 '말을 못 합니다'라는 글이 적힌 패찰이 흔들리고 있다.

하나코의 언어에 의지하지 않는 의사소통능력, 즉 비언어적 의사소통 능력은 놀라운 진보를 보여주었다. 정신적으로도 안정되어 고마쓰 부부가 없는 곳에서도 짧은 시간이라면 지낼 수 있게 되었다. 하지만 변함없이 대화는 하지 못한다.

"뭐, 괜찮아요."

하나코가 말을 하지 못하는 것에 대해 아쓰오는 늘 그렇게 말했다. 온화한 고마쓰 부부를 도우며 지내는 것은 하나코에게 딱 맞는 재활

환경일지도 모르겠다고 린코는 마음속으로 중얼거렸다.

하나코는 음식물에 대한 호불호도 강했다.

"그게 말이죠, 조금 이상합니다. 불고기 전골이라든가 초밥처럼 고급스런 음식을 싫어하는 것 같아요……."

지카는 쿡쿡 웃으며 하나코의 머리를 쓰다듬었다.

"음식물 알레르기하고는 관계가 없을까요?"

고스케는 고개를 갸웃거리며 하나코가 못 먹는 음식을 수첩에 적었다.

돌아갈 때 가게 계산대를 지나려다 온갖 풀이 꽂혀 있는 화병을 발견했다. 하나코가 장식한 것이라고 한다.

"와, 보기 드문 풀이군요!"

낯선 종류뿐이다. 화려함은 없지만 초록색 농담이 매우 매력적이었다.

"우리도 모르는 별난 풀들을 찾아내서 가져옵니다."

"재미있는 아이라니까요" 하며 지카가 웃는다. 하나코는 꽃병에서 풀을 한 줄기 뽑아서 린코에게 내밀었다. 레모네이드 같은 신기한 향이 난다.

"주는 거야? 고마워!"

하나코는 열심히 고개를 끄덕였다. 린코는 그 작은 식물을 가만히 수첩에 끼워 넣었다.

*

"어, 농땡이치고 있네!"

케이즈 키친의 문을 열자 웬일로 카운터에 앉아 텔레비전에 몰두하고 있는 케이 짱이 보였다. 저녁 뉴스 프로그램을 시청하고 있다.

"심술쟁이 교수! 농땡이치는 거 아네요. 이래봬도 손님을 상대하는 일이라 세상이 어떻게 돌아가는지 아는 것도 중요하다고요."

케이 짱이 입을 삐쭉거렸다.

"황금연휴인데도 안 좋은 사건이 있었네요."

가메 짱이 텔레비전을 보고 낯을 찡그렸다.

"일단 맥주 드릴까요?"

네 사람이 고개를 끄덕이자 케이 짱은 주방으로 사라졌다.

"근데 다카오 하나코는 상태가 어때? 뭐든 좋으니 좀 더 얘기해 봐."

지난 달 목요회에서 하나코의 사진을 보여준 뒤로 교수는 소녀에게 관심을 보이고 있었다.

"하나 짱은 어딘지 평범하지 않아요."

고스케가 주위에 손님이 없는 것을 확인하고 목소리를 낮춰 말한다.

식사 중에 환자에 관한 이야기가 화제에 오르는 일은 거의 없다. 환자의 프라이버시가 다른 손님 귀에 들어가면 안 되기 때문이다. 이날은 시간이 이른 탓인지 손님은 아직 린코 일행뿐이었다.

"가령 어떤 점이?"

교수가 흥미로워하는 표정으로 재촉한다.

"아쓰오 씨가 불전 앞에서 박수를 치자 하나코가 움찔하며 엄청 겁에 질린 적이 있어요."

"흐음. 그밖에는?"

"불고기와 초밥을 싫어해요."

고스케가 수첩을 보며 계속했다.

"그러고 보니 가게 앞에서 등산객 그룹이 맨손체조를 하고 있을 때 하나코도 그 무리에 들어갔는데, 동작을 전혀 따라하지 못했어요. 그건 또 왜 그럴까요……."

"운동기능이 완전히 회복되지 못한 걸까요?"

린코의 말에 오코치 교수는 고개를 갸웃거리고 팔짱을 꼈다.

"그렇군…… 비언어 커뮤니케이션은 가능한데 발화에는 문제가 있고, 트라우마가 의심되는 특이 행동이 있고, 운동기능에도 장애가 의심된다는 건가."

"문제가 다양하게 드러나고 있어서 이해가 어렵습니다."

하나코를 어떻게 치료해야 좋을지, 특히 의사소통 문제에 대해서는 전망이 서지 않는다는 것이 솔직한 생각이었다.

"음…… 아니, 잠깐만."

교수는 천장을 올려다보며 볼을 부풀렸다.

"왜요?"

"아냐. 모르겠어……."

다시 한번 혼잣말로 "모르겠어"라고 중얼거린 뒤 오코치 교수는 잔으로 손을 뻗었다.

"그래! 돈 노우야."

혼자 개운한 표정이 된 교수는 잔에 든 맥주를 힘차게 마셨다.

"다음 방문 때는 나도 가 볼까. 가메 짱, 내 스케줄도 짜 놔."

오코치 교수는 "하나 짱, 하나 짱, 귀여운 하나 짱" 하는 이상한 노래를 흥얼거리며 가메 짱 잔에 맥주를 따라주었다.

"뭐예요, 롤리타 콤플렉스 같잖아요!"

케이 짱이 교수를 살짝 흘겨본다.

"그런데 교수님, 애초에 하나코 방문진료는 왜 받아들이신 거죠?"

교수가 이토세의 어떤 말에 반응해서 받아들일 마음이 생겼는지가 궁금했었다.

오코치 교수는 갑자기 입을 다물어 버렸다.

곁에서 이야기를 듣고 있던 케이 짱이, "와카나 짱이죠?" 하고 말한다.

교수는 맥주를 두 잔째 비우고, "잠깐 화장실" 하며 자리에서 일어났다.

"무슨 말이죠?"

린코는 교수의 뒷모습을 눈으로 좇으며 케이 짱에게 물었다.

"가메 짱이나 고스케는 알고 있으니까 말해도 좋겠네요."

케이 짱은 그렇게 변명부터 해 두고 이야기를 꺼냈다.

지금으로부터 약 20년 전, 오코치 교수가 소화기내과의로 활약하던 시절의 이야기였다.

"그때 나는 신주쿠의 주점에서 일하는 평범한 바텐더였는데요."

케이 짱은 조금 부끄러워하는 표정이 되었다.

"선생은 우리 가게 단골이었어요, 지금처럼."

당시 오코치 교수는 선진 치료에 의욕적이어서 '신주쿠 의대 귀신'이라는 별명으로 불리고 있었다. 다른 의사가 포기한 환자를 대신 맡아서 모든 수단을 동원해 병에 맞섰다. 철저한 치료야말로 의사가 걸어야 할 길이라 주장했고, 또 그대로 행동했다고 한다.

오코치 부부에게는 그때 막 초등학교에 입학한 딸이 있었다. 이름은 와카나라고 했다.

"가엾게도 와카나 짱, 병이 발견되었어요……."

급성 임파성 백혈병으로 진단되어 신주쿠 의대병원 혈액내과에 입원했다고 한다. 힘겨운 검사와 치료가 이루어졌다. 하지만 병상은 점점 나빠졌고, "집에 가고 싶어" 하며 우는 일곱 살 딸의 목소리를 아버지는 들어주지 않았다.

오코치 부인은, "마지막으로 한 번이라도 좋으니 안아 주고 싶어요" 하고 무균실 유리창 너머로 딸을 들여다보며 애원했다. 하지만 남편은 아내의 말에도 귀를 기울이지 않았다. 그는 병원에 숙식하며 매일 밤낮 없이 유리창 너머에 있는 작은 딸을 격려할 뿐이었다.

얼마 지나지 않아 와카나는 눈을 감았다. 그리고 곧 아내가 남편 곁을 떠났다. 그가 마흔두 살이었을 때의 일이다.

"'왜 와카나를 집으로 돌려보내 주지 않았을까', '나만 영웅 기분에 취해 있던 거야' 하며 많이 울었다고 하더군요."

케이 짱은 고개를 숙인 채, "하나 짱을 떠맡은 건 아마 그 죄책감 때문일 거예요" 하고 혼잣말처럼 말했다.

자리로 돌아온 교수가 "한 잔 더" 하며 케이 짱에게 빈 잔을 내밀었을 때 가게 안에 도어벨 소리가 울렸다. 샐러리맨으로 보이는 남녀 다섯 명이 왁자하게 떠들며 가게로 들어선다. 그것이 신호라는 듯 케이 짱은 경쾌한 목소리를 냈다.

"맥주도 좋지만 간만에 키리키리 드시고 싶지 않아요?"

"오, 좋지."

오코치 교수가 안도한 표정을 지었다.

"그럼 네 잔 부탁해."

케이 짱이 카운터 안에서 작은 잔에 검은 액체를 따라서 가져왔다.

"아이스커피, 인가요?"

냄새를 맡으니 커피 같은데, 조금 달랐다.

"됐으니까 일단 마셔, 마셔."

빙글빙글 웃는 교수의 재촉에 린코는 조금 머금어 보았다.

"아, 써!"

보기에는 아이스커피인데 혀가 저릿하다.

"철쭉에 킬리만자로 원두를 1주일 동안 담아 둔 거야. 신주쿠 시절에 개발한 거지철쭉의 일종인 '키리시마'와 킬리만자로의 앞 두 음을 취해 만든 이름. 한편 흔히 쿡쿡 쑤시는 복통을 표현하는 의태어이기도 하다."

"네에? 안 돼요. 난 정말 알코올에 약하단 말예요. 가메 짱, 도와줘요!"

키리키리 잔을 가메 짱에게 넘기고 린코는 허겁지겁 물을 마셨다.

"우유를 타 마셔도 좋아요!"

고스케의 잔은 어느 샌가 커피우유 빛깔이 되어 있었다.

"그럼 디저트."

접객을 마친 케이 짱은 테이블로 돌아와 인원수대로 앞접시를 놓아주었다. 연갈색 거품덩어리가 한 입 크기의 팬케이크에 올라 있다. 스푼으로 떠 보니 잘 이겨 놓은 물엿 같았다.

"어, 응?"

달콤한 향과 독특한 풍미가 입안에 번진다. 씹어보니 부드러운 콩 같은 것이 들어 있다.

"이 토핑, 뭐죠?"

"혹시…… 끈적끈적한 그거?"

가메 짱이 미간을 찡그린다.

"벌꿀 낫토예요!"

케이 짱이 재료를 밝혔다.

다카오산을 찾는 행락객은 매주 수가 늘었다.

케이블카 역에는 장사진이 생기고 광장은 인파로 북적였다. 연간 등산객이 약 250만 명으로 세계 제일이라고 한다. 시부야나 신주쿠 역전이 차라리 걷기 쉽겠다고 느꼈을 정도나.

오코치 교수도 이날은 조금 늦은 시간에 고마쓰야를 방문했다.

오후 6시, 이미 가게는 문을 닫았다. 안쪽 주방에서는 지카가 저녁 식사를 준비하고 있다. 안내받은 다실 테이블에는 큰 접시에 담긴 요리가 김을 올리며 놓여 있었다. 직접 빚은 교자만두에 야채볶음, 돼지고기부추볶음 등등.

음식의 양으로 보아 린코 일행까지 대접할 생각인 듯했다. 옆에서 고스케가, "우와, 맛있겠다!" 하고 환성을 지른다.

"잠깐만요, 지금 하나코를 부를게요. 하나 짱! 선생님 오셨다!"

지카가 행주치마로 손을 닦으며 창고 겸 작업실 문을 열었다.

아쓰오와 하나코는 종이박스와 판지 더미 속에서 만주상자를 조립하는 일을 하고 있었다.

고개를 든 하나코가 린코와 눈길이 마주치자 빙긋이 웃는다. 아쓰오도, "아, 벌써 시간이 이렇게 됐나" 하며 작업하던 손길을 멈추었다.

방문진료 첫날 하나코의 기묘한 행위를 목격한 이래, 좁은 방 안에 두 사람이 있는 것만 봐도 린코는 가슴이 옥죄는 듯했다. 하지만 그 후 지난번 같은 행위는 전혀 눈에 띄지 않았다.

"하나 짱, 오늘은 그만하자."

하나코는 얌전히 고개를 끄덕였다. 주방에서 지카가 앞접시와 젓가락을 준비하고 있었다. 하나코가 아쓰오보다 한 발 먼저 다실에 들어왔다.

그때 믿기 힘든 일이 벌어졌다.

하나코가 갑자기 테이블에 있던 채소볶음 접시를 창밖으로 던져버린 것이다. 날카로운 소리가 들렸다. 밖을 보니 마당에 깐 돌 위에 깨진 접시와 음식이 흩어져 있었다.

"뭐하는 짓이야! 하나 짱!"

지카가 소리를 질렀다. 그런데 하나코는 더 험한 표정으로 이번에는 돼지고기부추볶음 접시를 집어 들더니 주저 없이 밖에 던졌다.

"뭐하는 거야!"

뒤늦게 들어온 아쓰오가 하나코의 팔을 잡았다. 하나코는 사납게 저항했다. 짐승처럼 거친 숨을 쉬며 아쓰오의 팔을 뿌리친다. 그러고는 만두 접시를 잡더니 또 창밖으로 내던졌다. 머리카락이 헝클어진 하나코는 눈이 불안하게 흔들려 당장이라도 울음을 터뜨릴 것처럼 보였다.

착란상태일까. 정신질환 징후를 놓치고 있었던 걸까.

고스케는 기겁한 것처럼 쪼그리고 앉아 있었다. 매달리는 심정으로 오코치 교수를 보니 냉정한 표정으로 하나코의 행동을 지켜보고 있었다.

하나코는 다시 테이블에 남아 있는 접시로 손을 뻗었다.

"음식을 망치지 마! 먹고 싶지 않으면 먹지 마!"

아쓰오가 거친 목소리로 소리치며 부릅뜬 눈으로 하나코를 노려보았다. 하나코의 얼굴은 전에 본 적이 없을 정도로 공포에 질려 있었다.

입을 잔뜩 일그러뜨린 하나코가 몸을 홱 돌려 마당으로 뛰어나갔다.

"하나 짱! 거기 서!"

지카가 당황한 목소리로 소리치며 따라가려고 했다. 그러나 다리가 풀려 제대로 서지도 못하는 모습이었다. 얼굴이 몹시 창백하다.

대신 고스케가 하나코를 쫓아갔다. 아쓰오와 린코, 그리고 교수도 뒤따른다.

하나코는 뒷문을 통해 모미지 광장으로 뛰어나가 언덕을 달려 올라갔다. 주변은 더 어두워져 있었다. 소녀의 모습은 이내 행락객에 섞이고, 석양에 가라앉는 것처럼 보이지 않게 되었다.

"하나 짱! 어디야?"

"돌아와! 하나코!"

린코 일행은 구역을 나눠 주변을 돌아다녔다.

30분 정도 지나 린코는 고스케와 합류했다.

"저쪽으로 달려가는 걸 봤다는 사람이……."

고스케는 케이블카 역 앞에 있는 계곡 옆 도로를 펜라이트로 비추며 걸었다.

어둠 속에 빨간 모자를 쓴 석불 무리가 드러난다. 하나, 둘, 셋…….

그때 린코의 휴대폰이 울렸다. 발신자 표시를 보니 고마쓰 아쓰오였다.

"하나 짱을 찾았나?"

그렇게 중얼거리며 린코는 통화 버튼을 눌렀다.

"여보세요, 미토입니다. 하나코 짱은……."

아쓰오의 절박한 목소리가 린코의 낙관을 밀어내듯이 돌아왔다.

"선생님! 아내가 큰일입니다!"

심상치 않은 듯하다.

"지카 씨가요? 지금 갈게요!"

다실에서는 아쓰오가 심각한 표정으로 아내의 몸을 흔들고 있었다.

"이봐, 지카! 지카!"

지카는 의식이 없었다. 호흡도 가늘다. 한시라도 빨리 고도의료시설로 옮길 필요가 있었다. 린코는 즉시 구급차를 불렀다.

지카의 급변은 하나코를 찾기 시작하고 몇 분 후에 시작되었다고 한다. 아쓰오가 회중전등을 가지러 돌아가 보니 집에 있던 지카가 몸을 웅크리고 괴로워하고 있었다.

잠시 후 심하게 구토하고 조금 안정을 찾은 아내를 보며 아쓰오는 '토한 덕분에 나아졌다'고 믿고 다시 하나코를 찾으러 밖으로 나갔다. 하지만 아무래도 걱정이 되어 집으로 돌아갔다가 의식을 잃고 쓰러진 아내를 발견했다고 한다.

이튿날 오후 린코와 고스케는 다카오 경찰서에서 출두 요청을 받았다. 아쓰오도 함께였다. 지카는 생명을 건졌지만 의식은 찾지 못하고 있었다.

"고마쓰 지카 씨는 치사성 중독 피해를 당한 것으로 보입니다. 정말 위험했습니다."

린코 일행을 맞은 형사과 주임은 주근깨 가득한 얼굴을 손으로 만지며 담담하게 말했다. 옆에서 젊은 형사가 메모를 하고 있었다.

검사 결과 지카의 토사물에서 수산칼슘과 리코린이라는 유독 성분이 발견되었다. 전자는 심각한 소화기장애와 호흡곤란을 일으키는 유독 성분이 들어 있기 때문에 독극물로 지정되어 있으며, 후자는 매우 강력한 최토구토를 일으킴 작용을 가진 알칼로이드이다. 두 가지는 모두 봄꽃으로 친숙한, 가련하게 생긴 구근식물 수선에 포함된 독이었다.

이 시기에 꽃이 떨어지고 남은 수선 모양을 부추로 착각한 사람들의 식중독 사고가 적지 않다고 한다.

"백합과의 부추와 수선화과의 수선은 꽃이나 뿌리 모양이 전혀 다르지만 잎은 꼭 닮았거든요. 가장 큰 차이는 냄새인데, 장소에 따라서는 부추와 수선이 섞여서 자라는 경우도 있습니다."

수선의 독은 치사량이 불과 10그램으로, 예전에는 독화살에도 사용되었다고 한다.

지카는 산에서 채취한 수선을 부추로 착각한 것이다.

하나코가 마당에 던진 요리—만두와 돼지고기부추볶음, 채소볶음을 조사해 보니 아니나 다를까 수선 잎이 많이 섞여 있는 것을 알았다.

"아내는 맛을 자주 보며 조리하는 버릇이 있어요. 뱃살이 느니까 그러지 말라고 해도 듣지 않았죠. 어제는 미토 선생 일행에게 대접해야 한다며 아침부터 부지런을 떨었으니 아마 평소보다 더 많이 맛을 보았을 테고……."

고개를 숙인 아쓰오는 양손을 꼭 쥐었다. 검버섯투성이 주먹에 핏

줄이 튀어나온 것이 보였다. 병원에서는 지카의 의식이 돌아올지 말지 반반의 확률이라 예단할 수 없는 상황이라고 했다.

젊은 형사가 입을 열었다.

"어제 현장에서 도주한 다카오 하나코는 아직까지 접촉이 없었나요?"

"현장에서 도주? 형사님, 그게 무슨 뜻이죠?"

되묻는 아쓰오에게 형사의 날카로운 눈길이 향했다.

"우리는 하나코가 고의로 수선을 섞었을 가능성도 버릴 수는 없다고 생각합니다."

"말도 안돼요. 하나코는 음식을 던져 버렸단 말입니다!"

아쓰오가 내뱉듯이 말했다.

형사는 아쓰오의 말을 무시했다.

"미토 선생은 하나코가 주방에 들어가거나 조리 전에 식재료를 만지는 것을 보지 못했습니까?"

이래서는 심문이나 다를 게 없다.

"하나코가 수선을 넣을 이유를 모르겠네요!"

젊은 형사는 위압적으로 어깨에 힘을 주며 고스케에게 몸을 돌렸다. 주근깨 형사가 손으로 말린다.

"동기는 있습니다. 고마쓰 씨는 잘 아실 텐데요."

"네?"

아쓰오가 소리를 높였다. 중년 형사는 작은 눈으로 린코 일행을 천천히 둘러보았다.

“고마쓰 씨, 부인은 고민하고 있었던 것 같더군요. 하나코에게 이상한 손버릇이 있다면서요.”

“손버릇이라니, 뭡니까, 그게?”

“수사 중이라 다 말씀드릴 수는…….”

린코는 흠칫 놀랐다. 그거다. 틀림없다. 하나코가 아쓰오의 성기를 더듬었던 것은 역시 잘못 본 게 아니었다.

아쓰오의 얼굴이 귀까지 벌게졌다.

“그런 걸 지카가 알고 있을 리 없어요!”

“부인이 이웃 분에게 고민을 털어놓은 적이 있다는 걸 탐문으로 알아냈습니다.”

“그런 얘긴 하지도 마시오.”

아쓰오는 고개를 저었다.

“난 그만두게 하려고 했던 겁니다!”

“네, 부인도 알고 있던 것 같습니다. 하나코는 그런 짓으로밖에 고마움을 표할 줄 모르는 아이라고. 하지만 어쩌면 부인은 그 일로 하나코를 심하게 혼낸 적이 있었는지도 모르지 않습니까? 어떻습니까, 고마쓰 씨?”

“우리 가설이 맞는다면 하나코는 혼낸 부인에게 원한을 품었다. 그래서…….”

젊은 형사가 자신만만한 표정으로 계속했다.

"바보 같은 소리 하지도 마시오!"

아쓰오가 벌떡 일어서는 바람에 파이프의자가 뒤로 넘어져 사무실에 금속음이 울려 퍼졌다.

"자, 자, 흥분하지 마세요. 확정된 건 아무것도 없습니다. 아무튼 하나코가 돌아오면 반드시 경찰에 연락해 주세요."

주근깨 형사가 시선을 꽂아 넣듯이 아쓰오의 얼굴을 쳐다보며 다짐을 놓았다.

돌아가는 차량 안에서 아쓰오는 후회가 밴 목소리로 린코와 고스케에게 말했다.

"선생님, 하나코는 경찰 조사를 견뎌낼 아이가 아닙니다. 그 아이는 학교도 병원도 무서워서 도망쳤을 정도니까. 하나코가 범인이라니, 그런 일은……."

오후 6시가 지나 있었다. 어제 하나코가 행방을 감춘 시간이다.

아쓰오는 등산로 입구에서 클리닉 차량을 내려 어둑한 길을 터벅터벅 걷기 시작했다. 멀리서 나무들이 흔들리며 쏴아쏴아 소리를 내고 있었다. 그때마다 아쓰오는 소리가 나는 쪽을 돌아다보았다.

"지카 씨가 빨리 의식을 찾았으면 좋겠어요!"

"아쓰오 씨도 몸조심하세요!"

아쓰오의 뒷모습을 향해 큰소리로 말했지만 그는 대답하지 않았다.

"거기, 한 번 더 보여줘!"

오코치 교수의 지시대로 고스케가 태블릿의 동영상을 조금 되돌렸다.

손말에 있는 것은 하나코가 걷는 모습을 찍은 동영상이다. 운동기능을 평가하기 위해 촬영한 것이었다. 손 흔드는 모습이 나오고 상반신이 확대되고 이어서 얼굴이 확대된다.

목요회 이외의 날에 교수가 클리닉을 방문하는 일은 드물었다. 교수는 화이트보드 앞에 서서 펠트펜을 잡았다.

"하나코에 대해서 아는 것을 정리해 보자고."

오코치 교수는 펠트펜 소리를 내며 화이트보드에 단어를 써나갔다.

'HT 10세? 여성 ①운동장애 ②언어장애 ③기이한 행위 ④심근증'

하나코의 이니셜, 연령에 이어 지금까지 확인된 증상을 열거했다. 전부터 누차 검토해 온 문제점들이다.

"미토 군, 이걸 보고 뭐 생각나는 거 없나?"

"이상소견이 넓은 범위에 걸쳐 있군요. 일원적으로 설명하기는 힘들어 보이는데……."

일반적으로 환자가 다채로운 증상을 보일 경우, 많은 질병이 동시발생했다고 생각하기보다 하나의 질병으로 복수의 증상이 나타난 거라고 생각하는 것이 자연스럽다.

가령 충수염에서는 발열, 식욕저하, 구토, 복통 등이 생긴다. 각각을 다른 질병에 의한 증상으로 생각하지 말고 충수염이라는 근본원인을 찾아내는 것이 중요하다.

즉 일원적으로 설명한다는 것은 다양한 증상의 배경에 있는 하나의 질환을 특정하는 것이다.

"분명히 광범위하지. 하지만 좀 이상하지 않아?"

린코는 교수의 진의를 파악하려 애썼다. 오코치 교수가 이렇게 열의를 보이며 입증하려 할 때는 뭔가가 있는 것이다.

"하나코는 왜 언어를 쓰지 않지? 왜 맨손체조 동작을 따라하지 못하지? 왜 특이한 편식을 하지?"

오코치 교수는 연달아 질문을 던졌다.

"어때, 고스케 군?"

"……모르겠네요."

고스케의 대답에 교수가 빙긋이 웃었다.

"그래. 모른다, 즉 돈 노우야."

"네?"

케이즈 키친에서 일전에 교수가 똑같은 말을 했던 것이 생각났다.

"몰랐던 거야, 하나코는. 그 아이는 우선 언어를 몰라. 맨손체조 동작을 몰라. 생선이나 계란 같은 식자재의 맛을 몰라. 병원이나 학교라는 환경, 거기서 어떻게 지내는지를 모르는 거야."

"혹시 하나코는 일본인이 아니라는 건가요?"

설마, 하며 린코가 추론을 내놓아 보았다.

"그러고 보니 외국에서는 웬만해서는 날것을 먹지 않는다고 들었어요."

"맞아."

교수는 고개를 크게 끄덕였다.

"가설은 검사 데이터로도 보강할 수 있어. 이 수치를 보게."

교수가 제시한 것은 하나코의 혈액검사 데이터였다.

"다카오 병원의 이토세 군에게 어제 받은 팩스야. 특수한 항목을 검사한 거라서 결과가 나오는 데 시간이 좀 걸린 모양이야. 자, 여기야."

교수가 가리킨 것은 요소와 셀레늄이었다. 모두 기준치를 밑돌았다.

"요소 결핍은 갑상선 부종을 일으키고 셀레늄 결핍은 심근증으로 연결될 위험이 있지."

"아, 하나코의 목!"

고스케가 아까 보았던 동영상을 다시 재생했다. 카메라 렌즈를 통과한 빛의 상태 탓인지 모르지만 하나코의 목에 있는 부종이 선명하게 보였다.

"그래, 고스케 군. 일본인은 해조류를 많이 먹어서 요소 부족은 드물어. 하지만 아시아 내륙부 같은 데서는 적지 않지."

"교수님, 공부가 부족해서 죄송해요. 셀레늄이란 건 뭐죠?"

"셀레늄도 필수원소 가운데 하나인데, 땅이나 물에 셀레늄이 적은 지역에서는 심근증 환자가 많이 확인되거든. 특히 심근증 환자가 많았던 중국 흑룡강성 케샨 현의 지명을 따서 '케샨병'이란 풍토병처럼 불리기도 하지."

"케샤병……."

린코와 고스케가 동시에 말한다. 교수는 가방에서 영문 원서를 꺼냈다.

"하나코가 보호되었을 때 확인된 운동장애도 오랜 구속이 원인이었을지 몰라. 그렇다면 이런 보고서도 참고가 되겠군."

문헌은 국제기관이 공동으로 발행한 것이었다. 유엔 약물범죄사무소나 국제형사경찰기구라는 익숙한 기관명이 나열되어 있었다. 문서 제목은 〈중국대륙으로부터의 불법 입국과 밀항 비즈니스—국제인신매매의 실태〉였다.

초저녁의 케이즈 키친은 평소처럼 한산한 공기가 감돌고 있었다.

찬물을 마시던 고스케가 갑자기 일어나 텔레비전을 가리켰다.

"뭐, 뭔데."

"왜 그래?"

"이거, 혹시 하나 짱의……."

요리 이야기로 이야기꽃을 피우던 가메 짱과 린코는 벽에 걸린 액정 화면을 쳐다보았다. 민방 뉴스 프로그램이 나오고 있다.

중동이나 아시아 등 세계 각지에서 횡행하는 밀항 비즈니스에 대한 보도였다. 이런 업자 대부분은 가난한 부모에게 자녀를 사서 매춘이나 강제노동에 동원하려고 해외로 '공급'하는 인신매매에도 가담하고 있다. 비좁은 선박이나 컨테이너에 아이들을 몰아넣고 혹은 대형 여행가

방에 넣어 국경을 넘는 것이 흔한 수법이다. 거래 가격은 일인당 수천 엔에서 수십만 엔이라고 한다.

"끔찍하군. 전 세계에 이런 이야기가 수두룩해."

케이 짱이 낯을 찡그린다.

고스케가 말한 것처럼 하나코와 같은 상황이다. 린코는 교수가 보여준 문헌을 떠올렸다.

"좁은 배에 장기간 갇혀 있던 탓에 걷지 못하게 된 아이가 있다고 해도 이상할 게 없군요."

텔레비전 화면은 중국 내륙부의 벽촌으로 보이는 풍경에서 도쿄로 바뀌어 있었다.

"이런 가운데 신주쿠, 가부키초에 있는 허브 전문점이 중국에 본거지를 둔 인신매매 조직의 아지트일 혐의가 짙어 오늘 경시청이 수색을 했습니다—."

수상쩍은 가게 내부 모습, 부근 아파트에서 젊은 여자들을 줄줄이 데리고 나오는 경찰관 모습이 카메라에 비쳤다. 평범한 가게 내부 모습도 '자료영상'이란 자막과 함께 나온다. 어두한 조명 아래 다양하게 생긴 허브 패키지 상품이 진열되어 있고, 벽에는 처음 보는 식물의 일러스트가 그려진 포스터가 붙어 있었다.

포스터 중앙에 그려진 허브에 시선이 빨려들어갔다. 린코는 가슴이 두근거리는 것을 느끼며 수첩을 열었다. 하나코가 선물한 풀과 비슷하지만 가만 보니 엽맥의 형태가 미묘하게 달랐다.

*

사흘 뒤 경찰에서 연락이 왔다. 하나코가 야마나시 현 오쓰키 시에서 발견되어 신주쿠 경찰서에 보호되어 있다는 것이다.

린코는 고마쓰 아쓰오와 함께 신주쿠 경찰서로 갔다.

그들이 안내된 넓은 회의실 같은 방에는 남자 여러 명이 앉아 있었다. 다카오 경찰서에서 만난 주근깨 형사도 보였다. 린코와 아쓰오는 세련된 빨간 넥타이를 맨 남자가 권하는 의자에 앉았다. 가부키초 허브 전문점 수색을 지휘한 형사라고 했다.

"뉴스를 보셨겠지만 저희가 검거한 조직은 허브 전문점을 은신처로 삼아 인신매매를 하는 중국 마피아였습니다."

빨간 넥타이 형사의 설명에 따르면 문제의 조직은 주로 중국 농촌 지역의 여성을 일본에 보내는 일을 해 왔다고 한다. 중국 여성들이 가게 되는 곳은 격증하는 중국인 관광객을 상대로 매춘을 알선하는 신주쿠의 풍속점이다.

"이번에 여러분이 다카오 하나코라 부르던 소녀도 그 가운데 하나로 판명되었습니다."

하나코는 흑룡강성 산골 출신으로 많은 소녀들과 함께 배에 실려 일본으로 왔다. 원래 체력이 떨어져 있던 차에 약 2주간이나 컨테이너에 갇혀 있어서 일본에 도착했을 때는 제 힘으로 일어설 수도 없었다. 호흡과 박동도 불안하게 빨라 손님을 받을 수 없는 상태였다고 한다. 역시 하나코의 운동장애는 장기간의 구금에 따른 폐용증후군이었던 것이다.

“가부키초에서 써먹을 데가 없는 아이라고 포기하고 내다 버린 겁니다.”

하나코의 ‘처리’를 명령받은 말단 조직원은 정처도 없이 하나코를 데리고 교오선 하행열차를 탔다. 그러고는 한밤중에 종점인 다카오산구치 역에 내려 산기슭에 하나코를 버렸다고 증언한 모양이다.

“그자는 소녀의 고향사람이었습니다. 그래서 차마 죽이지 못한 거죠. 그래도 한겨울 심야였으니 하마터면 목숨이 위험했습니다.”

다카오 경찰서의 주근깨 형사는 “해도 해도 너무하는군” 하고 한숨을 지었다.

말단 조직원의 자백을 받은 신주쿠 경찰서는 다카오 경찰서에 하나코의 발견과 실종에 관한 정보를 요청하는 한편 범죄에 말려들 우려가 있는 ‘특이 행방불명자’로서 경찰청에 조회했다. 그 결과 비슷한 소녀가 나흘 전 오쓰키 시내의 빈집에서 발견되어 보호 중임을 알았다고 한다.

“말단 조직원은 소녀를 유기할 때 ‘절대로 중국어를 말하면 안 된다’고 교육시켰어요. 중국인이란 게 알려지면 신원이 밝혀져 조직이 위험해진다, 그렇게 되면 고향에 있는 부모를 죽이겠다고 하나코를 협박한 겁니다.”

“하지만 하나코가 무슨 말을 한 마디 했다고 들었습니다만…….”

린코가 묻자 빨간 넥타이 형사는 수첩을 펴고 “‘오로라’죠?”라고 대답했다.

"맞아요, 그거였어요!"

아쓰오가 반가워하는 얼굴이 되었다.

"중국어에 '배고프다'라는 표현이 있습니다. 한자로 '아료餓了'인데, 그 독음이 '으어러'로 들린다고 합니다."

하나코는 굶주린 나머지 금지된 모국어를 저도 모르게 말하고 말았을 것이다.

"얼굴도 일본인과 다를 게 없고, 영업을 위해 머리도 다듬었고, 입은 옷도 전부 일본제였어요. 그러니 외국 말만 하지 않으면 당연히 일본인일 거라고…… 뭐, 우리가 감쪽같이 속은 겁니다."

주근깨 형사가 결론을 내렸다.

린코도 마찬가지였다. 어색한 일본어를 했다면 금방 외국인으로 의심했을 것이다. 하지만 말을 전혀 하지 않는 하나코를 보고 육체나 정신에 무슨 병이 있는 거라고 믿었다.

그때 아쓰오가 입을 열었다.

"다행이네요…… 하나 짱은 말을 할 줄 아는 거군요, 형사님?"

빨간 넥타이 형사는 허를 찔린 얼굴이 되었다. 하지만 그것도 잠깐이었다.

"향후 소녀에 대한 조치 말인데, 절차가 끝나는 대로 중국으로 송환될 겁니다. 그래서 두 분께 소녀의 의료나 생활에 대하여 묻고 싶은 게 있습니다. 사실 소녀가 귀국 후 제대로 된 진료를 받을 수 있다는 보장은 없지만…….”

그러자 아쓰오가 힘주어 말했다.

“형사님! 자식을 팔아넘긴 부모에게 돌려보낸다는 겁니까!”

빨간 넥타이 형사는 안타까워하는 얼굴이었다. 아쓰오가 목에 건 수건으로 연방 얼굴을 훔치고 있었다.

“그 애는 부모나 고향을 원망하진 않을 겁니다. 그러니까 지금껏 말을 하지 않고 버틴 거죠.”

그때 누군가 형사에게 메모를 건넸다.

“……준비가 된 모양이군요.”

방문이 열렸다.

여성 경관의 안내를 받으며 들어온 것은 하나코였다.

회색 티셔츠에 감색 운동복을 입어서인지 평소의 하나코와는 분위기가 달랐다. 하지만 아쓰오와 눈이 마주치는 순간 넘칠 듯한 미소가 피어올랐다.

“하나코…….”

아쓰오가 그렇게 말하며 달려가려는 것을 형사가 제지했다.

여성 경관이 하나코에게 말을 건넨다. 일본어가 아니다. 하나코는 조금 긴장한 표정으로 고개를 끄덕이더니 뭐라고 말하기 시작했다. 유창한 중국어다.

하나코의 말을 여성 경관이 통역한다.

“제 이름은 우엔슈에메이, 열두 살입니다. 지금까지 입을 다물고 있어서 미안합니다…….”

슈에메이라고 밝힌 하나코는 차분한 목소리로 말했다.

작년 12월 마을에 나타난 남자를 만나, 그날로 트럭에 태워졌다. 항구 근처 초대소에 약 한 달간 머물며 간단한 일본어와 남성 고객을 기쁘게 하는 '기법'을 교육받았다. 선창에 갇힌 여성 약 30명 중에서 자신이 제일 어렸다. 일본에 도착한 뒤 걷지 못해서 살해될 수도 있겠다고 각오했다…….

아쓰오는 수건으로 입을 가린 채 눈을 크게 뜨고 있었다.

"다카오산에서 정말 행복했어요. 모두들 친절했어요. 물건을 팔지 못해도 얻어맞지 않았어요. 밥을 많이 먹어도 혼나지 않았어요."

그 하나코가 술술 말하고 있다. 믿기지 않는 광경이었다.

"못 먹는 음식도 있었어요. 날생선이나 날계란…… 먹어본 적이 없어서 처음에는 아주 싫었어요. 하지만 차차 먹을 수 있게 되었어요."

이제야 이해가 되었다. 초밥이나 생선회, 날계란을 사용하는 전골요리 등을 하나코가 먹지 않은 이유는 오코치 교수가 말한 '돈 노우'였음을.

하나코가 아쓰오에게 했던 그 행위도 반사적인 것이었으리라.

린코 일행이 방문한 날, 하나코는 낯선 사람의 등장에 두려웠을 게 틀림없다. 언어가 통하지 않는 병원이나 학교가 두려웠던 것처럼. 어렵게 얻은 고마쓰야에서의 생활을 지키고 싶은 마음에, 혼란 속에서 튀어나온 행위였던 것이다.

"친절하게 대해 주셔서 고맙습니다."

하나코가 머리를 깊이 숙였다.

"하지만 독초는 더 일찍 알아차렸으면 좋았을 텐데……."

하나코는 눈물을 글썽거렸다.

"마마 소식은 형사님에게 들었어요. 그날 식탁을 보고 깜짝 놀랐어요. 음식에 들어간 것은 '지오우차이'가 아니었어요. 독이 강한 잎이었어요. 모양이 비슷해서 흔히 헛갈리죠. 먹지 못하게 해야 한다고 생각했어요. 정말 죄송해요, 파파."

아쓰오는 얼굴이 온통 우그러져 고개를 크게 가로저었다.

하나코는 고마쓰 부부를 모국어로 '파파' '마마'라고 불렀다. 중국어를 몰라도 그것은 알아들을 수 있었다.

아쓰오가 입에 댔던 수건에서, "다행이다, 다행이다" 하는 혼잣말과 오열이 새어나왔다.

문득 전자음이 요란하게 울렸다. 아쓰오가 허리쌕에서 휴대폰을 꺼내 불안한 손놀림으로 조작한다.

"여보세요……."

잠깐 침묵이 이어졌다.

"……감사합니다! 정말 감사합니다!"

휴대폰을 귀에 댄 채 아쓰오는 연방 머리를 숙였다.

"지, 지카가 방금 깨어났다고……."

아쓰오는 말을 잇지 못하고 울면서 무너지듯 앉았다.

통역의 말을 들은 하나코는 제지를 뿌리치고 아쓰오의 목을 얼싸안았다.

하나코가 뭐라고 격하게 말했지만 통역은 그 말을 전하려 하지 않았다. 하지만 그것이 지극한 기쁨을 표하는 말이라는 것은 알 수 있었다.

시간을 확인한 빨간 넥타이의 형사가 여성 경관과 하나코에게 퇴실을 재촉했다.

하나코의 표정이 문득 흐려진다. 그녀는 아쓰오의 얼굴을 올려다보며 작별의 말을 했다.

"다카오산의 파파와 마마, 고마웠어요. 저는 정말 행복했습니다. 부디 늘 건강하세요."

하나코의 눈에서 커다란 눈물방울이 굴러 떨어졌다. 아쓰오가 입술을 떨며 하나코의 손을 잡았다.

"우리야말로 고맙다. 하나코도 건강해야 해. 하나코, 고마워. 하나코……."

그러고는 차마 말을 잇지 못했다.

클리닉의 탁자 위에서 린코의 휴대폰이 진동음을 냈다. 옆자리에 엎드려 있던 고스케가 귀찮은 듯이 고개를 움직인다.

엄마의 전화였다. 아빠의 상태가 나빠져 시설에서 병원으로 옮겼다고 한다.

평소보다 일찍 일을 마치고 아빠가 입원한 네기시 병원으로 향했다.

네기시 병원은 가드니아 신요코하마에서 멀지 않은 시설 제휴병원이다. 아빠에 대한 링거 지시 등은 이 병원에서 내리고 있다. 과거에 폐렴이나 경련을 일으켰을 때도 같은 병원에 입원했다.

병실에 가 보니 엄마는 이미 와 있었다.

아빠는 산소마스크를 달고 있다. 산소 유량은 5리터. 중증인 것이다. 코를 고는 것 같은 호흡에 가래가 걸려 괴로운 듯한 표정이었다. 린코가 손을 잡아 보니 몸이 많이 뜨겁다. 항생제가 효력을 발휘하면 되는데, 그렇지 않으면 생명이 위태로울 수 있는 상태이다.

너스스테이션에서 설명을 들은 린코는 암담한 심정이 되었다.

그제 엄마가 아빠 입에 오렌지주스 몇 방울을 흘려 넣었다고 한다. 주스와, 주스의 자극으로 나온 타액이 기관지로 흘러들어가 오연성 폐렴을 일으켰던 것이다.

"냄새만 가지고는 자극이 부족할 것 같고 미각도 자극하면 좋지 않을까 생각했거든. 정말 쪼금이었어. 너도 알지? 아빠가 얼마나 먹성이 좋았니. 뭐든지 맛있다면서 잘 드셨잖아……."

엄마는 변명을 반복했다.

"입으로 음식을 넣어 주는 건 위험하다고 그렇게 말했는데."

힐난하듯 말하자 엄마는 발끈한 표정으로 린코를 쳐다보았다.

"이것저것 다 포기해 버리면 아빠가 불쌍하잖니! 낙이라고는 냄새나 소리 같은 것밖에 없는 사람인데."

린코도 아빠가 뭔가를 낙으로 삼고 있기를 바란다. 하지만 냉정하게 보면 그렇게 생각할 수 없다.

신음 같은 호흡음이 들린다.

"이렇게 괴로워하는 건 가엽지도 않아?"

엄마는 아빠 팔을 끌어안았다.

"미안해요. 정말 미안해요. 당신을 기쁘게 해 드리고 싶었어요."

엄마는 아빠 가슴을 사랑스럽게 쓸어 주며 울었다. 이렇게까지 나약한 엄마는 본 적이 없었다. 엄마도 괴로운 것이다. 린코도 더는 책망할 수 없었다.

마침내 엄마는 고개를 떨군 채 연방 한숨을 지으며 의자에 앉았다. 린코는 아빠 이마에 얹은 수건을 들고 얼음물에 적셔 꼭 짰다. 물방울 소리가 실내에 울렸다.

이토세로부터 메일이 왔다. 클리닉 왕진차량을 타고 주차장에서 내려 다음 환자의 집으로 걸어가고 있을 때였다.

제목은 '다카오 하나코 건'이라고 되어 있었다. 하나코를 마지막으로 만나고 3개월이 지났다.

횡단보도 신호등이 빨간불로 바뀌자 린코는 멈춰 서서 메일을 열었다.

'미토 짱, 잘 지내지? 이번에 재활학회에서 다카오 하나코 사례를 발표하게 되어 보고차 연락하는 거야. 강연 제목은 〈소아의 폐용성 증후군의 일례〉.'

이토세답다. 학회 발표 준비도 빈틈없이 하고 있었구나, 하고 생각했다. 이토세의 자신만만한 표정이 떠올랐다.

'PS. 고마쓰 부부가 하나코의 양부모가 되려고 절차를 밟고 있어! 두 사람은 요즘 맹렬하게 중국어를 공부하는 중이래. 다카오산 상가회가 중심이 되어 외국의 어려운 어린이를 돕는 자원봉사단체를 만드는 움직임도 있다더군. 그럼 또 봐. 이토세.'

"양부모?"

하나코는 다시 고마쓰 부부와 살 수 있게 될까?

메일만으로는 부족해서 이토세에게 전화했다. 그리고 같은 내용을 그의 목소리로 한 번 더 들었다.

소식을 주어 고맙다고 말하고 전화를 끊으려는데 그가 목소리를 한 단 낮춰 말했다.

"……그런데, 그 자원봉사단체 말인데, 이름이 '다카오산 오로라 모임'이래. 다카오산에 오로라라니, 좀 웃기잖아?"

이토세는 납득하지 못하겠다는 투로 말하고 웃었다.

"린코 쌤, 뭐하세요!"

어느새 횡단보도를 건넌 고스케가 린코를 재촉했다. 초록 신호등이 점멸하고 있었다.

"미안. 하나코 짱의 기쁜 소식이야!"

린코는 뛰면서 고스케에게 휴대폰을 흔들어 보였다.

"뭔데요?"

다카오산에는 복을 부르는 덴구 전설이 있다고 했던 고스케의 말이 생각났다.

"덴구님의 은총인지도 모르지!"

린코는 고개를 갸웃거리는 고스케를 향해 뛰어갔다.

장기생존자

바람이 수많은 피리가 울리는 듯한 공명음을 내고 있다. 막 10월에 접어들었다. 무사시 방문클리닉 창문으로 보이는 하늘이 금방 어두워졌다.

오전 8시 반, 테이블에서 조식으로 찹쌀떡을 먹는데 가메 짱이 새 환자의 소개장을 건넸다. 린코에게 낯익은 이름이 적혀 있었다.

"곤노 이사오라면, 설마 신주쿠 의대 명예교수?"

"설마가 아니라 진짜예요. 방금 대학에서 온 소개장입니다."

놀란 린코가 손에 묻은 밀가루를 털어내고 소개장을 테이블 중앙에 내려놓았다. 소개자 난에는 붉은 펜으로 '오코치 히토시'의 서명이 있었다.

곤도 이사오, 72세. 신주쿠 의대병원에 열흘 전 입원하여 췌장암 진단을 받았다. 발견이 힘든 췌장 꼬리 부분에 생긴 암이다. 여명은 3개월. 환자 본인에게도 통지되었다. 그러자 환자는 며칠 안에 퇴원하여 자택에서 요양하겠다고 했다는 것이다.

"설, 마……."

린코는 손으로 입을 막았다. 이중의 의미에서 충격이었다.

잘 아는 의사가 말기 암 환자라는 사실에, 그리고 까마득히 높은 존재였던 명예교수를 자신이 담당하게 되었다는 상황에.

곤도 명예교수는 외과학 교수 출신으로, 소화기 암의 권위자로 알려져 있다. 조금이라도 나을 가능성이 있다면 마지막까지 그 가능성을 붙들고 수술을 감행하는 정열적인 모습이 언론에도 여러 번 보도되었다. 그 평판을 듣고 전국에서 소화기 암 환자들이 모여들었다.

린코는 신주쿠 의대를 졸업하고 그대로 모교 대학병원에서 연수를 시작했다. 당시 곤도 이사오는 병원장이었다.

병원장은 신주쿠 의대병원에 근무하는 의사 약 500명의 수장이다. 일개 연수의는 말도 붙여 볼 수 없을 만큼 까마득한 존재다.

린코는 곤도 병원장 앞에서 큰 실수를 한 적도 있었다. 2년간의 전기 연수를 수료할 즈음, 다른 국립대학병원으로 옮기려고 생각할 때였다.

옮기려면 원장의 추천서가 필요한데, 그 추천서를 받기 위해 원장과 면담하기로 한 약속에 지각하고 말았다. 평소처럼 외래진찰을 너무 늦게 끝낸 탓이었다.

"자네 때문에 오 분을 낭비했어."

숨을 헐떡이며 원장실에 도착하자 곤도 원장은 제약회사 의약정보 담당자들에 둘러싸여 원장실을 나가는 참이었다.

"아직 외부로 나가 연수할 여유는 없는 것 같군. 무리하지 말고 여기 남게. 이곳은 환자도 많고 좋은 지도의도 많잖아."

린코는 면목이 없어 멀거니 선 채 한 마디도 못했다. 다시 면담을 신청할 용기가 나지 않았다. 결국 대학에 남아 종합진료과에 들어갔다. 그리고 10년 이상 지났다.

소개장 끝에는 '재택 의료를 희망하니 잘 부탁합니다'라고만 덧붙여져 있었다.

"이렇게 짤막하게…… 너무하네."

린코는 혼잣말처럼 중얼거리며 신주쿠 의대병원 종합진료과에 전화를 걸었다. 오코치 교수는 외래진찰 중일 것이다. 진찰실 간호사가 연결해 주겠다고 했지만 교수는 좀처럼 받지 않았다.

잠시 후 교수가 노골적으로 언짢아하는 목소리로 전화를 받았다.

"외래 중이니까 간단히."

"진찰 중에 죄송합니다. 지금 곤도 선생의 소개장을 받았는데……."

그 순간 오코치 교수의 목소리가 나긋나긋해졌다.

"아, 그거. 미안하지만 잘 부탁해. 외과 교수들이 긴히 부탁하더라고. 다시 연락이 갈 테지만, 아마 모레 퇴원이라지?"

뜨악할 정도로 상냥한 목소리였다. 그래서 더 이상한 상황처럼 느껴졌다.

"왜 이렇게 빨리 퇴원하시는 거죠? 더구나 재택의가 저여도 괜찮습니까?"

"소화기외과도 간절하게 말렸다고 하는데 곤도 선생이 완강하게 치료를 거부하시니."

곤도 명예교수가 대학병원에서 치료받기를 거부하는 모양이다. 항암제 치료는 고사하고 치료 방침을 상의하려는 담당의에게, "아무것도 안 해"라며 잘라 말했다고 한다.

"완전한 치료 거부― 정말이에요? 완화요법도 안 하시겠대요?"

췌장암 치료에서는 진행된 4기라도 수술이 검토된다. 수술이 어렵다고 판단되면 화학요법, 즉 항암제가 선택된다. 화학요법을 견딜 수 있는 체력이 없다면 치유를 지향한 적극적 치료가 아니라 병상 완화를 위한 치료가 이루어진다.

곤도 명예교수의 경우 수술이나 화학요법을 거부하는 건 이해가 간다. 하지만 탈수증상 개선이나 통증 제거 같은 완화치료까지 안 하겠다는 것은 어째서일까.

"믿기지 않겠지만, 뭐 그렇게 됐어. 수분 보급을 위한 링거 처치 정도는 어떻게든 동의를 얻어서 천천히 연착륙시키는 게 좋지 않을까.

아무튼 미토 군에게 맡길게. 무슨 일이 있으면 언제든 연락해."

전화를 끊었을 때 린코의 손바닥은 땀에 젖어 있었다.

"어려운 분인가요?"

가메 짱이 걱정스런 얼굴로 린코를 쳐다보았다. 세간에 '슈퍼 닥터'로 잘 알려진 명예교수의 주치의가 된다— 그런 말은 입에 담고 싶지도 않았다. 린코는 말없이 고개를 끄덕였다.

"아무리 명예교수라도 똑같은 인간이잖아요."

고스케가 가볍게 말했다. 맞는 말이지만, 그게 그렇지가 않다. 고스케는 모를 것이다. 곤도 명예교수는 환자뿐만 아니라 많은 의사들에게도 최후의 보루이자 구세주였다. 치료법이 없을 때는 곤도 명예교수에게 부탁하면 반드시 치료의 서광을 볼 수 있다고 할 정도였다.

가메 짱이 곤도 명예교수의 약력을 인터넷으로 검색하여 읽기 시작했다.

"……일본에서 소화기 암 수술을 비롯한 암 치료의 일인자이며 암에 대한 적극적 치료를 주장하는 『포기하지 않는 암 치료』, 『암 치료, 늦었다고 말하지 말라!』 등 다수의 저서로도 유명하다……."

가메 짱이 컴퓨터 화면을 보며 고개를 갸우뚱거렸다.

"『포기하지 않는 암 치료』의 저자가 정작 자신에 대한 치료는 포기해 버렸군요. 이건 대체 뭐죠?"

가메 짱의 의문은 당연했다. 췌장을 포함한 소화기 암의 전문가인 만큼 치료법이 없다는 것을 알자 어떤 의료 행위도 소용없다 생각하고 완화치료마저 거부하기에 이른 것일까?

오코치 교수가 한 말은, "링거를 맞으며 천천히 죽음을 맞게 해 드려"라는 것뿐이었다. 먹던 찹쌀떡이 더는 내키지 않아 냉장고에 넣어 두었다.

휘몰아치는 바람소리가 점점 거세지고 있었다.

태풍이 올라오는 10월 7일이 곤도 명예교수의 집을 처음 방문하는 날이었다.

오기쿠보 역 남쪽 출구에서 차로 몇 분을 달려 젠푸쿠지가와 강물이 크게 에도는 주택가에 위치한 교수의 집에 도착했다.

린코의 키보다 훨씬 높은 문 옆에는 적송 고목이 가지를 늘어뜨리고 있었다. 그 밑동에는 하얀 대상화 꽃이 피어 있다.

린코는 손가락을 옷에 문질러 닦고 인터폰을 눌렀다. 잠시 후 기품 있는 은발 여성이 나타났다. 곤도 부인이다. 차분하고 튀지 않는 인상이지만 독재자 같은 명예교수를 내조해 온 어진 부인이라는 소문을 들은 적이 있다.

"잘 부탁드립니다."

부인은 그 말만 하고 조용히 고개를 숙였다. 현관에 들어서자 향을 피웠는지 은은한 향내가 났다.

안내를 받아 들어선 다다미방은 16첩이 될까 싶은 넓은 방이었다. 장지가 닫힌 어두운 방 중앙에 옻칠한 까만 탁자가 있고 책이나 서류가 쌓여 있었다. 필기구나 돋보기, 탁상달력, 탁상시계, 여행지에서 찍은 사진 등도 가지런히 놓여 병실이라기보다 서재 같았다. 탁자 옆에 명예교수의 이부자리가 깔려 있다.

신성한 곳에 들어선 것 같아 린코는 문지방 앞에서 걸음을 멈추었다.

부인의 눈짓을 받고 천천히 이부자리로 다가갔지만 자신처럼 미숙한 의사가 나타나 명예교수가 불쾌해하지나 않을지 불안했다.

린코는 베갯맡에 무릎을 꿇었다. 눈앞에 있는 사람이 곤도 이사오라는 사실이 믿기지 않았다.

명예교수는 눈을 감고 있었다. 너무나 편안한 표정이라 말을 걸기도 망설여졌다.

그때 요란한 소리가 났다. 고스케가 진료차트 파일을 떨어뜨린 것이다.

왕년에 강대한 권위를 과시하던 주인공이 눈을 떴다. 볼이 움푹 팬 것이 놀랄 정도로 야위었다. 하지만 여전히 날카로운 시선은 틀림없는 곤도 원장이었다. 이 찌르는 듯한 눈초리 아래서 수련의 생활을 시작했었다. 그때 저지른 온갖 실수들이 머리를 스쳤다.

초진 환자를 어느 진료과에 배정할지를 판정하는 통칭 '배정 외래'를 담당했을 때도 그랬다. 의사가 되어 처음 환자를 대면한 이래 린코는 늘 '좀 더 빨리'라는 소리를 들어왔다. '배정'에 시간을 너무 끈 탓에 다른 환자들을 기다리게 만들고 병동 간호사를 힘들게 하고 자신도 늘

점식식사를 챙기지 못했다. 병원장의 면담 약속을 어긴 것도 그런 일상의 연장선상에 있었다. 당시의 기억이 린코의 머릿속에 떠올라 낯이 뜨거워졌다.

베갯맡에서 시끄러운 소리를 낸 실수를 얼른 사과해야 할 텐데. 린코는 잠시 아무 말도 할 수 없었다. 뭐라고 자기소개를 하고 뭐라고 인사해야 하나. 긴장감은 수련의 시절과 똑같았다.

"죄, 죄송합니다! 선생님."

린코가 간신히 입을 열었다.

"미토 린코 군인가."

깜짝 놀랐다. 이름을 기억하고 있어서가 아니다. 그 목소리가 셀로판을 울리는 것처럼 가늘고 높았기 때문이다. 모두들 두려워하던 탁한 목소리는 흔적도 없었다.

길지 않구나, 여명이 3개월이라더니 정말이구나, 하고 실감했다.

"곤도 선생님, 좀 어떠십니까?"

린코는 안쓰러운 심정을 누르며 물었다.

"아아……."

명예교수의 시선이 고스케에게 향했다.

"이쪽은 간호사 다케다 고스케입니다."

린코가 당황하며 소개했다. 고스케도 염색한 머리를 평소보다 공손하게 숙였다.

"아, 예, 앞으로, 잘 부탁드립니다, 선생님."

"남자간호사인가. 하긴 시대가 변했지."

곤도 명예교수의 시선이 린코에게 돌아왔다.

"설마 내가……."

교수는 하던 말을 멈추고 눈을 감았지만 무슨 말을 하려 했는지 금방 알 수 있었다.

의사는 자신이 전문으로 하는 질병에 걸리기 쉽다고들 한다. 우연일 뿐이라고 하는 사람도 있지만 실제로 그런 병에 걸리는 사례도 적지 않다.

"췌장이라니……."

췌장은 인슐린이라는 호르몬을 분비하는 기능 외에도 소화효소, 즉 탄수화물을 분해하는 아밀라아제나 단백질을 분해하는 트립신, 지방을 분해하는 리파아제 등을 소화관에 분비하는 기능이 있다. 후자의 기능 때문에 췌장은 소화기계 장기이기도 하다.

신주쿠 의대 소화기외과에서 소화기 암의 권위자로 이름을 날리던 곤도 이사오에게 소화기 암이 발병했다. 어떻게 그런 일이, 라는 감정은 본인이나 가족만이 아니라 주변의 모든 사람들이 품었다.

"일을 하시느라 무리하신 게……."

곤도 명예교수는 누가 봐도 바쁘기 그지없었다. 암이 발생하는 구조는 다양해서 아직 만족할 만큼 해명되지 않았다. 유해물질이나 방사선의 영향, 바이러스 감염이나 타고난 유전자 이상, 그리고 스트레스에 의한 면역력 저하도 원인이 될 수 있다.

곤도 명예교수가 문득 눈을 크게 떴다.

"자네가 일하는 데라면 잘 죽을 수 있게 해 준다고 들었네."

"네?"

린코가 놀라서 되물었다. 죽게 해 주다니, 무슨 뜻일까.

"미토 군……."

명예교수가 메마른 목소리로 말했다.

"예, 말씀하십시오."

린코의 목소리는 그보다 더 메말랐다.

"치료는 필요 없어. 죽으려고 돌아온 거야. 이쪽에서 연락하기 전에는 오지 말게."

죽으려고—1년 반 전에 아야코에게도 들었던 말이다.

"아뇨, 저희는 정기적으로 방문한다는 규칙이……."

명예교수의 시선이 더욱 날카로워졌다. 방문 진료의 규칙 따위는 받아들일 생각이 없다고 말하려는 것 같았다.

"내 병상은 내가 알아. 이미 늦었어. 어떤 치료도 무의미해. 다카무라를 비롯해서 다들 수혈이니 링거니 해서 번거롭게만 굴더군."

다카무라는 소화기외과에서 준교수로 발탁된 의사로 린코보다 7기수 위다. 신주쿠 의대병원에서는 그가 곤도 명예교수의 담당의였다.

명예교수의 피부는 탄력이 없고 눈도 움푹 팼다. 병원에서 보낸 혈액검사 데이터를 다시 살피니 요소질소가 57, 크레아티닌이 2로 높아서 탈수 상태로 보였다.

"선생님, 수치가 이렇게 나왔습니다. 최소한 유지 수액만이라도 하시는 게 어떨까요."

수분 보급을 위한 링거를 하지 않으면 며칠 안에 탈수에 따른 혈압저하가 나타날 것이고, 나아가 급사할 수도 있다. 링거는 오코치 교수가 지시한 치료이기도 하다.

"무의미한 연명치료야."

곤도 명예교수는 즉각 거부했다.

"하지만 선생님, 이대로 두면 급변도……."

말을 마치기 전에 날카로운 노성이 날아왔다.

"시끄러워! 먹지 못하게 된 동물은 죽는 거야."

명예교수의 시선이 찌르듯이 날아든다. 예전의 위엄이 되살아난 듯 느껴져 린코는 몸을 떨었다.

퇴원 당시의 간호 기록에는 식욕저하가 현저하고 물도 몇 모금밖에 마시지 못했다고 되어 있다. 지금 상태 그대로 링거도 하지 않으면 탈수가 진행되어 의식장애가 일어나 결국은 목숨을 보전할 수 없을 정도로 혈압이 떨어질 것이다. 3개월은커녕 사흘도 버티지 못할 것으로 보였다.

"이제 됐어. 돌아가게. 죽을 때나 와 주면 돼."

"선생님……."

최후의 보루, 구세주라는 소리를 듣던 곤도 명예교수는 린코를 비롯한 대학 의사들에게 드높은 목표이고 모범이었다.

그런데 자기 병은 아무런 치료도 말라고 한다. 이럴 때는 잠자코 물러나 급변을 기다려야 하는가. 오코치 교수도 '천천히 연착륙'시키라고 지시했었다. 초조와 공포가 린코의 목에 생목처럼 올라왔다.

"어이, 시노!"

"네."

이름으로 불린 부인이 베갯맡으로 다가와 단정하게 무릎을 꿇었다. 부인의 하얀 손가락이 명예교수의 오른손에 포개어진다. 뼈와 살갗밖에 없는 명예교수의 손에 희미하게 핏기가 비친 것처럼 보였다.

"이분들 보내 드려."

부인이 일어섰다. 맹장지가 열리고 린코 일행은 밖으로 안내되었다. 복도에 한 중년 남성이 대기하고 있었다. 부인이 웃는 낯으로 인사하더니 그를 다다미방으로 안내했다.

린코는 곤도 부인하고라도 조금 더 구체적인 이야기를 하고 싶었다. 명예교수의 성급하고 과격한 결단을 놓고 진의를 확인하고 싶었던 것이다.

그래서 맹장지 밖을 서성이며 부인이 나오기를 기다리는데 방에서 흘러나오는 대화 소리가 귀에 들어왔다.

"그간 격조했습니다, 선생님."

"오랜만이군, 기노우치 군."

"요번에 자리를 옮기게 되어 인사드리러 왔습니다. 그런데 선생님……."

꽤 친한 사이 같다.

"아냐, 나는 이제……."

"지금까지 이루신 업적이 묻혀 버리는 건 아깝습니다. 저희들 삶에 지팡이를 남겨 주십시오."

"하지만……."

곤도 부인은 좀처럼 나오지 않았다. 린코는 다다미방을 향해 고개를 숙이고 물러가는 수밖에 없었다.

왕진 차량 룸미러에 매달린 덴구 부적이 잘게 흔들린다. 구입할 때는 의식하지 못했지만 어딘지 곤도 명예교수를 닮았다.

"이대로 둬도 괜찮을까……."

명예교수는 린코의 제안을 '무의미한 연명치료'라고 단언했다. 정말 치료에서 손을 떼도 좋을까. 부인과 함께하는 최후의 시간을 조금이나마 늘리는 것이 그렇게 무의미한 것일까.

엄마가 아빠와 보내고 있는 날들을 생각한다. 지금은 의사소통도 안 된다. 그래도 아빠가 살아 있는 시간은 의미가 있다고 린코는 생각했다. 어떻게 의미가 없을 수 있는가.

그날 저녁도 케이즈 키친은 평소와 다를 바 없는 분위기였다. 새들의 지저귀는 소리가 들릴 것 같은 벽화, 어둠 속에 잎을 펼친 관엽식물, 태양 같은 오렌지색 테이블, 손님들의 왁자한 소리. 언제나 마음을 치유해 주는 공간이다.

그런데 오늘은 마음이 누그러지지 않는다.

"린코 선생, 피곤해요?"

케이 짱이 린코의 얼굴을 빤히 쳐다보며 물었다.

"네? 아, 그런가."

한 박자 늦게 대답한다.

"오늘은 고스케도 가메 짱도 조금 이상하네."

케이 짱은 미간을 찡그리다 이내 "아, 참" 하며 주방으로 사라졌다.

잠시 후 묘한 냄새가 풍겨왔다.

"이거 먹고 기운들 내요. 매실한천 볶음밥이에요."

케이 짱이 커다란 접시에 담긴 요리를 테이블에 내려놓았다. 아주 단순하게 생긴 볶음밥이었다.

한 입 먹어 본 고스케가 소리쳤다.

"어! 이게 뭐죠?"

"매실, 한천, 볶음밥."

케이 짱이 빙긋이 웃었다.

조심스레 입에 넣어 보았다. 밥알들 사이에 졸깃한 뭔가가 있다. 잘게 다진 한천이 열에 녹아 푹 익힌 고기 같은 식감을 낸다. 우뭇가사리 냄새는 매실에 가려져 느껴지지 않는다. 절묘한 맛이다.

"황금 조합이네!"

가메 짱이 작은 목소리로 감탄했다.

케이 짱은 또 코코넛오일에 튀긴 닭튀김, 거칠게 부순 감자 샐러드, 진한 우엉 수프를 특별정식이라며 내왔다.

"피곤할 때 재충전해 주는 메뉴예요, 린코 선생."

그때 도어 벨이 울렸다. 가메 짱이 환한 얼굴로 고개를 숙인다. 오코치 교수였다.

"오, 있었네, 있었어."

교수는 넥타이를 풀며 린코 옆에 앉았다. 케이 짱이 맥주와 풋콩을 내놓았다.

"그래, 곤 선생은 어땠어?"

대학 내부에서만 쓰이는 곤도 명예교수의 별칭이다. 오코치 교수는 명예교수의 상태가 궁금해서 일삼아 찾아온 듯하다.

"죄송합니다!"

린코는 자리에서 일어나 고개를 숙였다.

"응?"

오코치 교수가 맥주를 한 모금 마시고 입가를 훔쳤다.

"곤도 선생에게 링거조차 허락받지 못했습니다. 이대로 두면 조만간 급변이 있을 것 같습니다."

말하는 순간 린코는 자신의 무력함을 통감했다.

교수는 미간에 주름을 모으고 말없이 풋콩 한두 알을 입에 넣었다.

"그래? 착잡하군."

"네……?"

명예교수가 곧 사망하게 된다는 사실을 받아들이는 듯한 대답이었다.

"어떻게 생각하세요, 선생님. 곤도 선생은 왜 링거까지 거부하시는 거죠? 탈수 상태만 개선돼도 앞으로 한 달은 사실 수 있을지 모르는데……."

린코는 안타까운 심정으로 물었다.

"아시니까. 낫지 않는다는 걸."

오코치 교수는 태연하게 말했다.

췌장암의 5년 생존율은 5퍼센트로 암 중에서도 가장 낮다. 복부의 가장 깊숙한 곳에 있어서 이상을 발견하기가 힘든 췌장은 '암흑의 장기'라 불린다. 특히 췌장암은 초기 증상을 발견하기 힘들고, 발견했을 때는 이미 4기 말기인 사례가 전체의 8할을 차지한다. 대부분의 환자는 여명이 몇 개월에 불과하다. 수술이 가능한 단계에서 병을 발견한 환자는 2할에 불과하며 절제수술을 받은 환자의 7할이 재발을 겪는다.

"환자의 생명을 지키는 것이 의사라고 하시던 곤도 선생인데. 당신은 치료를 받지 않겠다니……."

"본인이 됐다는데 어쩔 수 없지."

교수는 담담했다.

"이봐, 미토 군, 한 가지 말해 줄까. 소화기외과가 얼마나 쇼크를 받았는지를."

병원의 모든 의사들은 곤도 명예교수가 치료를 완강하게 거부했다는 사실을 놀라워했다. 특히 명예교수의 '본적지' 소화기외과는 충격이 컸다.

곤도 선생은 착란에 빠졌다—그렇게까지 말하는 의국원도 있었다. 그런데 퇴원 당일 명예교수의 너무나 평온한 얼굴에 모두들 맥이 빠졌다. 곤도 명예교수는 어안이 벙벙해진 의국원들에게 "잘들 있게" 하고 인사하고 자택으로 돌아갔다고 한다.

"아무도 곤 선생의 죽음에 책임을 지고 싶어 하지 않으니 혼란에 빠진 것도 무리는 아니지. 하지만 그런 문제가 아니라고 그 사람들에게도 전했을 거야."

교수는 맥주잔을 비우고 진지한 표정이 되었다.

"치료받지 않고 죽는 것은 몹쓸 일인가?"

케이 짱이 교수의 잔에 맥주를 따른다.

"미토 군, 의사에는 두 부류가 있어. 알아?"

오코치 교수의 수수께끼 같은 질문이 또 시작되었다.

"치료할 줄 아는 의사와 치료할 줄 모르는 의사인가요?"

"아냐."

교수는 냉큼 부정했다.

"죽는 환자에게 관심이 있는 의사와 그렇지 않은 의사야."

교수는 거품 오른 잔으로 손을 뻗었다.

"환자의 죽음은 의사의 패배야. 그래서 싫어하지. 자네도 죽는 환자가 싫지?"

"네?"

뭐라고 대답해야 하나.

"잘 생각해 봐. 사람은 반드시 죽어. 지금 우리에게는 패배를 패배로 생각하지 않는 의사가 필요한 거야."

정신이 번쩍 드는 말이었다.

"죽는 환자도 사랑해 주라고."

팔짱을 낀 오코치 교수가 찡끗 웃으며 린코를 보았다.

"알았지? 죽는 사람을 사랑해 주자고. 고칠 생각밖에 없는 의사는 고칠 수 없다는 걸 아는 순간 그 환자에 대한 관심을 잃어버려. 그렇다고 환자를 방치할 수도 없으니 어영부영 치료를 질질 끌다가 결국 병원 침상에서 고통만 안겨 주는 상황이 되지. 이건 환자에게나 가족에게나 정말 불행한 일이야."

그런 불행한 상태를 예측했기 때문에 곤도 명예교수는 자택으로 돌아갔다는 건가.

침상에 누워만 있는 아버지의 노란 링거 팩이 머리를 스쳤다. 가슴 깊은 곳에서 뭔가가 술렁거리기 시작했다. 그 정체를 알아내려고 하지만 미처 언어로 정리되지 않았다.

"죽는 환자를 마지막 순간까지 사랑하는 거—미토 군이 그런 의료를 해 주었으면 해."

"마지막 순간까지 사랑하는 의료……."

린코는 교수의 말을 속으로 되뇌었다.

"아무 치료도 하지 말라는 환자는요?"

오코치 교수는 빙긋이 웃었다.

"알겠습니다, 하고 대답해 드려."

"알겠습니다, 입니까?"

"음. 환자의 의견을 존중하는 것은 환자를 행복하게 하는 데서 아주 중요한 거니까."

오늘 저녁은 고스케나 가메 짱이나 말수가 적다.

잠시 후 교수가 볶음밥 냄새를 킁킁 맡고는, "이거, 괜찮아?"라고 묻자 케이 짱이 토라진 표정을 지었다.

그러고 보니 대학병원에서 매일 마시던 우메보시 생수를 오랫동안 마셔 보지 못했다. 여기 오고 나서는 케이 짱의 요리에 의지하며 지냈던 것이다.

남은 음식을 입으로 옮긴다. 매실의 신맛이 살아 있는 매실한천볶음밥은 식어도 맛있다고 린코는 생각했다.

다음날 아침 곤도 부인이 클리닉에 전화를 했다.

"그이가 미토 선생을 찾습니다."

급변을 예감케 하는 증상을 느낀 걸까? 린코는 가슴이 먹먹해지는 것을 느꼈다.

오후에 제일 먼저 방문하기로 약속하고 전화를 끊었지만 가슴이 진정되지 않았다. 어제는 죽기 전에는 오지 말라는 말을 들었다. 호출의 의미를 생각하니 초조해질 수밖에 없었다.

"당장 가 보는 게 어때요? 환자가 찾아오면 선생님께 전화 드릴게요."

가메 짱은 언제나 상황 파악 능력이 뛰어나다.

"살았다! 그렇게 해요."

고스케도 즉각 반응하여, "차량 준비할게요" 하며 뛰어나갔다.

곤도 교수의 집으로 향하는 차량 안에서는 무릎이 덜덜 떨리는 것을 어쩔 수 없었다.

린코는 적송의 가지를 올려다보고 인터폰을 눌렀다. 이것이 마지막이 될지도 모르다고 각오하며.

부인을 따라 들어간 다다미방은 이날도 어둑했다. 린코는 고개 숙여 인사하며 무릎을 꿇고 앉았다.

"미토입니다. 지금 도착했습니다."

이부자리에 누운 곤도 명예교수는 생각했던 것보다 안색이 좋았다.

"링거를 부탁하네. 그리고 진통 처치도."

"네?"

린코는 귀를 의심했다. 어제 나눈 대화는 애써 기억할 것도 없었다. 명예교수는, "아무것도 하지 마"라며 모든 치료를 거부한다고 했었다.

"링거와 진통 말이야."

"아, 예!"

린코는 고스케에게 눈짓했다.

"네, 링거 세트요."

고스케는 냉큼 일어나 방을 나갔다.

명예교수는 눈동자만 움직여 강렬한 눈빛으로 린코를 보았다.

"집에서 죽으려고 돌아왔다는 데는 변함이 없네."

"예."

"다만, 죽기 전에 하고 싶은 일이 생겼어."

선언하듯이 그 말만 하고 그는 가만히 눈을 감았다.

린코는 명예교수의 왼팔에 링거 바늘을 꽂았다. 노란 액체가 명예교수의 몸으로 흘러든다. 이로써 '곤도 이사오 교수를 사흘 만에 죽게 한 의사'라는 소리는 듣지 않게 되었구나—하고 안도하는 동시에 그런 생각이나 하는 자신이 부끄러웠다.

정원에서 작은 새들이 지저귀는 소리가 들렸다. 린코는 진료차트 작성을 마치고 심호흡을 했다.

그러고는 현관으로 향하며 부인에게 물었다.

"사모님, 곤도 선생님께 무슨 일이 있었나요?"

부인은, "글쎄요, 뭘 자상하게 말해 주는 사람이 아니라서" 하며 눈길을 내렸다.

"……다만 어제 저녁 손님이 돌아간 뒤부터 혼자 곰곰이 생각하는 것 같았어요."

곤도 부인은 기억을 더듬는 것처럼 천천히 말을 이었다.

"오늘 아침에는 간만에 기분이 좋아 보였어요. 잠시 둘이 정원을 보고 있는데 '조금만 더 살아 봐야겠어' 하더군요. 그래서 시키는 대로 선생께 전화한 거예요."

명예교수의 심경에 뭔가 변화가 일어난 것은 틀림없었다.

다음날부터 매일 아침 9시 반에 곤도 교수의 집을 방문했다. 혈압과 맥박 등의 바이털 사인을 조사하고 링거를 놓아 탈수 상태가 개선되자 교수의 식욕이 돌아오는 듯 보인다.

진통제 투여를 시작하자 동통 제어도 궤도에 올랐다. 모르핀 처방이 효과를 발휘한 듯하다. 통증 때문에 제대로 걷지도 못하던 명예교수는 활동성이 두드러지게 개선되었다.

"다행입니다."

링거를 시작하고 7일째 되는 날, 린코는 진료를 마치고 차분하게 말했다. 부인과 기쁨을 공유할 수 있을 줄 알았는데 부인은 린코가 기대한 웃는 낯을 보여주지 않았다.

"그게……."

곤도 부인은 곤혹스러운 표정을 지었다.

"과하다고 할까, 요즘 매일 혼자 외출을 해서 걱정입니다. 행선지도 말하지 않고 하루 종일."

"괜한 소리 하지 마!"

뒤에서 목소리가 날아왔다. 돌아보니 명예교수가 책상 앞에 앉아 뭔가를 쓰고 있었다. 린코는 부인에게 눈인사를 하고 곤도 교수의 집을 나섰다.

"……십육, 십칠, 십팔, 십구……."

베란다의 금귤에 하얗고 작은 꽃이 피었다. 봉오리까지 합치면 28개나 된다. 이 정도만이라도 열매가 되어 준다면 충분하다. 유기비료의 힘은 대단하다. 이파리의 빛깔도 나아졌다.

영양분을 조금 더 주려고 평소에 쓰던 감귤계 비료 봉지를 열었다. 흰색, 갈색, 오렌지색의 알갱이들을 손으로 퍼서 뿌리가 상하지 않도록 줄기와 거리를 두고 살살 뿌렸다.

그런데 곤도 명예교수는 매일 어디로 외출하는 걸까.

사람은 누구나 죽기 전에 봐 두고 싶은 곳이 있다고 하던데 나에게는 어떤 곳이 있을까.

대학병원 시절에 자주 다니던 신주쿠의 이탈리안 레스토랑 간판에는 '나폴리를 보기 전에는 죽지 마라'라는 글이 있었다.

나폴리? 그렇게 자문하지만 전혀 현실감이 없었다.

어렸을 때 젊었던 부모와 살던 요코하마의 고향집이 떠오른다. 작고 오래되고 너저분한 곳이다. 촌티 나는 상가, 옹색한 공원, 불편한 육교—나폴리하고는 딴판일 게 틀림없다. 그런데도 그 모든 것이 퍽이나 그립다.

아빠에게도 그런 곳이 있을까. 이제는 당신이 어디 있는지도 모를 텐데. 그래도 가고 싶은 곳이 있다면 모셔다 주고 싶다.

린코와 고스케는 클리닉 왕진 차량을 타고 내비게이션이 알려주는 대로 제1게이힌을 타고 남하했다. 뒷좌석에는 곤도 명예교수가 타고 있다.

이틀 전 곤도 명예교수가 "자네들에게 부탁이 있네" 하고 말했다. 다시 치료 중지를 요구하려나 하고 긴장했는데 뜻밖의 부탁이 튀어나왔다.

"나 외출하는 것 좀 도와주게."

며칠 전부터 다리가 조금 불편해졌다고 한다. 혹시라도 구급차에 실려 병원에 가는 일이 없도록 외출에 동행해 달라는 것이었다.

방문 진료 스케줄에 여유가 있는 수요일 오후였다.

"차가 작아서 죄송합니다, 선생님. 어디로 모실까요?"

명예교수의 승차를 거들고 나서 물었다. 행선지를 아직 듣지 못한 상태였다.

명예교수는 고풍스러운 커다란 가방에서 두터운 노트를 꺼내더니 노트 중간쯤에 끼워져 있던 노란 종이를 펼쳤다.

"곧장 오오이로 가 주게. 시나가와 구 가쓰시마 2-1-2, 오오이 경마장이야."

행선지를 기록한 목록이 있는 듯했다. 명예교수는 목적지를 고하고 눈을 감았다.

"웬 경마장이죠?"

고스케의 질문에 린코는 "쉿!" 하고 검지를 세운다. 거리낌 없는 질문이 프라이버시를 침해할 것 같아 조심스러웠다. 고스케는 "이크" 하며 어깨를 움츠렸다.

인생의 최후에 경마를 하고 싶은 걸까. 린코는 슬쩍 뒷좌석을 훔쳐보았다. 명예교수의 몸은 차량의 진동에 좌우로 흔들리고 있다. 그 모습에서는 아무것도 읽어낼 수 없었다.

은행나무 가로수가 단조로운 리듬으로 스쳐 지나간다. 한낮 기온이 평년을 밑도는 날이 이어지고 있지만 볕이 드는 차량 내부는 따뜻하다. 린코도 졸음이 올 정도였다.

커다란 주차장에서 차를 내렸다. 경마는 일요일 낮 시간에 하는 줄 알았는데 여기에서는 평일 오후부터 8시 지나서까지 '트윙클 레이스'라는 이름의 경마가 이루어지고 있었다.

입장료를 내고 게이트를 통과했다. 조명으로 장식된 터널이 이어져 흡사 유원지에 들어선 것 같았다. 고스케가 붐비는 사람들을 경계하며 곤도 명예교수를 곁에서 수행했다. 명예교수는 생각 이상으로 안정된 걸음을 걸었다.

명예교수는 옥외 스탠드에 앉았다. 눈앞에는 난생 처음 보는 경주로가 펼쳐져 있었다.

객석의 웅성거림이 조용해진다 싶더니 커다란 환성이 터졌다. 레이스가 시작된 것이다.

"달려라! 달려!"

정면의 대형 화면에 질주하는 말들이 비치고 있다. 하지만 육안으로는 어디를 달리는지 너무 멀어서 잘 보이지 않았다. 그런 생각을 하고 있을 때 바로 눈앞으로 말들이 달려왔다. 커다란 몸뚱이를 가진 동물이 서로 바짝 붙은 채 굉장한 속도로 달려 지나간다.

"4번, 달려라!"

"힘내라, 파이팅!"

스탠드 곳곳에서 분노의 외침에 가까운 목소리가 터져 나왔다.

대형 모니터에 숫자가 표시되었다. 레이스가 무사히 끝난 것을 확인하자 몸에서 힘이 빠진다.

문득 돌아보니 명예교수가 어느새 자리에서 사라졌다.

"어, 고스케. 곤도 선생이 없어."

수많은 관객이 앞다투어 일어서는 통에 뒤쪽에서는 시야가 좋지 않았다.

"화장실에 가셨을까요?"

고스케와 함께 푸드코트며 스탠드를 구석구석 살폈지만 명예교수는 보이지 않았다. 인파에 지쳐 옥외로 나가니 마쓰리 때면 떼 지어 등장하는 노점보다 조금 작은 박스들이 여러 개 보인다.

"경마 예상업자경마에서 출주마의 우승 가능성에 대한 정보를 전문적으로 제공하는 사람예요."

박스 내부는 한 단 높게 되어 있어 거기에 서면 주위를 내려다볼 수 있다. 오렌지색 조끼를 입은 남성이 박스 안에서 탁한 소리를 지르고 있었다. 그들은 레이스 전에 우승마를 예상하고 요금을 내는 사람에게만 마번이 적힌 종이쪽지를 건네준다. 손님이 많은 박스도 있지만 몇 명밖에 찾지 않는 박스도 있었다.

마침내 주변에서 사람들이 사라져 한산해졌다.

"곧 다음 레이스가 시작되니까 예상업자에게는 휴식 시간이 왔군요."

"어? 저 사람!"

제일 안쪽 박스 앞에 남아 있는 손님은 엉뚱하게도 곤도 명예교수였다. 사냥모를 쓴 가무잡잡한 얼굴의 예상업자와 이야기를 나누고 있었다. 작은 체구에 수척한 노인이지만 갈라진 목소리가 멀리서도 들렸다.

"즐거워 보이네."

예상업자와 명예교수는 이야기꽃을 피우는 것처럼 보였다.

"우승마 예상이 적중해서 조증 상태에 있는 게 아닐까요?"

교수는 생각지도 못한 표정을 짓고 있었다.

"역시 좋아하는 일을 해야 행복한가 봐요."

"경마 좋아하시는 줄은 몰랐네. 뜻밖이야."

린코와 고스케는 두 사람에게 방해가 될까 봐 가만히 자리를 떴다.

잠시 후 스탠드로 돌아온 곤도 교수가 린코의 대각선 방향에 앉아 아래를 내려다보았다.

"경마신문일까요?"

"노트 같은데."

명예교수는 무릎 위에 노트를 펴 놓고 뭔가 써넣고 있었다. 아까 봤던 목록이 적힌 노란 종이도 보인다. 형광펜이 그어진 행이 눈에 들어왔다.

'MK 72 시나가와 구 가쓰시마 2-1-1, 오오이 경마…….'

린코는 그 내용이 인명의 이니셜과 나이라고 직감했다. 장소가 아니라 사람이 외출 목적이었나.

명예교수는 펜을 가슴주머니에 꽂고 만족스런 표정으로 린코 일행을 돌아다보았다. 그것을 신호로 두 사람은 자리에서 일어섰다.

"다들 고마웠네. 오늘 일은 비밀이야."

명예교수는 주차장으로 천천히 걸으며 말했다.

그 주 토요일은 아침시간에 곤도 교수의 집 앞에 왕진 차량을 세웠다. 부인의 부축을 받으며 나온 명예교수는 걸음이 조금 불안해 보였다. 그걸 자각하는지 지팡이를 짚고 있다.

"오늘은 두 군데를 부탁하네. 우선은 스가모 지조 거리의 상점가…… 고간지高岩寺 절이야."

뒷좌석에서 곤도 명예교수가 지시했다.

"음, 스가모군요."

고스케가 내비게이션에 목적지를 입력했다.

고간지란 절은 린코도 들어 보기만 했을 뿐 가 본 적은 없다. 하지만 그 절에서 발행하는 부적이라면 본 적이 있다.

의사가 되고 4년차 때였나. 익숙지 못한 위내시경을 조종하며 모니터 화면을 관찰하는데 갑자기 위점막 대신 지장보살 그림이 확대되어 나타났다. 물을 분사하여 위벽에 붙은 수수께끼 같은 물체를 치우자 그 밑으로 궤양이 보였다.

검사를 끝내고 환자에게 물어보니 그 물체는 고간지의 부적이라고 했다. 전차표보다 조금 큰 부적을 어떻게 삼켰는지 의아해서 다시 물었더니 부적은 부드러운 종이라 똘똘 말면 삼킬 수 있다는 대답이 돌아왔다. 그러나 '만병통치'로 알려진 부적이라도 상식적으로 사람이 먹을 물건은 아니다. 얼마나 힘들면 그랬을까 싶어서 안쓰럽긴 했지만.

"곤도 선생이 영적인 에너지를 충전하는 곳일까요?"

고스케가 린코에게만 들리는 목소리로 속삭인다.

하쿠산 거리를 달리자 스가모 지조 거리로 갈라지는 길이 보였다. 도로는 차량 통행을 제한하고 있었다. 상점가 중간쯤에 도게누키 지장보살로 유명한 고간지 절이 있다고 한다.

"여기면 됐네. 한 시간쯤 뒤에 돌아오지."

진입로 입구에서 차를 내린 명예교수는 "나 혼자 가도 돼" 하고 천천히 걷기 시작했다.

하지만 지난번 일도 있고 해서 린코는 행적을 놓치지 않으려고 뒤를 쫓았다. 명예교수는 절 입구를 지나쳐 그 옆에 있는 쓰쿠다니어류나 해조류를 조린 음식 가게로 들어갔다.

대각선 방향에 있는 도자기 가게 매대에서 명예교수의 모습을 살피고 있자 주차를 마친 고스케가 합류했다.

"저 기타노야라는 쓰쿠다니 가게에 계시니까 여기서 잠깐 지켜보고 있어."

린코는 감시를 고스케에게 맡기고 고간지로 달려가 급하게 참배하고 뛰박질로 돌아왔다.

다시 도자기 가게에서 목을 빼고 기타노야 쪽을 살펴보니 하늘색 앞치마와 삼각두건을 쓴 초로의 여성이 곤도 명예교수 앞에서 이야기하고 있다. 기타노야의 여주인일까? 매우 곤혹스러워하는 표정이었다.

"괜찮을까?"

고스케도 "무슨 일일까요" 하고 고개를 갸웃거린다. 기타노야의 여주인은 이제 울고 있는 듯하다.

매대에 진열된 물잔을 들고 건성으로 구경하는 척하던 린코가 그 모습에 놀란 순간,

"그 찻잔, 마음에 드시죠?"

하고 도자기 가게 주인이 불쑥 말을 걸었다.

"아, 예."

린코는 손에 든 도자기를 새삼 들여다보았다. 아가리가 조금 넓고 도톰하게 생긴 물잔이다.

"……색깔도 좋네요."

두텁게 입힌 탁한 초록빛 유약이 어딘지 정겹다. 아무 생각 없이 집어 들었는데도 특별한 온기가 느껴졌다.

그러다가 문득 도자기에서 눈을 돌렸을 때는 이미 기타노야에 명예교수의 모습이 보이지 않았다. 고스케도 어디론가 사라져 버렸다. 당

황해서 허둥지둥 가게 밖으로 나서자 린코의 휴대폰이 울렸다.

"명예교수가 빵집에 들어갔어요. 하쿠산 거리를 향해 걷다 보면 오른쪽에 있어요."

고스케가 일러준 대로 곤도 명예교수는 대형 유리로 벽을 마감한 빵집의 테이블에 앉아 있었다. 테이블에 노트를 펴 놓고 펜을 놀리고 있다.

"기다리시게 해서 죄송합니다."

린코가 도착하자 명예교수는 미소를 지으며 노트를 덮었다.

"그럼 다음 장소로 가지. 이거 맛있어. 고스케 군도 먹어 봐."

건네준 것은 단팥빵 봉지였다.

지조 거리 상점가에 머문 시간은 얼마 되지 않지만 곤도 명예교수는 조금 지친 기색이었다.

출발 전에 컨디션을 체크해 두는 편이 좋을 것 같았다. 린코는 뒷좌석에 앉은 명예교수 옆에 나란히 앉으며,

"잠깐 실례할게요, 선생님."

하고 명예교수의 오른팔을 잡았다. 맥박은 안정적이다. 문제는 없어 보인다.

왼손에는 그 목록이 들려 있었다. 엄지에 가려진 곳에 밑줄이 그어져 있었다.

'마릴린 57 히노 시 호도쿠보 7-1-1, 다마 동물공원.'

봐서는 안 될 것을 봐 버렸나 하는 생각에 가슴이 두근거렸지만 당

사자는 린코의 시선을 의식하는 기색도 없이 태연한 얼굴로 고스케에게 고했다.

"다음은 히노야. 다마 동물공원. 히노 시 호도쿠보 7-1-1을 부탁하네."

"알겠습니다."

수도고속도로로 들어서자 분홍빛 왕진 차량이 시속 100킬로가 넘는 속도를 냈다. 평소보다 진동이 커서 조금 무섭다.

수도고속도로의 신주쿠 노선을 빠져나갈 때 차창 밖으로 시선을 돌리면 신주쿠 의대와 대학병원이 무척 잘 보인다.

"곧 신주쿠 의대를 지나갑니다."

고스케가 큰소리로 안내했지만 곤도 명예교수는 눈을 감고 있었다.

중앙자동차도로로 내려와 잠시 달리다가 만간지万願寺 역전에서 좌회전하자 차량의 흐름이 느려졌다. 주말 오후답게 가족을 태운 많은 차량이 동물원으로 향하고 있었다.

정문 앞에서 명예교수가 지팡이만 들고 차를 내렸다. 린코도 따라 내렸다. 고스케하고는 동물원 안에서 합류할 예정이었다.

곤도 명예교수는 정문 근처의 카페를 가리키더니, "두 시간 뒤에 저기서 보자고" 하고 지팡이를 짚으며 동물원 내 순환버스 승강장으로 가버렸다.

이 넓은 동물원 안에서 명예교수를 혼자 움직이게 둘 수는 없었다.

"곤도 선생님, 이번에는 제가 모시겠습니다."

린코는 당황해서 명예교수의 뒷모습을 향해 말했다. 뒤에서는 고스케가 부리나케 달려왔다.

시베리아흰두루미 사육장 앞을 출발한 얼룩말무늬 셔틀버스는 운전사의 설명과 함께 원내를 돌다가 인도코뿔소 사육장 앞에서 정차했다. 몇몇 승객이 타고 내렸지만 곤도 명예교수는 꼼짝도 하지 않고 창밖만 바라보고 있었다.

잠시 뒤 히말라야산양이나 우리알산양 같은 낯선 동물의 사육장을 지나쳐 오랑우탄 사육장이라는 안내방송이 나올 즈음에야 명예교수는 다른 손님과 함께 일어섰다.

"나 내릴 거야, 미토 군."

"예, 고스케, 부탁해!"

"옙."

고스케가 재빨리 버스를 내려 계단 밑에서 곤도 명예교수를 부축했다. 명예교수의 걸음은 점점 불안해져서 언제 넘어질지 알 수 없었다.

오랑우탄 사육장 앞에는 초등학생들이 모여 있었다.

"자, 여러분, 날 따라와요! 수컷 오랑우탄을 보러 갑시다!"

아이들 앞에서 여성 가이드가 어깨에 맨 확성기를 사용하여 안내하는 중이다. 쾌활한 몸동작에 또랑또랑 잘 들리는 목소리였다. 젊은 인상이지만 가만 보니 오십대 후반 정도인 듯하다.

명예교수는 이번에도 기쁨을 미처 감추지 못한 표정으로 여성을 쳐다보았다.

여성의 가슴에는 '자원봉사 가이드 사이토'라고 적힌 명찰이 흔들리고 있었다. 저 사람이 마릴린 아닐까. 린코는 그렇게 짐작했다. 명찰에는 성만 적혀 있지만, 이름이 마리코나 마리일지도 모른다.

초등학생들이 오랑우탄 사육장으로 줄지어 들어간다. 곤도 명예교수도 그 무리를 따라 들어갔다.

"어, 들어가 버리셨네."

"할아버지와 손자들 같네요."

갑자기 초등학생들의 환성이 터졌다. 높은 곳에 올라가 있던 오랑우탄 수컷이 일어나 천천히 사다리를 타고 내려온 것이다. 온몸에 난 붉고 긴 털은 곱슬곱슬하게 늘어져 나이가 많음을 말해주는 것 같았다. 가만히 주위를 훑겨보는 표정은 실로 숲의 신이라 불릴 만한 모습이었다.

그때였다. 가이드의 시선이 곤도 명예교수 앞에서 멈췄다.

해설이 뚝 그쳤다. 하지만 초등학생들은 오랑우탄이 해먹에 눕는 모습에 열중하느라 신경도 쓰지 않았다. 가이드 여성이 명예교수 쪽으로 다가간다. 마이크를 떼고, 웃음 반 울음 반의 표정을 지으며.

곧 두 사람은 자연스럽게 포옹하듯 가까이 다가섰다. 명예교수가 여성의 등을 사랑스럽게 쓸어주자 여성은 응석을 부리는 것처럼 고개를 끄덕였다.

그렇게 2, 3분 정도 정도가 지났을까.

마침내 여성은 다시 마이크를 잡더니 오랑우탄의 손 모형을 꺼내 들고 해설을 재개했다.

사육장을 나선 곤도 명예교수는 밖에 있는 오랑우탄 사육장의 철책 앞에 서서 마대자루를 쓰고 노는 오랑우탄 새끼를 말없이 바라보았다.

"미토 군."

"아, 예."

이번에도 입단속을 하려나. 아니면 그 여성과 무슨 관계인지 말해 주려나?

"고스케 군."

"예."

고스케도 긴장하여 다음 말을 기다리는 모습이다.

"그만 돌아가지. 피곤해."

고스케가 웃음을 터뜨렸다. 마침 후속 셔틀버스가 오랑우탄 사육장 앞 정류장으로 미끄러져 들어왔다.

그가 자신의 입으로 '피곤해'라고 말할 사람은 아닌데. 마침내 체력이 한계에 다다랐는지도 모르겠다고 린코는 생각했다.

다음 주 목요회에서 린코는 곤도 명예교수의 상태를 보고했다.

먼저 지금까지의 경과를 되짚었다. 퇴원 직후에는 치료를 완전히 거부하기도 하여 탈수 상태가 진행되었다. 그 뒤 링거와 모르핀 진통 치료로 활동성이 크게 개선되어 외출도 가능한 상태가 되었다. 다만 지난 며칠간은 쇠퇴가 빠르게 진행되어 위태로운 상황을 맞았다.

"미토 군, 보고에 누락이 있군."

오코치 교수가 작은 눈을 더 가늘게 떴다.

"네?"

"곤 선생과 어딜 갔었지?"

"어떻게 그걸……."

린코는 근무시간을 피해 환자의 외출에 동행한 사실을 밝히지 않았다. "이건 비밀이야"라고 명예교수가 다짐을 놓았기 때문이다.

"스파이가 있거든, 신주쿠 의대에."

교수는 씩 웃었다.

"은퇴했다고 하지만 병원장도 역임하고 소화기외과의 톱이었던 분이야. 주말에 의국 사람들이 모처럼 댁으로 병문안을 갔는데 주인공이 집에 없더래. 사모님에게 물으니 방문클리닉의 분홍색 차량을 타고 어디로 갔다는 거야. 그러니 나에게 불평하는 전화가 올 수밖에."

"죄, 죄송합니다."

이렇게 되면 사죄하는 수밖에 없다. 린코는 낯이 뜨거워지는 것을 느꼈다.

"뭐, 좋아. 근데 어딜 갔었어?"

"오오이 경마장과, 고간지의 상점가, 그리고 다마 동물공원입니다."

오코치 교수는 조금 놀라는 표정으로 팔짱을 꼈다.

"이유는 밝히지 않으셨어요."

특히 마릴린과의 밀회는 명예교수의 사생활일 것 같아 뭐라고 보고

해야 할지 판단이 서지 않았다.

"고스케 군은 뭐 본 거 없나?"

"아, 예, 마권은 사지 않으셨어요. 그 뒤에 단팥빵도 사 드시고 아이들과 오랑우탄 먹이 주는 것도 구경하시고…… 아, 곤도 선생은 특별한 분을 만나러 가셨던 건지도 몰라요."

"특별한 분?"

"마릴린 씨요!"

고스케가 말해 버렸다. 오코치 교수의 눈빛이 갑자기 생생하게 살아났다.

"마릴린 씨 말고도 경마 예상업자, 건어물 가게 주인도요. 방문처 목록에 주소와 이니셜이 적혀 있었는데……."

고스케가 가슴주머니에서 휴대폰을 꺼내 액정화면을 조작하기 시작했다.

"행선지 목록을 찍어 둔 겁니다."

린코도 들여다보았다. 휴대폰 화면에는 명예교수가 노트에 끼워두었던 노란 종이가 보였다.

"세상에! 어느 틈에 이걸 찍었어?"

"동물원 앞에서 곤도 선생과 미토 선생이 먼저 내렸을 때요. 뒷좌석에 노트를 그대로 두셨더라고요. 그래서 다음 행선지로 가는 데 걸리는 시간이나 경로를 알아두려고 찍어 뒀어요."

화면을 보니 전부 스무 군데쯤 되는 주소 가운데 약 열 군데에 형광

펜으로 표시가 되어 있었다. 린코와 고스케가 곤도 명예교수와 함께 차를 타고 갔던 세 군데도 그중에 포함되어 있다.

'MK 72 시나가와 구 가쓰시마 2-1-2, 오오이 경마.'

'EK 68 도요시마 구 스가모 3-99, 기타노야.'

'마릴린 57 히노 시 호도쿠보 7-1-1, 다마 동물공원.'

잠시 동안 볼을 부풀리고 들여다보던 교수가 화면에서 눈길을 들며 미소를 지었다.

"……다음에 곤 선생 댁에 가는 날짜가 언제지?"

"내일입니다."

"알았어. 그럼 나도 같이 가지."

오코치 교수는 뭔가 파악한 눈치였다.

이튿날 오후, 린코 일행은 오코치 교수와 곤도 교수의 집으로 향했다. 차량이 젠푸쿠지가와 강물을 따라 구불구불 달리기 시작하자 오코치 교수가, "맞아, 곤 선생 댁으로 가는 길이 이랬지" 하고 그리운 듯이 말한다. 단풍 때문인지 창밖으로 보이는 풍경은 가을이 갑자기 깊어진 것처럼 보였다.

일행이 부인의 안내를 받아 다다미방으로 들어섰을 때 명예교수는 조용히 누워 있었다.

"아, 오코치 군도 왔나."

명예교수는 기분이 좋아 보였다.

린코는 평소처럼 혈압 측정을 시작했다. 두 대선배의 시선이 쏟아지는 가운데 청진기를 대자니 손이 살짝 떨렸다.

린코가 진찰을 마치자 오코치 교수가 입을 열었다.

"곤도 선생님, 저도 좀 거들게 해 주십시오."

"그게 무슨 말이지?"

명예교수가 의아해하는 표정으로 오코치 교수를 보았다.

"제가 틀렸으면 용서해 주십시오. 선생님은 예전에 손수 집도하셨던 환자들을 찾아다니시는 거죠?"

"음, 그건 또 어떻게?"

곤도 명예교수가 눈썹을 살짝 치켜올렸다.

"미토 군이군……."

오코치 교수는 작게 헛기침을 했다.

"아뇨, 제 감입니다. 선생님이 작성하신 목록을 보았습니다."

"아, 그거였나."

명예교수는 천천히 몸을 일으켜 책상 위에서 노트를 끌어당겼다.

"곤도 선생 목록에 적혀 있는 MK, EK, 마릴린…… 주소록 같은 형식으로 적혀 있으니 이름의 이니셜이나 별명으로 오해할 만했죠."

오코치 교수는 설명을 계속했다.

"하지만 MK는 Magen-krebs의 약어로 위암, EK는 Esophagus-krebs로 식도암, 거기에 악성임파종 Malignant Lymphoma를 줄여 마릴린. 전부 선생님이 집도하신 악성종양의 명칭이라 감을 잡았지요."

린코는 "어" 하며 제 입을 막았다.

"병원 밖이라 그랬겠지만 여기 우수한 두 사람도 알아채지 못한 겁니다."

의료 현장에서 이용되는 전문용어나 약어는 영어와 독일어가 섞인 것이 많다. 여기에 일본어 특유의 생략형이나 합성어까지 가세하여 은어범벅이라고도 할 수 있는 표기가 되고 만 것이다. 통합실조증을 의미하는 '시조'는 독일어 Schizophrenie를 일본어로 읽은 뒤에 그걸 줄인 것이고, '아포하다'라고 하면 영어의 뇌졸중Apoplexy에 일본어 동사 '하다する'를 붙여서 '뇌졸중을 일으키다'라는 뜻이다.

곤도 명예교수는 쓴웃음을 지었다.

"……특별히 자네들에게 숨기려던 것은 아니야. 목록의 나머지를 잘 보게. 방광암 BT나 다발성 골수종 MM도 섞여 있지만 나머지는 직장암의 RK, 대장암의 DK, 췌장암의 PK도 많잖아. 그렇다면 세상은 K씨투성이가 되겠지. 두 사람 다 주의력이 모자라는군."

"스가모의 건어물 가게는 '기타노야'여서 K가 되니까 분명히 이름의 이니셜이구나 생각했습니다."

"다마 동물공원의 '마릴린'도 사람 이름처럼 느껴졌어요."

곤도 명예교수는 노트를 뒤적였다.

"내가 죽기 전에 꼭 예후를 확인해 두고 싶은 환자들이 있었어. 아주 오래전에 집도해서 내 손을 떠난 지 오래인 환자들에 대해서는 지금까지 생각해 본 적도 없었지만……."

오코치 교수가 진지한 표정이 되었다.

"5년 이상의 장기생존자 말입니까?"

곤도 명예교수는 고개를 저었다.

"요즘 5년 가지고 장기라고 할 수 있나? 내가 추적 대상으로 잡은 사람들은 암 절제 후 20년 이상 건강하게 살고 있는 슈퍼 장기생존자들이야."

슈퍼 장기생존자. 린코도 그런 용어가 등장하는 논문을 읽은 기억이 있다. 요즘 암 치료 후 5년 이상 생존하는 사람은 예전의 두 배이며, 전국적으로 3백만 명이 넘는다. '암은 죽는 병'이 결코 아니다. 암 치료에 종사하는 일본 전국의 전문의들이 환자의 더 긴 미래를 보장하기 위해 연구와 기술 향상에 노력해 온 성과다. 그리고 본인이 죽음에 직면한 곤도 명예교수도 그 가운데 한 사람이다.

"이번에 퇴원한 직후였어. 예전 환자가 날 찾아왔지. 위암 절제 수술을 받은 지 23년 만에 말이야. 그 사람 같은 환자들이 어떤 인생을 살고 있는지, 내 인생 마지막에 꼭 확인해 보고 싶었던 거야."

오코치 교수는 양손을 배 앞에 모으고 고개를 숙였다.

"곤도 선생님의 끝없는 정열에 진심으로 감복했습니다. 다만 이제는 선생님이 환자를 만나려고 외출하시는 것이 위험해 보입니다. 더 만나고 싶은 예전 환자가 있다면 저희가 댁으로 모셔올 테니까……."

"오코치 군, 예전 환자가 아니야. 지금도 내 환자들이지. 그 사람들이 어떻게 생각하든."

곤도 명예교수는 오코치 교수의 얼굴을 씨르는 듯한 시선으로 쳐다보았다.

"자네 말은 고맙네. 하지만 이제 다 끝났어. 남은 일들은 그쪽에서 정리해 줄 거야."

명예교수는 다시 몸을 눕혔다. 어둑한 다다미방에서 이 집의 가장이 눈을 감았다. 진료가 끝났다는 신호였다.

그날을 고비로 곤도 명예교수의 병상은 빠르게 불안해졌다. 미열이 계속되었고 모르핀 양을 늘려도 복부 통증은 좀처럼 잡히지 않았다. 하체가 약해져서 일어서는 것조차 불안해졌다. 지난주에 외출한 것이 거짓말처럼 느껴졌다.

흉부 청진을 하려고 하자 명예교수는, "이제 됐네" 하며 린코의 손을 밀어냈다. 린코는 잠자코 잠옷의 단추를 채우고 이불을 다시 덮어 주었다.

명예교수는 차분한 표정으로 담요 위에서 상반신을 일으켰다.

"밖을 보여주게."

부인이 장지를 열었다. 손질이 잘 된 전통적인 정원이 눈앞에 펼쳐졌다. 넓은 창으로 만추의 맑은 햇살이 쏟아져 들어온다.

"감이 아주 실하지?"

정원 오른쪽 구석으로 보이는 커다란 감나무에는 열매가 여러 개 달려 있었다.

"예, 선생님."

린코가 고개를 끄덕였다.

"아주 달아. 돌아갈 때 좀 가져가."

명예교수는 온화하게 웃었다.

이튿날 곧도 명예교수는 다시 링거를 포함한 모든 치료를 거부하겠다고 선언했다.

"……알겠습니다."

린코의 목소리가 한숨처럼 갈라지고 만다. '환자의 전부를, 심지어 죽음까지도 받아들이라'고 했던 오코치 교수의 가르침을 따르자, 하고 내심 마음을 다지고 있었다.

명예교수가 린코의 진의를 살피려는 듯 의심하는 표정을 짓자,

"알겠습니다. 말씀대로 하겠습니다."

하고 린코가 다시 한번 분명하게 말했다.

그제야 명예교수의 입가가 풀어졌다. 지금까지 린코에게 보여준 표정 가운데 가장 따뜻한 것이었다.

"앞으로 얼마나 남았지?"

대답할 말이 궁했다. 정직하게 대답해도 좋을까.

"왜 그래?"

명예교수가 눈을 강하게 두 번 껌뻑였다. 학생이나 연수의를 격려할 때 보여주던 버릇이다. 이때 '시간'을 정확하게 전하는 것은 의사의 마지막 본분이다—그렇게 재촉하는 것처럼 느껴졌다.

"사흘, 입니다."

한순간 공기의 흐름이 멎었다.

"제대로 봤군."

명예교수는 만족스레 고개를 끄덕였다.

칭찬을 받았지만 기쁠 리가 없었다. 린코는 말없이 고개를 숙였다.

"모든 걸 자네에게 맡기네."

그렇게 말하고 명예교수는 눈을 감았다. 의사가 되고 11년 남짓. 지금까지 몇 사람의 생명을 맡아 왔던가. 하지만 임종을 부탁받는 무게감이 오늘처럼 힘겹게 느껴진 적은 없었다.

고개를 들자 부인과 눈길이 마주쳤다. 온화한 얼굴에서 눈물이 방울방울 굴러 떨어진다.

"이이가 원하는 대로 해 주세요."

약하긴 하지만 결연한 말투였다.

'10월 25일 자연사 방침을 정했다. 환자 곤도 이사오와 처 곤도 시노, 간호사 다케다 고스케, 의사 미토 린코 사이에 몇 차례에 걸쳐 확인했다.'

진료차트에 그렇게 기재했다.

다시 한번 곤도 명예교수를 돌아보았다. 침식을 잊으며 환자의 생명을 구해 온 강인한 외과의는 조용한 숨소리를 내며 잠들어 있었다.

이튿날 오후, 하루 종일 내리던 비가 그치자 곤도 가에서는 커다란 무지개를 볼 수 있었다.

명예교수는 환한 빛 속에서 선잠에 들어 있었다. 부인에 따르면 아침부터 잠든 것 같은 상태였다고 한다.

"곤도 선생님, 미토입니다."

눈꺼풀이 살짝 열린다 싶더니 이내 닫혀 버렸다. 대답이 없다.

린코가 귓가에 얼굴을 가까이 대고 커다란 목소리로 물었다.

"선생님, 힘들지 않으세요?"

희미한 대답이 돌아왔다.

"……적당해."

고스케가 혈압계를 살펴보고 낯을 찡그리며 작은 소리로 린코에게 보고했다.

"수축기 70, 이완기는 측정되지 않습니다."

그건 '이제 곧 죽을 것'이라는 말과 다르지 않았다. 린코는 검지를 자기 입술 앞에 세웠다. 그 소리가 명예교수의 귀에 들어가면 안 된다는 듯.

곧 부정맥이 빈번하게 나타나기 시작했다. 죽음과 직결되는 심실세동이 나타날지도 모른다.

교수의 의식은 조금씩 희미해지기 시작했다. 언제 급변할지 알 수 없다.

위대한 의사의 심장이 눈앞에서 멎는다고 생각하니 진저리가 쳐졌다.

죽음을 그냥 지켜봐도 정말 괜찮은 걸까. 공포와 비슷한 감정이 다시 목구멍으로 치받았다.

스승의 뜻에 반하는 연명치료는 스승에 대한 모독이다. 아니야, 하지만—. 린코의 갈등이 점점 커져간다.

곤도 명예교수가 말을 하려고 하자 호흡이 어지러워졌다.

"이, 이걸로……."

말이 끊긴다.

"선생님?"

린코는 명예교수의 입가에 귀를 대고 기다렸다.

자신의 호흡 소리에 명예교수의 목소리가 묻히지 않도록 숨을 죽였다. 입술의 아주 미세한 움직임도 놓치지 않으려고 온 신경을 집중했다.

"이제…… 됐어."

명예교수의 숨이 거칠어 알아듣기 힘들다.

"다시 한번, 다시 한번만 부탁합니다!"

"자넨, 잘……했어."

희미한 목소리였다. 하지만 린코에게는 무엇보다 강렬한 말이었다.

다음날 곤도 명예교수의 호흡은 극도로 약해졌다. 수축기 혈압이 68. 생명을 유지할 수 있는 한계 상황이었다. 소변은 한나절 이상이나 나오지 않았다. 발바닥은 산소결핍에 의한 치아노제가 나타나 짙은 보랏빛이 되었다. 언제 사망해도 이상하지 않은 상태였다.

다다미방의 장지는 다 열어 놓았다. 다른 날과 달리, 색깔이 선명한 열매가 달린 감나무가 보이는 자리에 베개가 놓여 있다. 하지만 명예교수의 눈길은 어디에도 고정되어 있지 않았다.

린코와 고스케는 명예교수를 1시간 정도 지켜보았다. 계속 곁에 있고 싶었지만 다음 환자를 방문할 시간이 다가오고 있었다. 이럴 때면 방문 진료의 무정함을 느낀다.

"사모님, 잠깐만 보실까요."

린코는 고스케를 방에 남겨두고 부인을 재촉하여 복도로 나갔다. 긴장한 표정의 부인에게 죽음이 목전에 왔음을 다시 고했다.

"……각오는 돼 있어요."

부인은 그렇게 말하고 시선을 밑으로 떨어뜨렸다.

연락이 온 것은 그날 밤 11시가 지나서였다. 곤도 가에 도착했을 때 명예교수의 심장은 이미 멎어 있었다. 부인의 손에 손을 맡긴 채. 명예교수의 오른손과 부인의 희미하게 핏기를 띤 손가락. 임종에서 두 사람의 모습을 보는 순간, 첫 방문 때 보았던 똑같은 광경이 떠올랐다.

사망진단서를 작성하는 동안 고스케가 명예교수의 시신을 닦고 하얀 옷으로 갈아입혔다.

"대학병원에서 집으로 돌아온 뒤로 남편은 아주 평온했습니다. 그렇게 온화한 얼굴은 최근 몇 년간 본 적이 없어요. 정말 고맙습니다."

부인은 차분한 목소리로 말했다. 심지가 굳은 여성이라고 느꼈다.

동트기 전 곤도 가를 떠날 때 린코는 다시 한번 명예교수에게 고개를 숙였다.

"임종하게 해 주셔서 고맙습니다."

움직이기 시작한 왕진 차량에서 본 노송이 달빛을 받아 장엄하게 빛나고 있었다.

“곤도 명예교수를 기리며 묵념.”

오코치 교수가 전에 없이 격식을 차린 목소리로 말했다. 고별식 사흘 뒤 케이즈 키친에 모인 린코 일행은 조용히 눈을 감았다.

고인을 위해 헌배한 뒤 케이 짱이 주방에서 주간지를 들고 나왔다.

“이거, 읽었어요.”

눈앞에 놓인 것은 오늘 발행된《주간골드》최신호였다. 표지에는 ‘슈퍼닥터의 마지막 업무’라는 제목이 큼지막하게 인쇄되어 있었다.

기사는 곤도 명예교수의 업적을 시작으로 자택에서 죽음을 맞기로 결의하게 된 경위를 소개했다. 그리고 명예교수가 암 생존자들을 만나며 돌아다닌 활동에 대해서도 상세하게 적었다.

곤도 씨는 말기 암 투병 중임에도 자신이 집도한 암 환자의 ‘그 후’를 직접 확인하는 일에 남은 수명을 불태웠다. 그것은 암 수술 후 20년 이상 건강하게 생활하고 있는 슈퍼 장기생존자를 확인하고 집도의로서 세상에 보고하는 프로젝트였다.

그 가운데 몇 사람을 소개한다. 위암으로 위를 전부 절제하고 위 기능을 장에게 맡기는 수술을 22년 전에 받은 A씨(72)는 재발도 없이 현재 도쿄 도내 공영 경마장에서 건강하게 일하고 있다.

식도암을 앓은 자영업자 B씨(68)는 식도 절제 수술을 받았다. 목소리를 잃었지만 업무로 복귀할 수 있었다. 하지만 수술 후 20년을 목전에 둔 작년에 간암으로 사망했다. 곤도 씨는 오래간만에 재회한 B씨의 부인에게, "그때 수술로 암을 완전히 절제한 거 맞나요?" 라는 힐문을 받았다고 한다.

환자와 재회하는 일은 의학의 진보를 실감하는 기회이기도 하다. 위에서 악성 임파종이 발견된 주부 C씨(57)는 21년 전 수술을 받았다. 현재 악성 임파종은 대개 수술 없이 치료되지만, 당시는 외과 처치를 결단하는 사례가 드물었다. 다행히 C씨는 재발 없이 동물원에서 자원봉사자로 삶의 보람을 찾고 있다. 나아가 D, E 두 사람은—.

"A씨는 오오이 경마장의 경마 예상업자이고 B씨 부인은 고간지 근처 건어물상을 운영하며, C씨는 오랑우탄 사육장의 가이드예요."

고스케가 가메 짱에게 보충 설명을 했다.

이런 활동을 하면서도 곤도 씨는 자신의 병에 대해서는 결코 많은 말을 하지 않았다. 다만 본지와 인터뷰할 때 곤도 씨는, "의료에는 당연히 한계가 있지만, 대부분의 의사는 투쟁을 멈추는 것을 패배라고 오해한다. 그런데 투쟁만으로는 버틸 수 없는 순간이 조만간 찾아오게 마련이다. 그때 요구되는 것은 다른 차원의 의료이다. 죽기 전 남은 시간에 누긋하게 곁을 지켜주는 치료가 얼마나 소중한지를 나는 체험으로 깨달았다" 라고 대답했다.

곤도 씨는 또 자신의 베스트셀러 『포기하지 않는 암 치료』의 주장도 어떤 단계를 넘은 뒤에는 오류라고 하지 않을 수 없다고 병상에서 말했다.

암과 투쟁하는 방법을 속속들이 알고 그 한계도 숙지하고 있던 곤도 씨. 수많은 환자에게 전우이자 스승이라고 할 수 있는 존재였다. 필자는 그렇게 확신한다— 왜냐하면 필자도 23년 전 곤도 씨의 집도로 목숨을 건진 암 생존자 가운데 하나이기 때문이다.

기사 서명란에는 '본지 편집장 기노우치 마코토'라고 되어 있다.

"기노우치란 이름, 어디선가……."

린코가 기사에서 눈길을 들며 고스케에게 물었다.

"방문 진료 첫날, 저희와 자리바꿈하듯 곤도 선생을 만났던 사람입니다! 그 사람, 곤도 선생의 환자였고 주간지 편집장이었군요."

둘 사이에 어떤 대화가 오갔는지는 알 수 없지만, "저희들 삶에 지팡이를 남겨 주십시오"라는 말을 들은 기억은 있다.

그래서 곤도 명예교수가 예전 환자들을 만나 보기로 결심하고 링거와 동통 치료를 받아들인 것일까. 혹은 이 계획 자체가 기노우치의 아이디어였는지 모른다.

"그리고 그거 기억 안 나? 오코치 선생이 돕겠다고 제안하자 곤도 선생은 '남은 일들은 그쪽에서 정리해 줄 거야'라고……."

"이 기사를 말한 거였군요."

고스케는 납득한 표정으로 고개를 끄덕였다.

"가장 마음에 드는 내용은 이거야."

기사를 다 읽은 오코치 교수가 미소를 지으며 기사 중에 사진을 설명하는 작은 활자를 가리킨다.

"……음, 사진 설명 말이군요."

'신주쿠 의대병원에서 스기나미 구의 자택으로 돌아와 〈평온하게 죽게 해 주는 재택 진료의에게 목숨을 맡겼다〉라고 말하는 곤도 이사오 씨.'

"네? 평온하게 죽게 해 준다고요?"

"최고의 칭송이잖아. 그래서 곤 선생은 자넬 선택한 거야."

교수는 기분이 좋아 보였다.

"무슨 말씀이죠?"

"신주쿠 의대병원 의사 중에서 무사시 방문클리닉의 2대 상근의를 선임할 때 곤도 선생이 자넬 추천했었어."

금시초문이다.

"설마, 그런…… 곤도 선생이 저를 알고 계셨을 리가 없는데요?"

실력파와 적극파 의사들이 우글대는 신주쿠 의대병원에서 명예교수가 자신의 존재를 알고 있었다고는 생각할 수 없었다.

"곤 선생이 어떻게 자넬 알고 있었는지 궁금한가?"

"아, 예……."

좋은 소문이 돌았을 리가 없다. 조금 두려웠다.

"자넨 외래에서 늘 제 시간을 넘기며 일했지?"

다른 의사들 사이에 '미토는 일이 늦다'는 악평이 돌던 것은 더 이상 떠올리기도 싫다. 린코는 수치심에 얼굴이 화끈거렸다.

"하지만 자네가 담당한 환자들은 클레임을 제기한 경우가 별로 없었어. 즉 환자 만족도가 높았던 거지."

"……."

"자넨 외래시간이 끝난 뒤에도 복도나 대합실에서 종종 환자와 대화하곤 했어. 점심식사도 거르고 당직 시간까지 할애하면서. 곤 선생은 그걸 늘 지켜보셨던 것 같아."

"설마…… 전혀 몰랐어요."

"자네는 환자의 뜻을 존중하는 유연성이 있어. 종말기 환자에게 필요한 것은 이론에 충실한 의료가 아니야. 미토 린코라면 그걸 할 수 있을 거라고 곤도 선생은 믿었던 거지. 나도 같은 의견이었어."

오코치 교수는 벌써 두 번째 맥주잔의 절반을 비웠다. 오늘은 잔 비우는 속도가 빠르다.

그때 고스케가, "저도 동감입니다!" 하고 소리쳤다.

"처음엔 불량 닥터가 온 줄 알았어요."

"부, 불량 닥터?"

고스케에게 이런 소리를 들을 줄은 몰랐다.

"어째서?"

오코치 교수가 흥미를 보이며 물었다.

"예를 들면요, 암 환자에게 흡연을 허락하더라고요. 밥도 먹고 싶지 않으면 억지로 먹을 필요 없다, 재활도 내키지 않으면 안 해도 좋다. 지금까지 그렇게 말하는 선생을 만나 본 적이 없었기 때문에, 이 선생, 정말 괜찮을까 하고……."

오코치 교수가 소리 내어 웃었다.

"미토 군답네! 역시 곤 선생과 내가 기대한 대로야."

이걸 기뻐해야 하나. 린코가 당황하며 오코치 교수의 얼굴을 쳐다본다. 그때 케이 짱이 차분한 투로 말했다.

"저도 알 것 같아요. 사람은 소소한 소망이 소중한 거예요. 이 세상을 떠나기 직전이잖아요. 하고 싶은 거 하고 먹고 싶은 거 먹고 마음 내키는 대로 살고 싶지 않겠어요?"

"케이 짱답군."

교수가 빙긋이 웃었다.

"미토 군, 자신감을 가져. 곤 선생에게 인정받았잖아. 자넨 그분 앞에서 이상적인 임종을 멋지게 실천한 거야."

오코치 교수는, "임종 닥터에 합격한 걸 축하하는 뜻에서 다시 건배하자고!" 하며 고스케와 가메 짱의 잔에 맥주를 따랐다.

린코의 물잔에 유리잔이 부딪혀 둔탁한 소리를 냈다.

베란다로 나오니 금귤의 어린 열매들이 거의 다 떨어져 있었다. 이번에는 잘되려나 기대했으므로 충격이 컸다.

흙을 조금 파 보니 가는 뿌리가 왕성하게 나와 있었다. 원예점 점원이 화분은 큰 걸 써야 한다고 해서 새 화분과 비료 섞인 흙도 사 두었다. 다만 열매가 달려 있을 때는 피하자 생각하고 분갈이를 미루었는데.

이번에는 커다란 화분에 자갈을 깔고 흙과 비료를 조금 넣었다. 그러고는 기존 화분에서 줄기를 잡고 뽑아내려 했지만 고착되었는지 잘 뽑히지 않았다. 막대기로 화분을 두드려 간신히 뽑아내고 뿌리에 달린 기존 흙을 조금 떨어뜨리고 새 흙을 넣었다.

작업을 마치고 물을 흠뻑 주었더니 금귤나무가 갑자기 싱싱해진 것처럼 보였다. 잎 하나하나가 기뻐하는 것 같아, 아무리 봐도 질리지 않았다. 좀 더 빨리 분갈이해 줄 걸 그랬다.

린코는 화분 옆에 멍하니 앉아 곤도 명예교수와 함께한 날들을 떠올렸다. 지금까지 대학병원에서 보아 온 경황없는 죽음들과 달리 누긋하게 짐을 하나하나 내려놓는 것과 같은 종말기였다.

고치는 것만 생각하는 의료에는 한계가 있다. 이제는 임종 의료가 매우 중요하다고 린코는 생각했다.

앞으로 아빠와 함께 금귤 열매를 먹어 볼 날은 결코 오지 않을 것이다. 그렇다면 아빠를 위해 무엇을 할 수 있을까. 한 발 더 앞으로 나가야 한다고 생각했다.

린코가 방으로 돌아오자 베란다에서 들어온 바람에 테이블 위의 비닐봉지가 바삭바삭 소리를 냈다. 봉지 속에는 그날 스가모에서 산 물건이 들어 있다. 물잔은 엄마를 위해 산 것이고, 고간지의 부적은 아빠를 위해 받아 온 것이다.

불어오는 바람소리가 더 강해졌다. 올해 네 번째 태풍이 다가오고 있다고 한다.

사일런트 브레스

화사한 일루미네이션이 미타카 역전을 온통 장식했다.

요즘처럼 연말이 되면 무사시 방문클리닉은 더 바빠진다. 멀리 사는 친척이 환자의 집을 방문하는 일이 많기 때문이다. 평소 왕래가 없던 가족에게 병상을 설명해야 하므로 아무래도 시간이 더 걸린다.

아빠가 고열을 낸 것은 그럴 때였다.

지난 반년 동안 아빠는 매월 입퇴원을 반복해 왔다. 이번에도 오연성 폐렴이 일어나 입소해 있던 시설에서 근처 네기시 병원으로 이송되었다.

병원 복도에서 보는 풍경은 평소와 다르지 않다. 이곳으로 옮겨진 것이 몇 번째일까. 늘 오연성 폐렴에 따른 긴급 입원, 항생제 치료, 그리고 시설 복귀가 반복되어 왔다. 이번에도 역시 그런 과정을 밟기 시작했다. 폐렴이 나아도 아빠의 의식은 돌아오지 않겠지만.

"아, 미토 씨, 마침 잘 오셨어요."

곁에 있던 주치의가 자기 방으로 들어오라고 했다.

방문에는 병원명이기도 한 '네기시'라는 이름의 명판이 붙어 있다. 간호사들이 '부원장'이라고 부르는 것을 보면 원장의 아들일까.

네기시 의사는 뢴트겐 사진을 라이트박스에 걸고 "오시라고 해서 미안합니다" 하며 고개를 숙였다.

"보시는 바와 같습니다. 여기가 하얀데, 전형적인 오연성 폐렴입니다."

네기시 의사는 뢴트겐 사진의 좌하측, 즉 폐의 오른쪽 아래에 생긴 그림자를 가리켰다.

기관에서 좌우로 갈라지는 기관지는 왼쪽보다 오른쪽이 수직에 가까워 타액 등이 오른쪽 폐로 흘러들기 쉽다. 때문에 오연성 폐렴은 오른쪽 폐에서 일어날 가능성이 높다.

"이제 병상은 안정되었어요. 그래서 저희 쪽에 입원하는 것은 앞으로 이삼일이면 충분하니 그만 시설로 돌아가시는 것이……."

병상 설명에 이어 퇴원을 종용하는 내용이었다.

사정은 금방 이해할 수 있었다. 대학병원에서도 환자의 입원 기간을 하루라도 줄이라고 주치의를 압박한다. '의료를 더 필요로 하는 사람을 위해 침상을 확보한다'는 국가적 방침에 따라 진료수가상 장기입원은 병원의 수지에 불리한 방식으로 되어 있기 때문이다.

환자를 지체 없이 퇴원시키려면 일찌감치 가족에게 퇴원을 종용할 필요가 있다.

"알겠습니다. 퇴원 날짜는 어머니와 상의해서 잡겠습니다."

"재촉하고 싶지는 않습니다만……."

네기시 의사는 미안한 듯이 덧붙였다.

"아뇨, 아버지는 어차피 터미널 상황입니다. 가족으로서 죽음을 받아들여야 할 단계가 아닌가 싶습니다."

네기시 의사의 표정이 변했다. 린코의 말에 뭔가를 느낀 모양이다.

"그렇게 말씀하시는 것은?"

"아버지하고는 의사소통도 안 되는데 이렇게 치료를 반복하는 게 좋은 건지……."

잠시 침묵이 흘렀다.

"저도 이제 치료에 한계가 왔다고 생각합니다. 게다가……."

네기시 의사는 뢴트겐 사진을 집어 들며 말했다.

"환자분이 반응을 보이지 않아도 본인은 소리나 냄새를 즐기고 있을지도 모른다고 상상할 수는 있습니다. 하지만 동시에 저는 어쩌면 환자가 고통스럽기만 한 것은 아닐까 하는 상상도 하고 맙니다. 다만 그걸 확인할 방법도 없고, 편하게 해 드릴 치료도 없어서……."

"그렇죠. 역시 그게 한계라는 말씀이군요."

린코는 같은 말을 반복했다.

근본적 의미에서 회복을 못하는 사람을 아버지로 둔 의사와, 그렇게 회복이 난망한 환자를 담당한 의사. 처지는 대조적이다. 하지만 두 의사가 하는 말은 모두 인생의 최후를 맞이하는 환자를 접하는 의사의 비애이고 공감의 언어였다.

"아버님은 자신의 종말기에 대하여 어떤 생각을 갖고 계셨습니까?"

"두 번째 뇌경색을 겪은 뒤로는 내내 누워 계셨기 때문에 대화를 할 수 없었어요. 그런 상태가 되기 전에는 아버지와 종말기 의료에 대하여 얘기해 본 적이 없어서 무슨 생각을 하시는지 알지도 못한 채 시간을 보내고 말았죠."

린코는 "말씀드리기 부끄러운 일이지만요" 하고 덧붙였다.

네기시 의사는 창밖으로 시선을 돌렸다. 안쪽으로 이어지는 병동의 하얀 벽에는 메마른 담쟁이덩굴 잎이 흔들리고 있었다.

"이렇게 작은 병원이지만 평판은 비교적 좋은 편입니다. 만약 저에게 무슨 일이 생기면 저도 이 병원에서 충실하게 간병을 받고 싶어요. 다만 실제로 죽을 때도 여기에 있고 싶으냐고 묻는다면 아직은 모르겠다는 것이 솔직한 심정입니다."

"여기가 아니라면 자택을 고려하시나요?"

"네. 병원에 있는 게 가족을 덜 힘들게 하고 양질의 간병을 받을 수 있다는 것은 알고 있지만요. 이런 심정은 대체 뭘까요."

시원해 보이는 눈썹을 모으며 네기시 의사는 곤혹스런 웃음을 지었다.

의료인의 모습, 그리고 종말기를 자기 일로 진지하게 고민하는 사람의 모습을 본 것 같았다.

"……저는, 자택에서 아버지를 보내드릴 생각입니다."

자연스럽게 그 말이 린코의 입을 타고 나왔다.

"자택에서 인생의 최후를— 그것도 좋은 생각 같군요. 어머님은 납득하시나요?"

"아직입니다. 어머니에게는 이삼일 동안 비밀로 해 주시겠습니까?"

"알겠습니다."

형편을 이해한다는 듯이 네기시 의사가 고개를 끄덕였다.

"늘 입원을 허락해 주셔서 고마웠습니다."

린코는 이것이 마지막 입원이라고 생각하며 인사했다.

"도움이 되었다면 다행이군요."

의사가 라이트박스 스위치를 끈다. 아빠의 폐를 보여 주던 뢴트겐 사진이 어두워졌다.

"제 어머니도 인지증이 있어서 잘 압니다."

네기시 의사는 빛이 사라진 뢴트겐 사진을 쳐다보며 낮은 소리로 말했다.

"이 병원에 입원해 계시죠. 내내 누워만 계셔서 제대로 대화도 할 수 없지만 '집에 돌아갈래, 돌아갈래'라는 말만 하고 계세요."

린코에게 시선을 돌린 주치의가 입가를 살짝 일그러뜨려 미소를 지었다.

아빠의 병실로 들어섰다. 습도가 높은 공기가 끈끈하게 느껴졌다. 엄마는 침대 옆에 앉아 아빠의 발을 쓸어주고 있었다.

"어때요?"

"그렁그렁하는구나."

정말로 가래 걸린 소리가 희미하게 섞여 있다. 엄마는 아빠 가슴에 귀를 댔다.

"간호사 불러라. 석션 좀 해 달라고 해야겠다."

"안색도 좋고, 아직 일러요. 가래가 좀 더 올라온 뒤에 하는 게 좋겠어요."

린코가 엄마를 말렸다. 가래는 고름 같은 것이다. 폐에 들어온 균을 물리치려고 모여든 백혈구 세포와 균의 사체들이 가래가 된다. 가래는 섬모운동을 통해 이동하는데, 좁은 기관지에서 굵은 기관으로, 최종적으로는 목에 당도한다. 빈번한 흡인 처치는 기관에 상처만 줄 뿐 가래 양을 오히려 늘리는 원인이 되기도 한다. 흡인할 수 있는 목구멍까지 가래가 나오기를 기다리는 수밖에 없다.

하지만 1분도 지나기 전에 엄마가 또 같은 말을 꺼냈다.

"얘, 아무래도 석션하는 게 좋지 않겠니?"

"호흡도 안정적이니까 아직 필요 없어요."

엄마는 납득하지 못하는 표정이었다.

"너도 할 줄 알지?"

엄마는 린코에게 흡인을 하라고 말했다.

"할 수는 있지만, 병원에서는 직원이 아니면 못해요."

"어째서?"

"현장이 혼란스러워지잖아요. 그러다 출혈이라도 일어나면 누구 책임이냐라든지……."

"출혈이 없게끔 하면 되잖아."

"그런 문제가 아니에요. 꼭 필요하다면 규칙 위반이라도 내가 할게요."

"하지만 이렇게 그렁그렁 소리를 내고 있잖아!"

린코의 제지에도 불구하고 엄마가 간호사 호출 버튼을 눌렀다.

"무슨 일이세요?"

침대 옆 스피커에서 간호사의 목소리가 흘러나왔다.

"저어, 가래 석션을……."

"조금 전에 해 드렸잖아요?"

간호사 말대로였다. 침대 옆에 걸린 간호기록에 의하면 10분 전에 처치를 한 상태였다.

"그, 그렇지만 환자가 괴로워하는 것 같은데……."

잠시 뜸을 두고 대답이 흘러나왔다.

"알겠습니다. 잠시 기다려 보세요."

젊은 간호사가 들어왔다.

"죄송해요, 어머니가 자꾸 보채서……."

"일단 해 볼게요."

간호사는 고개를 살짝 갸웃거리며 실리콘 튜브를 집어 들었다.

튜브를 코에 집어넣자 아빠의 얼굴이 고통으로 일그러졌다.

의학부 실습시간에 튜브를 자기 코에 집어넣은 적이 있다. 콧구멍 안쪽에 불에 덴 듯한 통증이 치달았다. 바닷물에 빠졌을 때와 같은 그 언짢은 감각은 지금도 기억에 생생하게 남아 있다.

아니나 다를까 헛수고였다. 아무것도 흡인되지 않았다. 가래는 튜브가 닿는 곳보다 더 안쪽에 있는 좁은 기관지에 걸려 있었다. 조금 흡인되어 나온 것은 피가 섞인 분홍빛 액체뿐이었다. 점막이 다쳤는지도 모른다. 가래가 조금 더 올라올 때까지 기다리는 수밖에 없었다.

"아직 석션이 되질 않네요. 조금 시간이 지나면 다시 오겠습니다."

엄마는 충분히 납득하지 못한 표정이었다. 두 사람만 남게 되자, "저 간호사, 제대로 할 줄 모르네" 하고 린코에게 속삭였다.

아빠가 제힘으로 기침도 못하여 가래를 내보낼 수 없게 된 병상을 엄마는 인정하려 들지 않았다. 그런 엄마에게 아빠는 이제 생명의 한계에 와 있다는 것을 어떻게 설명해야 좋을까.

엄마는 의자에 앉아 무료하게 종이학을 접기 시작했다. 린코도 색종이 다발에서 한 장 뽑아내어 말없이 손을 움직인다.

아빠를 집에서 임종하겠다는 이야기를 어떻게 꺼낼까. 린코는 적당한 말을 찾지 못하고 있었다.

다시 단속적으로 끈적끈적한 가래가 걸린 소리가 조금씩 커져 갔다.

아빠를 문병한 이튿날 신주쿠 의대병원에 갔다. 클리닉 왕진차량의 리스 갱신을 신청하기 위해서다. 경리과에서 절차를 마치고 종합진료과 교수실에 들렀다. 오코치 교수에게 가정 형편을 보고해 두자고 생각했다.

교수실 창문 밖에서는 구급차 사이렌 소리가 들려온다. 의국 문이 열리고 닫히는 소리나 복도를 잰걸음으로 지나가는 발소리가 교차한다.

부산한 대학병원 풍경이다. 한데 이상하게도 돌아가고 싶다는 생각은 들지 않았다.

"……그런 상황이어서 아버지를 집으로 모셔서 간병할까 합니다."

린코가 그렇게 말하자 오코치 교수는 표정이 굳었다.

"아버님 연세가 어떻게 되시지?"

"일흔여덟입니다."

"아직 젊으시군. 부모 일이라면 웬만해서는 냉정해질 수 없게 마련인데, 괜찮겠어? 각오는 돼 있나?"

"네. 오히려 지금까지 결정을 내리지 못해서 아버지에게 죄송하단 생각을 하게 되었어요. 의사소통이 완전히 사라진 지 3년입니다. 아버지 몸에 상당한 부담을 주면서 무리하게 생명을 연장하고 있습니다. 의사로서가 아니라 딸로서 이대로 둘 수는 없다고 느꼈습니다."

"그래? 그럼 어머니는 납득하시나?"

"실은 아직 퇴원 얘기도 꺼내지 못했습니다만."

교수는, "그게 큰일이군" 하고 중얼거렸다.

"링거는 어느 정도나 하고 있지?"

"하루 1500밀리리터입니다."

"그래? 부종은?"

"있습니다. 집에 돌아가면 유지수혈 500밀리리터로 하고 어머니가 아버지의 현실을 받아들이기를 기다릴 생각입니다."

유지수혈의 열량은 500밀리리터에 100킬로칼로리가 조금 안 되므로 링거는 수분 보급 정도의 의미밖에 없다.

"그럼 한 달인가. 길어야 두 달 정도인가."

"……네. 어머니가 각오를 굳히면 링거를 중지하려고 합니다."

"그렇게 되면 사흘에서 일주일이겠군."

아빠를 임종하는 절차를 교수와 이야기하다 보니 이상한 기분이 들었다. 늘 하던 환자 이야기가 아니라 이것은 아빠의 임종 이야기다. 아빠가 죽는다는 현실을 놓고 교수와 담담하게 대화하게 될 줄은 몰랐다. 이전의 린코라면 불가능했을 것이다.

"집은 요코하마에서 조금 멀지만 업무에 지장이 없도록 노력하겠습니다."

문득 교수의 표정이 어두워졌다.

"일을 계속할 생각인가?"

"예. 간병인을 고용해서……."

"무슨 생각을 하는 거야, 미토 군!"

오코치 교수답지 않게 날카로운 말투였다.

"간병을 하면서 일까지 하겠다니, 그렇게 안이한 생각으로는 곤란해."

"죄송합니다. 하지만 환자들에게 피해가 가지 않도록……."

"그런 얘기가 아냐. 아버님과 보내는 마지막 시간 아닌가?"

"아, 예."

"제대로 휴가를 내. 이건 업무 명령이야."

교수는 그렇게 말하고 비서를 시켜 휴가신청서를 가져오게 했다.

"자, 여기 서명해. 인감은 있나?"

생각지도 못한 전개에 린코는 당황하고 말았다.

"아버지와 함께하는 시간이 우선이지."

"하지만 방문 진료 예정이……."

"닥터는 수배하면 돼. 자네가 없어도 클리닉은 팽팽 돌아갈 테니까 안심해. 급하면 내가 가도 되고."

옆에서 비서가, "선생님, 너무 쉽게 장담하시면……" 하고 못마땅한 표정이 되었다.

"괜찮아. 아무튼 미토 군은 업무라 생각하고 간병 휴가를 내. 혹시 간호사가 필요하면 가메 짱에게 말해 두면 돼."

의사 확보는 매우 힘들 것이다. 그런데도 오코치 교수는 린코가 진료를 쉴 수 있게끔 결정해 버렸다. 린코는 시키는 대로 서명했다.

"살면서 한 번밖에 없는 일이잖아, 응?"

"죄송합……."

고개를 숙인 린코의 코끝이 찡해졌다.

오후에는 클리닉 일을 일찌감치 끝내고 우선 엄마에게 퇴원 이야기를 해야겠다고 생각했다.

네기시 병원에 도착했을 때는 이미 면회시간이 지나 있었다. 접수처에 시간 외 방문을 신청하자 퇴원 준비라는 명목으로 융통성을 발휘해 주었다.

아빠의 병실은 변함없이 묵직한 습기를 띠고 있었다. 창가에 달아 놓은 종이학의 날개가 축 늘어졌다.

아빠의 호흡음에 가래 소리가 섞여 있다. 하지만 엄마는 흡인을 했으면 좋겠다고 말하지 않았다. 어제 일 때문일 것이다. 쉬지 않고 아빠의 가슴 언저리를 쓸어주고 있었다.

잠시 후 엄마는 이마의 수건을 치우고 양손으로 얼싸안듯이 하여 아빠의 체온을 확인했다.

"열이 떨어진 것 같구나."

엄마는 안도하는 표정으로 세면기의 얼음물에 수건을 적셨다. 뚝뚝 떨어지는 물소리가 병실에 의외로 크게 울린다. 꼭 짠 수건을 아빠 이마에 얹고 침대 옆 의자에 앉은 엄마가 작은 색종이를 한 장 꺼내들더니 또 종이학을 접기 시작했다. 지금까지 엄마가 접은 종이학은 천 마리짜리 다섯 세트나 된다.

린코는 아빠의 산소마스크에서 새어나오는 공기 소리와 가래 걸린 소리를 들으며 시간을 보냈다. 간호사 발소리나 금속 왜건 달리는 소리가 종종 날카롭게 들린다. 그런 소리들 속에서 종이 접는 소리가 엄마의 뜻을 표시하는 듯하다.

"실례합니다. 석션할게요."

침묵을 깨고 간호사가 병실에 들어왔다.

날카로운 흡인 소리와 함께 걸쭉한 액체가 띄엄띄엄 흡입된다. 아빠는 신음소리를 내며 미간에 깊은 주름을 만들었다. 몸부림치듯이 등과 턱을 연방 들썩거린다.

린코는 저도 모르게 눈길을 돌려 버렸다. 평소 의료현장에서는 냉정하게 대처할 수 있었지만 아빠의 흡인만은 태연하게 지켜볼 수가 없다. 아빠의 고통을 생각하니 마치 자기 코에 튜브가 찔러져 있는 것 같아 숨이 막히는 듯했다. 더구나 횟수를 거듭할수록 견디기 힘들어진다.

마침내 처치가 끝났다. 아빠는 다시 무표정으로 돌아갔다. 겨우 안도하지만 잠깐의 평온이라고 생각하니 온전히 평온해질 수도 없다.

같은 처치가 한두 시간마다 반복된다. 그때마다 아빠는 낯을 찡그리고 신음하고 몸부림치며 고통스러워한다. 언어도 표정도 잃은 아빠가 반응을 보이는 것은 극도의 고통을 느낄 때뿐이다. 그 사실이 린코의 가슴을 더욱 아프게 했다.

병실에 다시 정적이 돌아왔다. 지금밖에 없다. 린코는 마침내 엄마에게 말하기로 결심했다.

"저기, 엄마."

"응?"

"아빠랑, 집으로 돌아갈까?"

"어? 집에?"

"아빠는 지금껏 충분히 애써 주셨어. 마지막 시간은 집에서 셋이 함께 지내다가 아빠를 보내드리고 싶은데, 엄마 생각은 어때?"

린코의 제안에 놀랐는지 엄마는 말을 하지 못했다.

아빠가 발병한 뒤로 있었던 일들이 머리를 스친다.

현재 78세인 아빠는 69세 때 처음 뇌경색을 겪었다. 린코가 의사 가운을 입고 3년이 되던 해의 어느 날 아침 무렵의 일이다. 아빠가 나오지 않아서 방으로 가 보니 침대에서 제대로 내려오지 못하고 바닥으로 떨어진 듯한 자세로 버둥거리고 있었다. 오른쪽 뇌경색이었다. 이후로 왼쪽 손발을 움직이지 못하게 되었다. 하지만 대화나 글쓰기는 가능했고 지팡이를 짚으며 걸을 수도 있었다.

72세 때 두 번째 발작이 닥쳤다. 이번에는 왼쪽 뇌경색으로, 손발을 좌우 모두 쓸 수 없게 되었다. 마비는 사지에 머물지 않았다. 아빠는 목소리를 거의 내지 못했고 먹고 마실 수도 없게 되었다.

게다가 삼키는 능력을 잃은 탓에 입안에 든 것이 기관으로 들어가곤 했다. 그로 인해 일어나는 오연성 폐렴을 예방하기 위해 위루를 만들었다.

그 뒤로 약한 뇌경색을 몇 번이나 겪었다. 그때마다 장애가 더해졌다. 마침내는 의사소통을 못하게 되고 눈을 뜨고 있는 시간도 짧아졌다.

위루를 사용하여 위에 직접 영양제를 넣으면 오연을 방지할 수 있을 터였다. 그러나 인체는 이론대로만 움직이지 않는다. 아빠는 1년쯤 전부터 자꾸 오연성 폐렴을 겪게 되었다. 위에 유동식이 들어가면 소화기계 전체가 반응을 보이는데, 자연스럽게 분비되는 타액으로도 오연이 일어났다. 위 내용물이 역류하는 일도 있었다.

이제 위루는 한계에 왔다고 판단하고 반년 전 중지하고 링거만 하게 되었다. 하지만 타액이 완전히 분비되지 않게 되는 것은 아니었다. 그래서 종종 오연성 폐렴이 일어나고, 그때마다 시설에서 병원으로 실려 갔다.

아빠는 최근 몇 개월 사이에 표정이 달라질 정도로 야위었다. 지금은 눈을 맞추지도 못한다. 가래를 배출하는 능력도 거의 상실했다.

"엄마, 실은 아빠를 이대로 두어도 좋은지 내내 고민해 왔어요."

일단 이야기를 꺼내자 하고 싶었던 말들이 술술 나왔다.

"지금까지는 우선 목숨을 붙들어 두는 치료를 계속하자는 생각밖에 없었어요. 대학병원에서 일하다 보면 아빠를 살리는 방법을 찾을 수 있을 거라는 생각도 했고."

엄마는 접고 있던 종이학을 옆으로 치워두었다.

"언젠가 기적이 일어날지도 모른다고 생각했어요. 하지만 그런 일은 일어나지 않는다는 걸 깨달았어요. 아빠에게 계속 고통을 주고 싶지 않아요. 아빠가 좋아하던 곳에서 보내 드리고 싶어요."

말을 마치자 잠시 시간이 멈춘 것처럼 느껴졌다.

"린코……."

조명을 받는 각도 탓인지 엄마 얼굴이 몹시 늙어 보인다.

"네 말이 맞을지 몰라. 나도 아빠가 지금은 행복하지 않다고 생각해."

엄마에게 거절당하는 상황을 걱정하고 있었으므로 조금 맥이 풀리는 기분이었다. 엄마도 현실을 인정하고 있었던 것인가.

일몰 전 하늘에 오렌지 빛 구름이 펼쳐져 있었다.

"미토 선생! 얘기 들었어요. 아버님이,"

다음날 무사시 방문클리닉의 문을 열기 무섭게 가메 짱이 달려왔다. 간병을 위해 휴가를 쓰는 건은 아직 고스케나 가메 짱에게 말하지 않았다. 교수가 연락했을 것이다.

가메 짱 손에는 이미 새로운 닥터의 편성표가 있었다.

신주쿠 의대병원 종합진료과에 속한 의사 외에 소화기외과의 젊은 의사도 파트타임이나 비상호출 요원으로 몇 명 올라 있었다. 소속장 승인란에는 타계한 곤도 명예교수의 직계 제자 다카무라 준교수의 커다란 도장이 찍혀 있었다.

"어? 이 이토세, 혹시 이토세 히데히토 말인가요?"

오후 방문 진료를 담당할 의사로 이토세라는 이름이 적혀 있었다. 부속 다카오 병원에 근무하는 한편 매주 3회 근무표에 올라 있다.

"재활과 의장이라 바쁠 텐데 괜찮을까."

"음, 그게……."

가메 짱이 말끝을 흐렸다.

"다카오 병원 간호사에게 들었는데요, 문제를 일으켜서 원장직에서 물러났대요."

고스케가, "이토세 선생이란 분, 꽤 인기가 많나 봐요" 하며 웃었다.

"또…… 그거야?"

이토세의 여자문제는 린코가 아는 것만 해도 세 번째다.

하지만 아무튼 고마웠다. 이번 인선을 위해 오코치 교수가 각 방면에 닥치는 대로 부탁했다는 것은 이 편성표를 봐도 금방 알 수 있었다.

그런 생각을 멍하니 하고 있는데 고스케가 걱정스런 얼굴로 말했다.

"미토 쌤, 재택 간병은 간단한 일이 아네요."

"응? 그렇지……."

매일 방문 진료를 하면서 그 점은 경험으로 알고 있었다.

"왜 새삼 재택이죠?"

왜 자택에서 임종하려 하는가.

린코도 분명하게는 알지 못한다.

다만 지금 이대로가 아빠가 원하는 모습이라고는 도저히 생각할 수 없었다.

게다가 아빠나 엄마만을 위한 것도 아니다. 자신의 죽음을 생각할 때, 아빠처럼 되고 싶지 않다는 마음도 있었다. 아빠를 제대로 임종하지 않으면 스스로 납득할 수 없을 것 같았다.

"아버지와 제대로 작별하고 싶은 거― 그것뿐이야."

린코는 자신의 생각을 확인하듯 가만히 말했다.

"제대로, 작별한다……."

고스케는 잠시 허공을 보고 있다가, "퇴원하는 날 도와 드리러 갈게요"라고 말하고는 노래를 흥얼거리기 시작했다.

"저엉말, 우리 집은~, 좋은~ 곳~."

린코는 근무할 의사들이 혼란스러워하지 않도록 진료차트를 정리했다. 환자 32명분 서류를 다 작성했을 때는 전차 막차 시간이 아슬아슬해져 있었다.

미타카 역전은 사람들이 별로 없어 조용했다.

린코는 늘 보던 촌스러운 조명장식을 올려다보았다.

역 건너편 길에서 바라보니 빛의 집합체는 색채의 단순한 배합이 두드러져 의외로 아름다웠다. 왜 지금까지 저걸 느끼지 못했을까.

업무를 정리한 이날을 끝으로 린코는 휴가에 들어갔다.

12월 30일이 아빠의 퇴원 날짜였다.

지난 사흘간은 세상의 분주함에 발맞추듯이 간병 차량 수배나 네기시 병원 퇴원 절차, 오랫동안 신세진 가드니아 신요코하마와의 계약 해지와 이사, 린코 자신의 살림살이를 부모의 집으로 옮기는 등등의 작업에 쫓겼다.

오전 10시, 예약한 간병 택시 운전사가 네기시 병원 병실까지 맞으러 와 주었다. 아빠를 운반용 스트레처로 옮기고 병실에서 현관으로 향했다.

"조금만 참으세요."

린코가 아빠에게 말을 건넸다.

스트레처가 흔들리지 않도록 최대한 천천히 움직여 차량에 실은 뒤, "조금 돌아서 가도 좋으니 덜 흔들리는 길로 가 주세요" 하고 운전사에게 부탁했다.

택시가 가드니아 신요코하마 앞을 지난다. 린코는 몸을 돌려 아빠 방 창문이 차량 뒤쪽으로 멀어져 가는 것을 바라보았다. 엄마도 차분한 표정으로 바라보고 있다.

가드니아 신요코하마에서 아빠는 8년 세월을 보냈다. 길었다는 생각도 들지만 지나고 보니 잠깐이었던 것처럼 느껴지기도 한다. 그동안 린코는 대학병원 의국원에서 재택의가 되었다. 아빠 모습이 점차 예전과는 달리 보이는 까닭은 그 때문이리라.

—아빠, 함께 집으로 돌아가요.

린코는 아빠에게 속으로 말을 건넸다.

요코하마 히요시에 있는 집은 아담한 정원이 딸린 2층집이다. 린코가 초등학교에 들어가기 전에 지어져, 지금은 낡은 주택 가운데 하나로만 보인다.

하지만 특별한 집이었다. 기둥에는 긁어 놓은 자국이 여러 가닥 나 있는데, 거기에 린코의 나이가 함께 새겨져 있었다. 나이테무늬가 풍성한 테이블과 의자는 아빠가 손수 만든 것으로 『곰 세 마리』 그림책에서 본 것과 꼭 닮았다. 계단 밑 창고방 천장에는 커다란 스티로폼이 붙어 있다. 비밀기지 놀이를 하는 린코가 머리를 찧지 않도록 아빠가 붙여 둔 것이다. 정원 금귤나무 곁에는 작은 절구처럼 보이는 물확이 있고 그 안에 작은 유리 개구리가 여러 마리 들어 있다.

집 앞에서 고스케가 기다리고 있었다.

"안녕하세요! 저는 미토 쌤 밑에서 일하는 다케다 고스케라고 합니다. 오랫동안 차를 타고 오시느라 고생하셨습니다."

고스케는 엄마뿐만 아니라 아빠에게도 깍듯하게 허리를 숙이며 인사해 주었다.

1층 거실에 있는 침대로 아빠를 옮긴다. 네기시 병원 지역의료부에서 링거나 산소봄베 등이 배달되어 있었다. 고스케는 숨 돌릴 틈도 없이 실내 세팅을 시작했다.

"링거는 여기에 걸어 주세요. 안전벨트는 이쪽 고리에."

링거 백을 걸고 줄을 연결하여 왼팔 혈관에 링거를 시작했다.

"배변 후에는 이 샤워보틀로 닦아 주세요. 천으로만 닦으면 피부 주름에 낀 오물이 닦이지 않거든요."

아빠의 혈압이나 맥박, 산소 농도 등은 별 문제가 없었다. 그러나 옷을 벗기고 몸을 확인할 때 고스케가, "어!" 하고 놀라는 소리를 냈다. 엉덩이 중앙의 선골이 있는 부분에서 작은 욕창을 발견한 것이다.

"욕창, 생겨 버렸네요."

"그러네."

피부가 1센티 정도 벗겨진 것처럼 변해 있었다.

"등도 조금 빨갛군요. 이것도 그냥 두면 욕창이 돼 버리겠어요."

고스케는 전자레인지로 데운 물수건으로 아빠의 등을 부드럽게 마사지해 주었다.

"간단한 응급처치입니다. 이렇게 해서 혈류를 좋게만 해 줘도 피부가 벗겨지는 데까지는 가지 않아요."

고스케는 커다란 종이봉투에서 삼각형 쿠션을 꺼냈다.

"가져오길 잘했네요."

자세를 바꿔 주는 데 쓰는 쿠션으로, 통칭 삼각베개이다. 이것으로 몸의 기울기를 바꾸어 체중이 한 군데로 집중되는 것을 방지한다. 고스케는 아빠 등 왼쪽에 삼각베개를 집어넣고 몸을 조금 오른쪽으로 기울게 했다.

"잠옷에 눌려 생기는 주름도 위험하니까 이렇게 해서 매번 제대로 펴 준 뒤에 눕혀 드리세요."

급조한 요양실이지만 고스케 덕분에 낡은 주택의 방 하나가 나름대로 효율적인 병실이 되었다.

"역시 고스케구나! 고마워!"

매일 함께 일해 왔는데도 그의 기술에 새삼 감탄한다. 침대 옆에 선 고스케는 눈을 뜨지 않는 아빠에게 고개를 숙였다.

"그럼 미토 신이치 씨, 몸조리 잘하세요. 사모님, 이만 실례하겠습니다. 쌤, 그럼 또 봬요. 해피 뉴 이어!"

어딘지 어색한 인사를 남기고 고스케는 잰걸음으로 돌아갔다.

가족 세 사람만 남자 집 안은 갑자기 조용해졌다.

아빠는 내내 눈을 감고 있다. 엄마도 병원에서 오느라 지친 것처럼 보인다. 하긴, 내년이면 엄마도 70살이다.

갑자기 종소리가 거실에 울렸다. 벽시계가 정오를 고한다.

고향집의 소리였다.

고풍스런 대형 벽시계는 유일하게 남은 조부의 유산이다. 조부가 개업하고 아빠가 물려받은 약국에 걸었던 것이었다. 유리에는 '약재상 미토 야스베에 상점'이란 글자가 박혀 있다. 커다란 금빛 시계추와 아름다운 부조가 매력적이라 부모님도 버리지 못했을 것이다.

링거가 순조롭게 들어가고 있는지 확인했다. 아빠 손이 조금 거뭇해진 것이 마음에 걸린다. 냄새를 맡아 보니 역시 땀내가 난다.

린코는 세면기에 온수를 채우고 아빠의 손을 씻었다. 딱딱해진 손가락을 펴 주듯이 하며 천천히 손으로 문지른다. 때가 덩어리져 나온다. 손가락 사이에서도 손목에서도.

수건으로 물기를 닦아내자 이번에는 지독한 악취가 풍겨왔다. 기저귀를 확인해 보니 진흙 같은 대변이 잔뜩 나와 있었다.

아빠는 내내 변비와 설사를 반복해 왔으므로 특별한 일은 아니다. 노란 변즙이 등까지 번져 기저귀로는 다 커버할 수 없었다.

"아빠도 집에 오니까 마음이 탁 놓이나 보다."

엄마와 힘을 모아 금방 입혔던 잠옷과 속내의를 다 벗기고 아빠의 온몸을 타올 여러 장으로 닦아 냈다. 핑크시트라 불리는 흡수 시트를 펴고 고스케가 준비해 준 샤워보틀에 온수를 채워 샅을 닦고 새 기저귀를 채웠다. 시트까지 벗겨내고 새 시트로 갈고 나니 빨래거리가 금세 산더미를 이루었다.

언제부턴가 아빠는 눈을 뜨고 있었다. 눈동자는 천장을 향하고 있다. 하지만 어디를 보는지 알 수 없었다. 보고 있는 것인지 어떤지도 확실하지 않다.

창문으로 햇살이 비껴들어 부스스한 백발의 윤곽이 빛나 보인다.

아빠의 머리카락은 언제 새하애졌을까. 건강할 때는 어떤 머리모양이었지? 린코는 젊은 시절의 아빠 모습을 망각해 가고 있는 자신에게 놀랐다.

"엄마, 아빠 사진 있어요?"

엄마는 "앨범은 여기" 하며 거실 반침을 열었다. 엄마가 꺼낸 종이박스에는 아빠의 필체로 '영구보존'이라 적혀 있다.

제일 위에 낡은 앨범이 있었다. 펠트 천을 댄 두터운 연지색 표지는 린코의 기억에도 있던 것이었다. 먼지를 쓴 표지를 열자 희미하게 곰

팡이 냄새가 났다.

첫 페이지에 갓난아기 린코를 대야에 목욕시키는 사진이 나왔다. 왠지 온몸이 광선에 싸인 것처럼 빛나는 모습으로 찍혀 있다. 린코는 이 사진이 예전에도 마음에 들었었다.

몸이 쏙 들어갈 만큼 커다란 바구니에 키위를 딱 하나만 넣어서 들고 있는 린코의 사진도 있었다. 조랑말을 탄 사진, 해변에 서 있는 사진, 마침내 그것이 소풍이나 운동회에서 친구와 찍은 사진들로 변해 간다.

정작 아빠 사진은 거의 없다.

다음 앨범을 꺼내서 펼치자 30여 년 전에 갔던 하와이 여행 사진이 나왔다. 엄마가 입은 분홍 무무는 호텔 샵에서 산 것이다. 이 꽃무늬 천은 당시 꿈처럼 예뻐 보였다. 린코는 엄마가 입은 무무에 묻혀 얼굴만 찍혀 있다.

세 번째 앨범에는 아빠와 유카타 차림으로 찍은 사진이 있었다.

이 사진을 찍기 직전에 있었던 일을 또렷이 기억한다. 초등학교에 입학하기 전 여름이었다. 그곳은 쓰루미가와 지류에 걸린 작은 다리 위였다.

아빠와 엄마 손에 매달린 린코가 몸을 앞뒤로 흔들다가 다리를 번쩍 쳐들자 나막신이 힘차게 날아가 버린 것이다. 나막신은 강물에 떨어져 천천히 떠내려갔다. 재빨리 강변으로 뛰어 내려간 아빠가 손을 뻗으면 쉽게 건져 올릴 것처럼 보였지만 진초록에 오렌지색 끈이 달린 작은 신발은 둥실 떴다가 가라앉기를 거듭하며 좀처럼 아빠 손에 닿지 않았다. 아빠는 상당히 멀리까지 쫓아가 다리에서는 보이지도 않게 되었다. 그동안 린코는 한쪽 발을 엄마 발등에 놓고 마냥 기다렸다. 마침내 아빠가 활짝 웃는 얼굴로 돌아왔다. 젖은 나막신을 흔들어 보이며.

사진은 그 직후에 엄마가 촬영한 것이다. 기분 좋은 얼굴로 프레임에 담긴 아빠와 딸. 아빠의 머리카락은 거짓말처럼 까맣고 숱도 많다.

그러고 보니 이때의 아빠 나이가 지금의 린코와 그리 다르지 않다.

린코는 앨범의 투명 필름을 벗기고 판지에서 사진을 떼어냈다. 아빠 베갯맡에 놔두고 싶었기 때문이다.

"응?"

그때 사진 뒷면에 연필로 뭐라고 적혀 있는 글씨가 보였다.

'나막신 코끈이 헐겁다→신발가게 가도야에 수리 의뢰. 즉석에서 수리. 무료'

아빠의 필체다. 린코는 짧은 웃음을 터뜨렸다.

"아빠답네."

매사 꼼꼼하던 아빠의 성격이 그대로 드러나 있다.

지난날을 그리워하며 린코는 아빠 서재로 들어갔다.

책상 중앙에 커다란 목제 문갑이 있다.

뚜껑을 여니 안에 온갖 서류가 들었다. 업무 관련 문서나 전표 등으로, 날짜는 모두 8, 9년 전이다. 첫 번째 뇌경색을 겪은 뒤로도 아빠는 애써 약국 일을 계속하고 있었다.

아빠 필체를 좇으며 서류를 살펴보니. '켄코홀딩스'라는 약 도매상에 보낸 주문서가 많이 눈에 띈다.

아빠는 그 도매상 담당자와 사이가 좋았다. 작은 약국은 제때 납품을 받기가 쉽지 않다. 하지만 아빠는 "이 담당자만큼은 거래 상대를 차별하지 않는다"며 신뢰했다. 그러고 보니 처음 입원했을 때 문병을 와서 울어 준 것은 그 사람뿐이었다. 3년 뒤 두 번째 뇌경색으로 약국을 닫았을 때 엄마에게 힘이 되어 준 것도 그 사람이었다.

진료소나 병원이 발행한 처방전도 있었다. 요즘은 컴퓨터로 입력하지만 예전에는 수기였다. 약사였던 아빠는 손님들에게, 처방전 글자가 삐뚤빼뚤하다, 약 배합이 이상하다, 양이 들쭉날쭉이다—하는 불평을 종종 듣곤 했다.

지역 보건소나 약사회, 시청에서 온 통달 문서 등이 두터운 바인더에 들어 있고 그 밑에는 행정서사 사무소가 발행한 송장이 보인다. 녹슨 클립이 왼쪽 상단을 물고 있다.

책상 서랍을 여니 빼곡히 꽂힌 대학노트가 나타났다.

전부 납세 관련 기록이다. 정갈한 글자가 반듯하게 기입되어 있다. 노트에서 종이 한 장이 떨어졌다. 어떤 경비를 어느 항목에 기입할지를 기록한 안내 메모 같다. 엄마에게 주는 지시였을 것이다. 약국을 닫은 해, 엄마가 세무신고를 할 수 있었던 것도 필시 아빠의 상세한 지시가 있었기 때문이리라.

거실로 돌아가니 엄마는 여전히 사진을 들여다보는 중이다. 아빠는 침대에 얌전히 누워 있다.

린코는 아빠의 삼각베개를 가만히 빼내어 좌우를 바꾸어 주었다. 이번에는 자세를 조금 왼쪽으로 기울게 한다. 기저귀를 점검했지만 아직 젖어 있지 않았다. 링거는 순조롭게 들어가고 있었다. 평화로운 한때였다.

반침의 '영구보존' 상자 안에는 낡은 김 상자가 있었다. 전체적으로 조금 울고 찌부러져 있다.

"엄마, 이건 뭐죠?"

"글쎄? 나도 잊어버렸구나."

뚜껑을 여니 파라핀지에 싼 약 꾸러미 여러 개에서 한약 냄새가 난다.

한방은 아빠의 취미 같은 것이었다. 가끔 엄마 상태에 맞게 한약을 조제하곤 했다. 자기 방에서 한약과 분동을 천칭에 올리는 아빠 모습은 꽤 즐거워 보였다.

엄마는, "그리워라…… 여기에 남아 있었네" 하며 파라핀지에 싼 꾸러미를 집어 들었다. 안에서 바짝 마른 귤껍질 같은 것이 나왔다. 가벼운 소음과 함께 엄마가 하나를 더 열었다. 거기에는 까만 나무 조각이 들어 있었다.

한방 냄새는 아빠의 냄새이기도 했다. 린코도 다른 꾸러미를 들고 가만히 열어 보았다. 그 순간 안에서 작은 나방이 튀어나왔다.

"어마!"

저도 모르게 꾸러미를 떨어뜨리며 엄마에게 매달렸다. 엄마는 대수롭지 않다는 듯이 갈색 수피를 발치에서 주워들었다. 잠깐 냄새를 맡고 아빠 코 밑에 댄다.

"아시겠수, 여보?"

엄마는 다른 약 꾸러미도 잇달아 아빠 코 밑에 대 주었다. 하지만 아빠는 아무 반응도 보이지 않았다. 파라핀지를 열 때 건조한 소리가 울리고 그와 동시에 아빠 눈썹이 움찔거리는 것이 유일한 반응이었다.

벽시계 종이 울렸다. 벌써 오후 2시다. 점심식사를 거르고 말았다.

린코는 주방으로 가 냉동고를 열었다.

"볶음밥은 어때요, 엄마?"

초등학생 때 린코는 아빠처럼 약사가 되고 싶었다. 아빠가 약사였기 때문이었는데, 약사야말로 세상에서 제일 좋은 직업이라고 아무 근거도 없이 믿고 있었다.

아빠가, "의사는 어떠냐?" 하고 물었을 때는 당황했다. 복용할 약을 결정할 수 있는 사람은 약사가 아니라 의사라는 것이었다.

"린코가 환자에게 가장 좋은 약을 정확히 골라내서 뭐든 고칠 수 있는 의사선생님이 된다면 아빠는 정말 기쁠 거다"라는 말을 듣고 아빠에게 칭찬받는 뛰어난 처방전을 쓸 수 있는 의사가 되자고 생각했다.

하지만 처음에는 국립대 의학부에 응시했다가 낙방하고 말았다. 낙방이 발표된 날 린코가 잠을 이루지 못하고 있던 심야에 전화가 걸려왔다.

"린코냐?"

도야마에 출장 중인 아빠였다.

"네."

"아직까지 안 자고 있었냐?"

"네."

아빠는 그 말을 끝으로 아무 말이 없었다. 침묵을 견디다 못한 린코는 이미 엄마를 통해 전해졌다는 것을 알고 있었지만 새삼 낙방 사실을 고했다.

"죄송해요."

아버지는 여전히 대답이 없었다.

"……내년에 어떻게 할지는 아직 생각해 보지 않았어요."

낮에 엄마에게 했던 말을 그대로 반복한 린코가 수화기를 꼭 쥐고 아빠의 대답을 기다렸다. 하지만 아빠는 말이 없었다.

"그럼 아빠, 이만 끊을게요."

그때 아빠가 엉뚱하게 엔카를 부르기 시작했다.

미야코 하루미의 〈기타노야도카라北の宿から〉였다. 아빠는 3절까지 부르자 다시 처음으로 돌아가 계속 불렀다.

"이제 됐어요, 아빠. 나, 잘게요."

그렇게 말해도 아빠는 노래 부르기를 그치지 않았다.

결국 린코는 같은 노래를 세 번이나 들어야 했다. 그러다가, "괜찮아. 린코는 좋은 의사가 될 수 있으니까 걱정 마라"라고 화난 듯한 목소리가 흘러나오더니 전화가 뚝 끊겼다.

이듬해 린코는 사립 신주쿠 의대에 합격했다. "학비 걱정 말고 원서나 내" 하고 아빠가 권한 대학이었다.

결국 아빠가 자기를 의사로 만들어 준 것이다. 그렇기 때문에 무슨 일이 있어도 아빠를 돕고 싶었다. 하지만 대안이 없었다 하더라도 연명 치료를 선택하는 것이 정말로 아빠를 위한 일이었을까.

린코는 완성된 볶음밥을 접시에 담고 토마토와 참치통조림으로 만든 샐러드를 곁들였다.

습관처럼 아빠의 상태를 확인했지만 특별한 변화는 없다. 다만 낯선 냄새가 희미하게 느껴졌다.

수척해진 아빠 얼굴은 살았는지 죽었는지 구별이 힘들 정도다. 그런 상황에서 냄새가 난다는 것은 살아 있다는 몇 안 되는 증거처럼 생각되었다.

아빠는 다시 설사를 하고 있었다. 변은 피가 섞여 선홍빛이고 비릿한 냄새가 난다. 대부분은 기저귀 안에 있지만 옷도 조금 지저분해져 있다. 린코는 잠옷을 갈아입혀 드린 후에 욕창이 심해지지 않도록 샤워보틀로 엉덩이를 닦고 종이기저귀를 채웠다.

이불을 정돈하는 동안에도 아빠는 움직이지 않고 눈을 감고 있었다.

아빠 등 밑으로 손을 집어넣자 뼈가 불거져 있고 등과 담요 사이에서 습기가 느껴졌다.

린코는 담요를 꽉 누르며 조금씩 양손을 밀어 넣어서 아빠의 등을 시트에서 분리시켰다. 조금이라도 담요와 몸을 떼어 두면 등의 혈류가 좋아질 것이다. 아빠 몸은 뜻밖에 쉽게 들려, 그 가벼움에 새삼 놀랐다.

아빠의 생명은 체중이 말해 주듯 위태로운 상태였다. 선홍빛 설사는 장관점막에서 나오는 피 때문일 것이다. 가래를 흡인할 때마다 약해진 기관점막에서 피가 났다.

애처롭다. 아빠 몸은 제 기능을 마치려 하고 있다.

그때 엄마가 터무니없는 말을 했다.

"집에 돌아왔으니 아빠도 건강해지려나?"

꿈을 꾸는 듯한 눈빛으로 아빠의 잠든 얼굴을 바라보고 있다.

아빠의 등을 떠받치고 있던 팔에서 맥이 풀려 침대에 고꾸라질 뻔했다.

엄마는 역시 아무것도 모르고 있다. 아빠를 집에서 보내 드리자는 린코의 말이 가까운 장래의 일이라는 것을 이해하지 못하는 듯하다. 다시 출발점으로 끌려온 기분이었다.

가래 걸린 소리가 심해져 린코가 튜브를 꺼내 흡인하자 아빠는 싫다고 도리질하듯 얼굴을 돌렸다. 이번에도 역시 가래에 피가 희미하게 섞여 있다.

아빠의 몸은 그만 끝내고 싶다고 말하고 있었다.

이것을 엄마에게 어떻게 전하면 좋을까. 생명을 마치려고 하는 아빠를 조용히 보내드려야 할 시기가 왔다는 사실을.

하루라는 시간이 퍽이나 길었다. 이제 겨우 첫날이라고 생각하자 막막하기만 했다.

자택에서 지켜보는 가족은 이토록 긴 시간을 환자와 대면하고 있었단 말인가. 자신이 의사로서 진료해 온 것은 환자나 가족의 아주 소소한 순간일 뿐이었구나 하고 린코는 실감했다.

어느새 마쓰노우치설날부터 7일까지. 이 기간에 각 가정마다 대문에 소나무를 장식한다가 끝났다.

그동안 매일 심야에 기저귀를 갈았다. 삼각베개는 2시간마다 바꿔 끼웠다. 밤마다 벽시계 소리를 듣고 날짜가 바뀐 것을 알았다.

아빠가 몸이 아픈지 낯을 살짝 찡그렸다. 평소처럼 등 밑으로 양손을 집어넣고 등을 마사지하자 아빠 표정이 다시 평온해진다. 아주 사소한 차이지만 아빠가 기뻐하는 것처럼 보인다.

"아빠가 기분이 좋은가 보다."

엄마는 아빠의 팔을 쓸어주고 있다.

"얘, 린코……."

아빠의 얼굴을 응시한 채 엄마가 무표정하게 말했다.

"네?"

"기적은, 없나 봐."

린코는 손길을 멈추었다.

"예전의 아빠로는 이제 돌아오지 않아."

"그래요."

엄마는 길게 숨을 토했다.

링거를 중지하고 작별하자. 그것이 아빠한테도 더 편한— 그렇게 말하려고 할 때였다. 엄마가 자신을 타이르는 듯이 중얼거렸다.

"하지만, 아빠는 우리를 위해 계속 살고 싶어 할 거야……."

엄마는 아빠의 손을 마사지하며 "힘내요, 힘내요"라는 말을 거듭했다.

어느새 퇴원하고 2주가 지났다.

아침에 아빠의 구강 관리를 하고 있는데 집 가까이서 차량 소리가 들렸다. 밖을 내다보니 고스케의 BMW가 서 있다.

"쌤! 문 좀 열어 주세요!"

고스케가 도어 유리를 내리고 외친다. 린코는 놀라서 밖으로 나갔다. 오코치 교수와 가메 짱, 그리고 케이 짱까지 타고 있다.

"미토 쌤, 문병 왔어요!"

가메 짱이 꽃다발을 내밀었다.

케이 짱은 보자기로 싼 보퉁이를 안고 있다.

"난생 처음 만들어 봤어요. 괜찮다면 드셔 보세요."

"세상에, 어떻게 이렇게 다들. 번번이 고마워요."

엄마가 반갑게 맞아준다. 친척도 거의 오지 않는지라 손님은 오랜만이었다. 린코는 아빠가 있는 방으로 네 사람을 안내했다.

"오, 근사한 병실로 꾸며 놓았네!"

교수는 행거에 걸린 링거를 보자 튼튼한지 확인하려는 듯이 당겨 보았다.

"고스케가 세팅해 준 거예요. 역시 확실하죠."

고스케가 쑥스러운 듯이, "에이, 뭘요" 하며 손을 내두른다.

아빠를 진찰하고 반응이 거의 없음을 확인한 교수는 안타까워하는 표정이 되었다.

가메 짱이 아빠를 보더니, "쌤은 아버님을 닮으셨군요. 눈썹이 예쁘고 콧날도 쪽 고르고"란다. 그러고 보니 예전에는 늘 아빠를 닮았다는 소리를 들었는데.

케이 짱이 내민 보퉁이는 삼단 찬합이었다. 뚜껑을 여니 명절 요리가 예쁘게 담겨 있다.

"와, 굉장해요! 올해는 못 먹는 줄 알았거든요!"

별안간 정월이 온 것 같았다.

"정상적인 요리도 만들 수 있잖아!"

가메 짱이 놀리는 목소리를 냈다.

"설마, 틀림없이 어딘가 이상한 데가……."

고스케가 의심스러운 듯이 찬합 속을 들여다보았다.

"이건 새우. 그리고 검은콩에 두루미냉이, 당근과 쇠귀나물 찜, 청어알, 계란말이, 어묵, 멸치, 다시마, 토란, 연근, 긴톤강남콩, 고구마를 삶아 으깨고 밤 따위를 넣은 단 음식, 감 초무침……."

케이 짱이 하나하나 설명한다. 누가 봐도 전통적인 명절 요리다.

"전병 삶은 건 찬합의 세 번째 칸에, 봐, 여기 넣어 두었지?"

"그럼 그렇지……."

고스케가 납득했다는 묘한 표정을 짓자 린코가 웃었다.

고스케나 가메 짱에 따르면 이토세는 요즘 성실하게 일하고 있다고 한다. 명절 요리를 먹으며 클리닉 이야기로 잠시 이야기꽃을 피웠다.

"어머, 시간이 여전히 저래?"

가메 짱이 벽시계를 보고 놀란 목소리를 냈다. 바늘은 10시 17분을 가리키고 있었다.

"정말요? 오오!"

고스케가 휴대폰을 꺼낸다.

"저 시계, 많이 늦네요."

케이 짱이 지적한 대로 할아버지의 시계는 멈추기 직전 상태였다.

"그러네요, 미안해요."

네 사람의 시선에 떠밀리듯 린코가 자리에서 일어나 까치발을 하고 벽시계 유리문을 열었다.

전에는 아빠가 관리했고 요즘은 엄마가 가끔 손질하고 있어서 린코는 거의 만져 본 적이 없다. 유리문 안쪽으로 태엽 감는 열쇠가 보인다. 그 옆에는 작고 낡은 종이쪽지가 놓여 있었다.

"그게 뭐죠?"

펼쳐 보니 깨알 같은 글자가 적혀 있다. 아빠 필체다.

태엽 돌리는 방향, 힘을 가하는 요령, 빈도, 먼지가 끼기 쉬운 자리를 청소하는 요령, 건드려서는 안 되는 부분, 왁스의 종류, 고장 났을 때 수리를 맡길 시계포의 전화번호까지 상세하게 적어 둔 메모였다.

"쌤의 아버님은 정말 꼼꼼하신 분이네요."

"무슨 일이든 정확히 해 두지 않으면 성에 차지 않는 성격이지. 천생 약사셨으니까."

린코는 태엽을 감으며 으쓱한 기분을 느꼈다.

"만일의 사태가 벌어져도 처자식을 고생시키지는 않겠다는 건가……."

오코치 교수가 "미토 군의 아버님답군" 하고 중얼거렸다.

네 사람은 1시간 정도 머물다 자리에서 일어났다. 현관 앞에서 인사하는 린코에게 오코치 교수는 차분한 투로 말했다.

"미토 군, 다시 한번 말해 두지. 죽음은 패배가 아니야. 평온하게 보내 드리지 못하는 거야말로 우리의 패배지."

린코는 자세를 바로하고 고개를 숙였다. 그러고는 네 사람이 탄 BMW가 보이지 않게 될 때까지 전송했다.

거실로 돌아와 다기를 정리하다 보니 테이블 위에 남아 있던 아빠의 메모와 태엽 감는 열쇠가 눈에 띈다. 메모는 단순한 비망록이었을까? 아니면 당신이 쓰러질 줄 예상하고 작성해 둔 걸까.

벽시계 안에 메모와 열쇠를 돌려놓다가 문득 의문이 들었다.

시계만이 아니다. 앨범 사진에는 신발가게에 관한 내용이나 필름 보관 장소도 명료하게 기록되어 있었다. 아빠는 가족이 힘들어하지 않도록 다양한 기록을 해 두었다.

린코의 공부방에는 '의사가 되기 전에 읽어야 할 책'이라는 목록이 지금도 붙어 있다. 이것도 아빠가 린코를 위해 적어 둔 것이다. 쓴웃음이 새어나온다.

"하지만 아빠는 당신의 장래는 신경을 쓰지 않았지."

가슴에 떠오른 생각을 그대로 말해 버린 순간, 린코는 강렬한 위화감을 느꼈다.

"정말 그런가? 그럴 리가 없잖아."

뭔가에 떠밀리는 것처럼 린코는 서재로 향했다.

한번 뇌경색을 겪은 환자는 재발의 리스크가 매우 높다. 동맥경화가 한 군데에서 끝날 리가 없기 때문이다.

약사인 아빠는 당연히 그걸 알고 있었을 것이다. 각오하고 있었으리라. 조만간 두 번째, 세 번째를 겪을지 모른다고.

문갑 속을 뒤지니 아빠가 퇴원한 날 보았던 서류들이 나왔다. 전표나 처방전, 관청 관련 서류, 그것들을 일일이 다시 살펴보았다.

—이건?

그날도 보았던 '히요시중앙행정서사사무소'에서 보낸 문서였다.

맨 위에 '납품서'라고 되어 있다. 9년 전 날짜가 적혀 있었다. 괘선이 여러 개 그어진 명세란의 한 항목에만 금액이 적혀 있고 '공정증서 작성료'라는 단서가 적혀 있다.

서류는 한 장이었다.

왼쪽 위 구석에는 커다란 클립이 녹이 슨 채 서류를 물고 있었다.

그렇다면 뭔가 다른 서류도 함께 묶여 있었을 텐데— 린코는 그렇게 확신했다.

그때 어디선가 신음소리가 들렸다. 린코는 놀라서 아빠 방으로 돌아갔다. 주방에서 거실로 돌아온 엄마가 익숙지 못한 손놀림으로 아빠에게 흡인 처치를 하고 있었다.

"아, 린코, 마침 잘 왔구나."

엄마는 살았다는 표정으로 린코에게 흡인 튜브를 건네주었다.

린코는 가래를 흡인하고 엄마와 함께 아빠의 기저귀를 갈았다. 샤워 보틀에 온수를 넣어 여러 번 닦아내고 더러워진 잠옷도 갈아입혔다.

작업이 일단락되었을 때 린코는 엄마에게 이야기를 꺼냈다.

"엄마, 아빠의 중요한 서류, 어디 두었어요?"

"무슨 서류?"

엄마가 의아해하는 표정을 지었다. 린코는 아까 발견한 종이를 엄마에게 보여주었다.

"아빠가 행정서사에 부탁한 서류, 공증 문서가 있었죠?"

"……."

얼른 이해가 되지 않는다는 표정이다.

"'사전 지시서' 혹은 '종말기 선언서', 아니면 '리빙 윌'이라고 적혀 있었을지도 몰라요."

앞날을 대비해 사전에 정확하게 부탁해 두는 아빠였으므로 당신 자신의 연명조치 등에 관한 의사도 남겨 두었을 게 틀림없다.

인생의 종말기에 자신의 뜻을 기록으로 남기는 '엔딩노트'는 2010년대부터 빠르게 보급되었다. 그 전에는 연명치료 등에 관한 의사를 명확한 형식으로 남기기 위해 행정서사나 변호사에게 의뢰하여 공정증서를 작성해 두는 사람도 적지 않았다.

"이 서류와 함께 클립에 물려 있던 서류는요?"

엄마는, "아!" 하며 양손으로 입을 막았다. 표정이 사라져 간다.

긴 침묵이 흘렀다. 엄마는 천천히 일어나 불단 옆 수납장을 열었다.

작은 휴대용 금고 외에 보험 서류 등을 넣어 두는 곳이다. 그곳에서 파일을 꺼내 마지막 페이지를 펼쳤다.

"이거……."

엄마가 내놓은 문서는, '종말기 지시 공정증서'라는 제목으로 내용은 다음처럼 시작되고 있었다.

본 공증인은 종말기 지시자 미토 신이치의 촉탁에 의해, 그 진술 내용이 촉탁인의 진의에 기초한 것임을 확인하고, 나아가 종말기에 대한 촉탁인의 지시를 녹취하여 본 증서를 작성한다.

내용

나 미토 신이치는 내가 장차 병에 걸렸을 때, 이를 치료하지 못하고 사망이 목전에 다다른 경우를 대비하여 내 가족 및 내 의료에 관련된 분들에게 다음과 같이 요망을 전합니다—.

거기에는 심신 반응이 저하되어 회복 불능이 된 경우, 경관영양이나 위루, 산소흡입, 기관절개 등 '사망을 늦추는 것만을 의도한 연명치료'를 일체 거부한다고 적혀 있었다.

작성일은 9년 전 4월이다. 아빠가 첫 번째 뇌경색을 겪고 2개월 뒤였다.

"엄마, 왜 그랬어요?"

엄마는 입을 꽉 틀어막고 있었다.

"왜 감췄어요?"

"아니야……."

엄마는 주뼛거리는 목소리로 말했다.

"뭐가 아냐! 이 지시서가 있었으면 아빠가 이렇게 오랫동안 고통받지 않았을 텐데."

린코는 냉정하게 말하려고 애썼다. 하지만 그럴 수 없었다.

"엄마 때문이야!"

분노인지 슬픔인지 모를 뭔가가 탁류처럼 쏟아져 나왔다. 자상하고 지적인 아빠는 당신이 원치 않던 상태로 몇 년이나 목숨을 잇고 있었던 것이다.

"아빠는 언젠가 이렇게 될 걸 예상하셨던 건데! 엄마가 감춘 탓에 아빠는 비참하고 불쌍한 모습으로, 몇 년씩이나…… 연명치료를 원하지 않는다고 이렇게 적혀 있는데."

엄마에게 배신당한 충격을 감출 수 없었다.

"엄마는, 아빠의 뜻을 무시했어……."

"아냐, 아냐. 얘, 들어봐, 린코. 또 가족을 포기하는 게 너무나 싫었던 거야."

"또라니? 무슨 말이에요?"

엄마는 입을 깨문 채 시선으로 허공을 더듬었다.

"네가 태어날 때 엄마는 임신중독증으로 의식을 잃었단다. 생사를 헤매는 와중에 의사가, '만일의 경우에는 엄마의 생명을 우선하겠다'라고 말했다고 하더구나. 임신 6개월에 제왕절개, 어렵게 태어난 890그램짜리 작은 아기는 바로 인큐베이터에 들어갔어. 생후 세 달 동안 아빠와 함께 매일 간절히 기도했다. 힘내라, 힘내라 하고, 오늘도 살아 줘서 고맙다고……."

엄마는 숨을 크게 들이마셨다. 엄마가 임신중독증이었다는 말은 들은 적이 있지만 그렇게 중증인 줄은 몰랐다.

엄마를 살리기 위해 자신은 태아 상태로 죽었을 수도 있었단 말인가. 묘하게도 그리 충격은 아니었다. 이상하게 높은 고혈압 때문에 뇌출혈이 일어날 수 있는 것이 임신중독증이다. 모성 우선은커녕 모자가 다 죽는 경우도 있다. 최악의 사태에 대비하여 의사가 그렇게 결정하는 것은 어쩔 수 없다고 생각했다.

"생명을 포기하다니, 그건 싫어. 이런 종이를 남기다니, 아빠는 너무 이기적이야. 린코에게는 그렇게 힘내라고 말해 놓고. 반드시 살아 달라고, 그렇게 간절히 말해 놓고서……."

엄마는 내처 뭐라고 말하려 했지만 목이 메어 고개를 숙였다. 몸이 희미하게 떨리고 있다.

린코는 눈시울이 뜨거워지는 것을 느꼈다. 엄마는 '힘내라'라고 격려하는 것이 최선이며, 아빠 생명을 구할 수 있다고 믿고 싶었던 것이다. 그리고 엄마는 갓난아기의 생명을 위기에 빠뜨린 것을 자책하고 있었는지도 모른다.

"엄마……."

생각해 보면 대안 없이 연명치료에 의지해 온 것은 자기 자신이다. 의사라면서 판단을 회피해 왔다. 아빠를 잃는다는 두려움을 견디지 못하고.

"미안해요, 내가……."

오랜 투병생활 동안 아빠의 병상은 시나브로 악화되어 어느새 아빠 자신이 원치 않는 모습이 되어 있었다

"기적은 없다고, 내가 확실하게 말하지 않은 게 잘못이었어요."

만약 아빠의 지시서가 처음부터 있었다면 달랐을까?

아니, 그럴 수 없었을 것이다. 위루나 링거 치료는 역시 희망했을 게 분명하다. 그런 치료로 회복되는 운 좋은 환자를 린코는 의사가 되고 나서 몇 사람이나 보았다. 아빠가 지금과 같은 모습이 된다는 것을 알

게 될 때까지는 쉬 포기할 수 없었을 것이다. 기적을 믿었던 것은 엄마만이 아니었다.

하지만 많은 환자를 자택에서 임종해 온 지금은 알고 있다.

이제 기적은 없다. 그리고 아빠가 그만해 달라고 말하고 있다.

"아빠가 싫다고 하는 것을, 우리가 해 왔던 거네."

엄마는 긴 한숨을 지었다.

낡은 에어컨 소리가 이명처럼 들려온다.

잠시 후 엄마가 다시 입을 열었다.

"아빠가 바라는 대로 링거를 치워 드려라."

단호한 목소리였다.

아빠 뜻에 따르기로 함께 결정한 순간이었다. 아빠는 결국 엄마와 딸을 당신의 말로 납득시킨 것이다.

그날 저녁 린코는 꿈을 꾸었다. 어릴 적 자주 보았던 할머니의 장례 풍경이었다.

입술이 유난히 붉은 할머니가 자는 듯이 관 속에 누워 있다. 하얀 꽃을 관 속에 넣어야 하는데 발이 무거워 움직이지 않았다.

"자, 이리 오렴."

관 옆에서 아빠가 부른다. 마음은 초조한데 걸음이 불안하다.

"사람은 누구나 죽는단다. 자기 차례가 오면 가는 거지."

이 말은 그 뒤에도 공포감과 함께 두고두고 떠올렸다.

"나한테도 차례가 와?"

아빠에게 그렇게 물었던 것은 꿈에서였을까 깨어난 뒤였을까. 벌써 30년 이상 지난 일이라 분명치가 않다.

"그래. 그게 자연스러운 거란다. 할머니, 아빠, 엄마. 린코는 아주 아주 한참 뒤란다."

싫어, 싫어, 아빠한테 차례가 오는 거, 절대로 안 돼…….

기묘한 답답함과 함께 잠에서 깨어났다. 정말 오랜만이고, 거의 잊고 있던 꿈이었다.

불면의 밤을 보낸 린코는 평소보다 일찍 일어났다.

거실에서는 엄마가 아빠의 손톱을 자르고 있었다. 베갯맡에 겨울햇살이 비껴들어 두 사람의 긴 그림자를 만든다. 엄마 표정은 전에 없을 만큼 신비한 평온으로 가득 차 있다.

엄마가 마음을 굳혔구나. 얼굴을 보면 알 수 있었다.

린코는 다시 한번 자기 가슴에 물었다.

정말로 링거를 중지해도 될까—.

의대에서도 대학병원에서도 치료 중단의 타이밍 같은 것은 배우지 않았다. 생명을 위해 모든 수단을 강구하는 것이 의사의 일이라고 믿었다.

무사시 방문클리닉에서 일하기 전에는 이런 결단을 하게 될 줄은 생각도 못했다.

연명치료로 계속 생존하는 것이나 자연스럽게 임종하는 것이나 나쁜 것은 아니다. 중요한 것은 환자 본인의 마음이다.

린코는 세탁해 둔 흰 가운을 꺼냈다. 가운을 입는 것도 오랜만이다. 세면대에서 꼼꼼하게 손을 닦고 심호흡을 한다.

이 집에서 아빠의 권유로 의사가 되기로 결심했고, 그래서 지금의 자신이 있다.

"아빠를 위해."

거울을 향해 그렇게 말했다. 질문에 대한 대답이었다.

린코가 아빠의 침대로 다가선다. 엄마는 손가락으로 아빠의 하얀 머리칼을 빗겨 주고 있었다.

"그럼 아빠의 링거를 중지할게요."

엄마는 무서울 정도로 진지한 표정으로 고개를 끄덕였다.

린코는 우선 링거 라인을 조정하는 밸브를 닫았다. 링거 끝은 오른쪽 발목에 연결되어 있다. 고정용 실을 끊고 라인을 살짝 뽑은 뒤에 라인이 꽂혀 있던 부위를 거즈로 가볍게 압박하니 출혈은 금방 멈췄다.

"여보……."

엄마의 눈 주위가 살짝 붉어진다. 하지만 당장 무슨 일이 벌어지는 것은 아니다. 몸 안으로 강제적으로 수분을 넣는 조치가 이루어지지 않을 뿐이다. 이것으로 아빠는 천천히 자연스러운 죽음을 맞을 것이다.

사람은 본래 노쇠나 질병으로 음식물을 넘길 수 없게 되면 자연히 쇠퇴하여 죽게 된다. 그 섭리는 변하지 않는다.

병원에서 아빠는 하루 1500밀리리터의 수액을 받고 있었다. 집으로 돌아온 뒤 린코는 링거를 500밀리리터로 줄였다. 그러자 가래가 줄고 발끝까지 보이던 부종이 사라졌다. 입원해 있을 때 보았던 미간의 주름도 어느 샌가 없어졌다.

링거를 중단한 아빠의 몸은 앞으로 더 가벼워질 것이다. 최후는 조금 앞당겨질지 모른다. 대신 불쾌감도 사라지고 몸은 편해질 것이다.

문득 보니 아빠의 표정이 풀어진 것처럼 느껴진다. 린코도 묘하게 기분이 좋아졌다.

엎드린 아빠의 발바닥을 밟아 주는 것이 좋았던 어린 시절. 아빠가 시원하다고 말하면 린코도 시원함을 느꼈다. 사람과 사람이 감각을 공유하는 순간이라는 것은 분명히 있다. 그런 생각을 하면서 린코는 아빠를 지켜보았다.

아빠는 평소처럼 말없이 눈을 감고 있다.

"여보, 세수할까요."

엄마가 전자레인지에 데운 수건을 가져왔다. 번질번질한 아빠의 얼굴에 수건을 덮어 김을 쐬게 한다. 이어서 팔과 다리, 몸 전체를 닦았다.

까슬까슬해 보이는 피부가 마음에 걸려 린코는 자기가 쓰는 바디로션을 가져와 볼과 이마, 목덜미, 그리고 귀를 마사지했다. 시든 귓불이 조금 살아나는 것처럼 보인다.

손에도 우윳빛 로션을 발랐다. 손가락을 하나하나 펴주고, 감아쥐듯 당기면서 손목과 팔에도 로션을 펴 바른다.

피부에 핏기가 비쳤다.

"아빠가 기분이 좋은가 봐."

엄마도 함께 기뻐하고 있다.

아빠의 손목을 쥐어 보니 살짝 빈맥이 되어 있다. 자연스러운 일이다. 체내 수분이 서서히 줄어들면서 나타나는 현상이다.

벽의 달력이 눈에 들어왔다.

1월 15일. 정월대보름. 쥐불놀이를 하는 날이다. 휴가를 받고 벌써 2주 남짓 지났다. 거의 외출도 하지 않고 날짜도 요일도 의식하지 않고 지내다 보니 시간이 금방 지나갔다.

정월 장식물을 절에 돌려주어야 한다는 생각이 들었다. 집을 나설 때 엄마가 하얀 종이봉투를 내밀었다.

"이것도 같이 태워 달라고 하렴."

몇 년 전 받아둔 하마야잡신 퇴치에 쓰는 화살. 주로 정월의 행운을 빌기 위한 물건으로 신사에서 판매한다나 부적 종류가 들어 있다.

추위가 조금 누그러든 오후, 린코는 고지대로 가는 언덕길을 올랐다. 오래된 절은 대숲에 인접해 있다. 어릴 적 가족 세 사람이 신년 참배를 하던 추억의 장소이기도 하다.

인파가 몰려 있는 경내 한쪽 구석에 다가가 보니 두 평 남짓 되는 울타리 중앙에서 불꽃이 흔들리고 있었다. 사람들이 금줄이나 하마야를 던져 넣고 있다.

불기둥 주위를 걸으며 경을 외는 젊은 승려의 풍모가 어딘지 슌케이 스님을 닮았다고 생각했다. 스킨헤드 사내라 불리며 소동을 일으킨 시절이 그립게 떠오른다. 그때부터 여러 환자를 자택에서 임종해 왔다.

슌케이 스님과 상담하던 지모리 아야코는 자택에서 고통 없이 자연스럽게 죽는 것을 선택했다. 위루 시술 후에 사망에 이른 고가 후미에도 무리 없는 종말기를 원했었다. 그리고 곤도 이사오 명예교수는 죽음을 각오하고 모든 치료를 거부했다.

일단 환자를 담당하고 나면 그 사람은 단순한 환자가 아니게 된다. 오해를 무릅쓰고 말한다면 방문진료는 소중한 친구 집으로 찾아가 대화를 즐기고 따뜻하게 마음을 나누는 시간이기도 하다. 그들과 이별하는 날은 혼자 남겨진 듯한 괴로운 시간의 연속이었다.

하지만 아무리 괴로워도 환자의 뜻에 반하는 치료는 불손한 짓이라는 것을 배운 2년이었다.

고통을 감내하는 연명보다 평온을 우선하는 의료도 있다는 것을 알았다.

온화하고 평온으로 충만한 의료, 말하자면 사일런트 브레스를 지켜주는 의료가 요구되고 있다. 어떠어떠한 최후를 맞이하고 싶다는 환자의 바람에 우직하게 따라 주는 것이 임종의가 할 일이다.

환자들과 함께한 시간, 린코에게 그것은 아빠의 종말기 의료에 대하여 진지하게 생각하는 시간이기도 했다.

린코는 종이봉투에서 금줄과 하마야를 꺼내 시뻘건 화염 속으로 던졌다.

"부디 인도해 주십시오—."

그런 말이 입에서 나온다.

봉투 속을 확인해 보니 파라핀지 꾸러미가 들어 있었다. 수납장에 들어 있던 아빠의 한방약이다.

"어? 이것도?"

엄마의 특별한 생각이 느껴졌다.

린코는 한약재가 든 종이봉투를 반으로 접어 화염의 중심을 향해 던졌다.

봉투는 타닥타닥 소리를 내는 화염 옆에 떨어졌다. 불이 붙기 전부터 하얀 바탕에 조금씩 갈색 반점이 나타났다. 그리고는 순식간에 봉투 전체에 검은 반점이 번졌다.

갑자기 강풍이 불어왔다. 다음 순간 종이봉투에서 작은 화염이 솟아올랐다.

이내 주위가 어둑해졌다. 짙은 연기가 나와 저도 모르게 눈을 감았다.

잠시 후 바람이 약해지는 것을 느끼자 린코는 조용히 눈을 떴다.

방금 전과는 딴판으로 화염은 무서울 정도로 힘차게 커졌다. 던져 넣은 꾸러미가 어디에 있는지 찾으려고 했지만 보이지 않았다.

소용돌이치는 불기둥 끝 너머로 허공을 올려다보았다. 오렌지 빛을 띤 선명한 재가 하늘하늘 춤추는 것이 흡사 수만 마리 나방이 날아가는 것처럼 보였다.

링거를 중지하고 사흘째 되는 날 새벽, 선잠에서 깨어났다. 린코는 쥐죽은 듯 조용한 아빠 방으로 들어가 불을 켰다. 아빠의 표정은 간밤과 다름없이 평온했다.

하지만 몸에는 변화가 있었다. 자세를 바꿔줄 때마다 아빠의 체중이 빠르게 가벼워지는 것을 느꼈다. 기저귀를 살펴봐도 소변은 거의 나오지 않는다. 피 냄새가 사라지고 거의 무취 상태가 되었다.

맥은 간신히 잡힌다. 하지만 매우 미약하고 리듬은 종종 불규칙해진다. 발가락이 차다. 발바닥은 치아노제로 보랏빛이 되었다.

죽음이 다가오고 있다. 린코는 옆방에서 자는 엄마를 깨웠다.

"여보."

힘없는 소리로 엄마가 불렀다. 아빠의 조용한 표정은 변화가 없다.

엄마와 함께 지켜보고 30분쯤 지났을 때였다. 아빠가 갑자기 헐떡이는 것처럼 숨을 쉬었다. 죽음 직전에 나타나는 하악 호흡이라 불리는 독특한 호흡이다.

"이건 고통스러운 게 아니에요. 걱정할 거 없어요."

린코는 동요하지 않도록 엄마의 손을 잡아 주었다.

언제 급변해도 이상할 것이 없는 상황이다.

엄마와 함께 아빠 베갯맡에 얼굴을 가까이 했다. 맥은 미약해서 거의 잡히지 않는다.

린코의 절박한 표정에 엄마도 때가 왔음을 느낀 듯했다.

"이보세요, 신 짱, 벌써 가 버리시게?"

엄마는 아빠를 평소처럼 '여보'라 부르지 않고 이름을 불렀다.

"신 짱, 나랑 결혼해 줘서 행복했어요."

엄마는 아빠의 어깨를 흔들었다.

"린코를 얻어서 정말로 행복했어요."

혈압이 떨어지고 죽음이 눈앞까지 닥쳐 와 있었다.

호흡은 서서히 얕아졌다.

리듬도 불규칙해지고 숨과 숨의 간격이 벌어졌다.

고통스런 표정은 없다. 자연체로 죽어가는 사람은 거의 고통을 느끼지 않는다고 하는데, 매번 그게 사실이라고 생각한다.

오전 8시가 지나자 긴 무호흡이 반복되다가 이제 다음 호흡은 없을지도 모른다고 생각할 만큼 오랫동안 숨이 없었다. 그리고 아빠는 아주 짧은 호흡을 하고 한숨처럼 길게 숨을 토했다. 입술 색깔이 순식간에 짙은 보랏빛이 된다.

그것이 최후였다. 그 직후에 아빠 얼굴은 금세 하얘졌다.

심장 박동은 들리지 않고 동공도 확대되었다.

아빠가 세상을 떠났다―.

"린코……."

내내 얼굴을 들지 않고 있자 엄마가 말을 건넸다.

"아빠, 애써 주셨어."

"……응."

린코는 고개를 끄덕이는 것밖에 할 수 없었다.

"아빠한테 잘된 거예요. 하지만—."

더는 말을 이을 수 없었다.

"아빤 린코에게 고마워할 거야."

엄마는 아빠의 볼을 쓸고 또 쓸어 주었다.

아빠의 사망선고를 하는 것은 생각해 본 적도 없었다.

린코는 엄마를 돌아보았다. 엄마는 린코를 향해 연방 눈을 깜빡이며 아빠의 손을 감싸듯이 잡았다.

린코는 벽을 올려다보았다. 할아버지의 벽시계로 시각을 확인한다.

"여덟 시 삼십오 분…… 임종하셨어요. ……미토 신이치 씨, 고마웠습니다."

아빠는 입가가 조금 이완되어 상냥하게 웃는 것처럼 보였다.

살아 있을 때보다 한결 편안한 표정이다.

잠시 아빠의 얼굴을 보고 있었다.

깨끗한 죽음이라고 생각했다. 죽음 자체는 조금도 무섭지 않고 슬픈 것도 아니었다. 고통에서 해방된 아빠에게, "축하해요"라고 말해 주고 싶을 정도였다.

뜻밖일 정도로 강렬한 햇살에 끌려 창밖을 내다본다. 물확 너머로 열매가 풍성하게 달린 커다란 금귤나무가 보였다.

에필로그

"……다음, 노모토 아사코 씨, 82세 여성, 만성심부전. 식욕부진, 부종 증대로 에코 실시, 하대정맥이 부어올라 이뇨제를 증량. 다음, 오카마쓰 히로키 씨, 75세 남성, 전립선 비대. 지난주 금요일 벌룬 튜브를 교환."

아빠가 타계하고 1주 뒤, 린코는 무사시 방문클리닉으로 복귀하여 이토세에게 업무인계를 받고 있었다. 린코가 쉬는 동안 세 사람이 사망하고 네 사람의 환자가 늘었다.

"이상 환자 서른세 명의 인계를 전부 마칩니다!"

"이토 짱, 정말 고마워!"

린코가 손을 모으며 말하자 이토세는 고개를 저었다.

"별 거 아냐."

가메 짱이 웃음을 터뜨렸다.

"이토세 선생도 참, 허구한 날 '미토 짱은 아직 복귀 안 하나?'라고 하시더니."

이토세가 빙글빙글 웃으며 머리를 긁적였다.

"한 달이니까 잠깐이었지, 뭐. 정말 만만치 않더군, 이 클리닉. 미토 짱은 참 대단해."

고스케가 태블릿을 꺼냈다. 환자의 자세나 욕창 변화 등을 기록하기 위해 진찰 때 가지고 다니는 것이다.

"이토세 선생이 미녀들한테 엄청 인기여서 곤란했어요."

화면에 나타난 것은 이토 다카 씨와 찍은 사진이었다. 80세 여성 환자이다.

"와, 포옹까지!"

넷이서 웃고 있는데 오코치 교수가 나타났다.

"어머, 교수님. 오늘은 목요회도 아닌데?"

"우리 닥터들 보러 왔지. 이토세 군, 고마워. 더 해 볼 맘 없어? 클리닉 상근의를 증원할까 생각 중인데."

"봐주세요. 그건 곤란합니다. 게다가 다카세 병원 쪽에서도 곤란할 테고……."

"내가 위에다 말해서 허락을 받아낼 수도 있는데?"

"아뇨, 저어, 그게, 전 아직 재활의료를 더 공부하고 싶어서……."

이토세가 횡설수설하듯 말했다.

"그건 그렇고, 미토 군에게 중요한 얘기가 있어서 왔네."

오코치 교수는 의자에 앉아 린코에게도 앉으라고 권했다.

"무슨 일 있나요?"

"새해 계획 말인데……."

3월 학기말을 앞두고 대학은 조직과 강좌를 개편하는 작업에 들어간다. 관련 병원에 대한 심사와 정리를 추진하는 움직임도 있고 방문 클리닉을 없앤다는 소문도 종종 들려오고 있었다. 하지만 교수는 방금 증원을 언급했다.

"대학에 재택의료 강좌를 열기로 했어. 앞으로는 재택의료도 의료의 주요 전쟁터가 될 테니까."

"흠, 그런가요?"

자기와는 관계없다는 생각에 그런 대답이 나오고 말았다. 오코치 교수는 빙긋이 웃었다.

"그래서 말인데, 강좌 주임강사로서 대학으로 돌아오지 않겠나?"

"네? 제가요?"

"굉장해, 미토 짱. 엄청 출세하는구나!"

이토세가 어깨를 두드려 준다. 뭐라고 대답해야 좋을지 알 수 없었다.

"……놀랍네요."

그것이 솔직한 심정이었다.

놀란 것은 강사 자리를 제의받아서만이 아니었다. 그렇게 인정받고 싶었던 대학인데, 돌아오라는 말을 듣고 마음이 전혀 동하지 않는 자신에게도 놀랐다.

생각해 보면 출세를 위해 대학에 남고 싶었던 것은 아니다. 환자의 생명을 확실하게 담보할 수 있는 의사가 되고 싶었다. 그것뿐이다.

지금 가장 신경이 쓰이는 것은 재택 환자들이다. 신뢰를 보내 주는 환자가 있다. 인생의 마지막을 맡기고자 하는 환자도 있다. 그 마음에 부응하고 싶다. 부응하지 않는다면 의사로서 환자에게 인정받을 수 없을 것이다. 무엇보다 스스로 자신을 인정할 수 없다. 이제야 겨우 나아갈 길이 시야에 들어온 것이다.

"자네 정도면 충분해. 여기서 2년이나 경력을 쌓았으니까. 해서 강의는 5월에 시작……."

"잠깐만요. 이제 겨우 시작된 참인걸요."

"응?"

"말로 제대로 표현할 수는 없지만, 이제부터가 중요합니다. 인생의 마지막에 저를 필요로 하는 사람들과 시간을 좀 더 함께하고 싶습니다. 그건 아버지의ㅡ,"

왠지 말이 이어지지 않았다.

이토세가 어이없다는 표정을 짓는다.

“강사 자리를 걷어차다니, 지금 제정신이야? 미토 짱은 역시 요령이 없다니까. 그럼 교수님, 대신 저라도?”

“이토세 군은 재활 공부를 하고 싶은 거잖아.”

교수가 쓴웃음을 지었다.

“변한 게 없군, 미토 군은.”

“죄송합니다…….”

“그렇다면 만족할 때까지 해 봐. 강좌는, 일단 내가 맡아 두지. 생각이 바뀌면 언제든지 얘기해.”

린코는 말없이 고개를 숙였다.

“이제 시간이 됐네. 고스케, 차량 준비해야지.”

가메 짱이 평소 말투로 고스케를 재촉했다.

“오케이!”

뛰어나가는 고스케를 뒤따라 린코도 현관으로 향했다.

“그럼 다녀오겠습니다!”

밖은 가루눈이 흩뿌리기 시작했다.

옮긴이의 글

어떻게 죽음을 맞을 것인가.

오래된 물음이다.

죽음을 운운하기에는 한참 젊은 나이지만, 이게 결코 노인만의 문제가 아니라는 것은 경험으로 알고 있다. 너나없이 늙어가는 부모가 있다. 나만 해도 아버지가 암으로 돌아가셨고, 고모님이 7년간 요양병원에 의식 없이 누워 계시다가 돌아가신 것이 이태 전 일이다. 두 분 모두 소위 '웰다잉'과 거리가 먼 임종이었고, 가족들은 온전한 임종을 준비해 드리지 못했다는 회한을 품고 있다.

열심히 살다 보면 맞게 되는 것이 죽음인데 미리 고민할 필요가 있나, 라는 생각을 하던 시절이 있었다. 그러다가 혈육의 죽음을 보면서 점차 준비하는 죽음, 삶의 일부로서의 죽음이란 것을 생각하게 되었던 것 같다.

'사람이 생겨나는 데 열 달이 필요하다면 죽음에도 그만한 시간이 필요하다.' 정확한 인용은 아니지만, 이쓰키 히로유키의 에세이에서 그 문장을 발견하고 곰곰이 되새긴 것도 그때쯤이었다. 주변 사람들의 기억에서 멀어지고 사회적 영향력도 잃고 가족과 친지가 모두 그의 죽음을 납득하게 되었을 때 그 죽음은 온전한 죽음으로 완결되는 것이라는 말이겠다.

제목 '사일런트 브레스'의 의미를, 작가는 프롤로그 앞에 짤막한 글로 소개해 두었다. 조용한 일상 속에서 평온한 종말기를 맞는 것.

여섯 편의 일화는 저마다 훌륭한 단편소설이지만, 사려 깊은 의사로 성장해 가는 주인공의 모습이 씨줄을 이루고 있는 장편소설이기도 하다.

각 일화마다 생각할 거리가 등장한다. 종말기 의료에 임상종교사 도입의 문제, 가족의 간병 포기, 유산 상속과 연명치료의 선택, 인신매매, 환자 본인의 치료 거부, 존엄사를 위한 사전 준비.

주인공 린코는 의사이자 식물인간 상태로 투병중인 환자의 딸이다. 번화가 한복판에 있는 대학병원에서 일하던 린코는 어느 날 변두리 방문진료소로 발령을 받는다. 린코는 이를 좌천으로 받아들이지만, 실적과 경쟁이 지배하는 대학병원 의국 체제에서는 접할 수 없었던 다양한 종말기 환자를 접하면서 의사의 역할에 대하여 새롭게 고민하게 된다.

치료가 어려운 환자, 죽음을 목전에 둔 환자, 치료를 거부하는 환자에게 의료는 무슨 의미가 있을까. 대학병원에서 배운 의료는 치료하는 의료, 승리하는 의료였지만, 종말기 환자에게 그런 의료는 무력하기만 하다. 린코는 비로소 환자의 내면을 살피고, 가족의 고통을 돌아보고, 죽음이 의학의 패배가 아님을 받아들인다.

종말기 환자에 대한 이 소설의 대처 방식이 정답일 수는 없을 것이다. '편안한 죽음'이란 주변 사람들의 생각일 뿐 당사자에게 편안한 죽음은 있을 수 없는지도 모른다. 그럼에도 말할 수 있는 것은 종말기 환자에게 가장 중요한 것은 본인의 뜻이며, 죽음은 삶의 일부로서 미리 준비해야 하는 과정이라는 것이겠다.

작가는 출판사 편집자로 일하다가 33세 때 의대에 진학하여 종말기 의료 전문병원에서 내과 의사로 일하고 있는 현직 의사이다. 이 소설이 데뷔작인데, 그 데뷔는 무려 55세에 이룬 쾌거였다. 소소한 문학상 수상력도 없는 작가의 데뷔작이었지만 큰 성공을 거두어 화제가 되었다. 고독사가 늘어나는 고령화 사회에서 '어떻게 죽음을 맞을 것인가'라는 모두의 고민을 소설의 형식으로 다루었기 때문일 것이다.

간결하고 쉬운 문체에서 편집자 경력이, 의료 현장의 뛰어난 리얼리티에서 의사라는 경험이 잘 드러나 있다. 죽음을 둘러싼 사회적 문제 제기를 하는 내용이면서도 암울하지 않게 잘 읽히는 소설이라는 것도 이 작품의 미덕이다.

작가는 지금도 종말기 의료 전문병원에서 내과 의사로 근무 중이다. 2016년 데뷔 이래 활발하게 작품을 발표하고 있다고 한다. 그의 다른 작품과 앞으로의 활동이 기대된다.

이규원

사일런트 브레스 :
당신은 어떤 죽음을 준비하고 있습니까?

초판 1쇄 발행 2020년 7월 7일

지은이 미나미 교코
옮긴이 이규원

발행편집인 김홍민 · 최내현
책임편집 조미희
표지디자인 형태와내용사이
용지 한승
출력(CTP) 블루엔
인쇄 제본 현문

펴낸곳 도서출판 북스피어
출판등록 2005년 6월 18일 제105-90-91700호
주소 (121-826) 서울특별시 마포구 망원동 513 상암마젤란21 101-902
전화 02) 518-0427
팩스 02) 701-0428
홈페이지 www.booksfear.com
전자우편 editor@booksfear.com

ISBN 978-89-98791-98-8 (03830)